ÖSTERREICH

ERNST HAUSNER

ÖSTERREICH

BURGENLAND
KÄRNTEN
NIEDERÖSTERREICH
OBERÖSTERREICH
SALZBURG
STEIERMARK
TIROL
VORARLBERG
WIEN

J&V

Englische Übersetzung: Werner Teichmann
Italienische Übersetzung: Eva-Maria Prilisauer

Entwurf, Einrichtung, graphische Gestaltung und Herstellung durch den Autor

Der Text zu diesem Werk wurde mit einem IBM Personal System/2 erfaßt. Nach einer auf diesem erstellten Diskette erfolgte die Herstellung des Satzes über eine professionelle Lichtsatzeinrichtung.
Reproduktion: Leo Mahler Ges.m.b.H., Wien
Satz: Filmsatz-Studio Raggl, Wien
Druck: Paul Gerin
Bindung: Gerald Frauenberger, Neudörfl
Schrift: Bodoni, in den Graden 11 und 9 Punkt
Papier: 150 g Magnomatt der Leykam-Mürztaler Papier- und Zellstoff AG

3. Auflage 1992

ISBN 3-224-1 6062-4 Jugend und Volk

ZUR GESCHICHTE ÖSTERREICHS

„Venus von Willendorf", Statuette aus Kalkstein, ca. 30.000 v. Chr. Naturhistorisches Museum, Wien.

The "Venus of Willendorf", limestone statuette, abt. 30 000 BC. Kunsthistorisches Museum, Vienna.

„Venere di Willendorf", statuetta di calcare, del 30.000 a. C. circa, Museo Scienze Naturali, Vienna.

Gesichtsmaske und Hände aus Bronze, 7. Jh. v. Chr., Fundort Kleinklein, Steiermark. Joanneum, Graz.

Face mask and hands, bronze, 7th century BC, found at Kleinklein, Styria. Joanneum, Graz.

Maschera e mani di bronzo, VII sec. a. C., ritrovati a Kleinklein, Stiria. Museo Joanneum, Graz.

Schnabelkanne und Trinkgefäß, Hallstatt. La Tène-Periode, 4. Jh. v. Chr. Naturhistor. Museum, Wien.

Beaked pot and drinking vessel from Hallstatt. La Tène period. Naturhistorisches Museum, Vienna.

Caraffa a becco e boccale di Hallstatt. Periodo La Tène, IV sec. a. C., Museo Scienze Naturali, Vienna.

Urgeschichte

Menschen lebten schon in der mittleren Altsteinzeit (ca. 150000 - 80000 v.Chr.) als Jäger und Sammler im Raum des heutigen Österreich.

In der jüngeren Altsteinzeit (ca. 80000 - 10000 v.Chr.) kam es zu Ansiedlungen in der Wachau und im Weinviertel. Faustkeile und grobe Klingen, später Schmalklingen aus Feuerstein sowie die Venus von Willendorf, ein Fruchtbarkeitssymbol, zeugen von der Kultur dieses Zeitraums. In der Jungsteinzeit (ca. 5000 - 1800 v.Chr.) begannen die Menschen, das Land zu bebauen.

Der Kupferbergbau in Salzburg und Tirol und der sich daraus entwickelnde Handel über die Alpenpässe leiteten zur Bronzezeit (ca. 1800 - 800 v.Chr.) über. Grabbestattung und Beigaben lassen den Schluß auf Wohlstand zu. Im Zuge einer weitreichenden Völkerverschiebung drangen frühillyrische Stämme in Mitteleuropa ein.

Die Eisenzeit (ca. 800 - 15 v.Chr.) brachte eine Kulturwende. Der neue Werkstoff Eisen wurde in Krain und Kärnten abgebaut und u.a. zur Herstellung von Waffen verwendet. Salz wurde ein bedeutendes Handelsgut. Hallstatt, ein Mittelpunkt der Salzgewinnung, gab durch sein Gräberfeld der Epoche der Älteren Eisenzeit (ca. 800 - 400 v.Chr.) den Namen Hallstattkultur. Die Menschen bewohnten Blockhäuser und verwendeten gewebte Schafwolle zur Bekleidung. Funde von Artefakten und Schmuckgegenständen zeigen hohes kulturelles Niveau.

Um 400 v.Chr. begann ein indoeuropäisches Volk, die Kelten, mit einer neuen Kultur (La-Tène-Kultur) die Hallstattkultur zu verdrängen. Ausgeprägte Formen (Schnabelkanne, Linsenflasche mit Röhrenhals) und die Verwendung der Töpferscheibe kennzeichnen die Zeit.

Im 2. Jh. v.Chr. bildeten die Kelten auf dem Gebiet des heutigen Österreich eine erste staatliche Organisationsform, das Königreich Norikum. Die La-Tène-Kultur geriet aber immer mehr unter römischen Einfluß und endete mit der Besitznahme des Gebiets durch die Römer.

Die Römer

Unter Drusus und Tiberius errichteten die Römer die Provinzen Rätien, Norikum (15 - 9 v.Chr.) und schließlich Pannonien (8 n.Chr.).

The Prehistoric Ages

The area of present-day Austria was inhabited by hunting and foraging humans already in the middle period of the Older Stone Age (abt. 150,000 - 80,000 BC).

In the later period of the Older Stone Age (abt. 80,000 - 10,000 BC) colonies existed in the Wachau section of the Danube valley and in the "Weinviertel" (NE of Vienna). Hand axes, crude blades, later also narrow flint blades, evidence the culture of that time, also the Venus of Willendorf, a fertility symbol. In the Younger Stone Age (abt. 5,000 - 1,800 BC) the population settled down and engaged in agriculture.

Copper mining in Salzburg and Tyrol, and commerce across the Alpine passes resulting from it, marked the transition to the Bronze Age. The custom of burial in graves and the gifts and furnishings found in them, point to prosperity which then prevailed. During extensive shifting of populations, the early Illyrians invaded Central Europe.

The Iron Age (abt. 800 - 15 BC) brought a turning point in cultural development. Iron, a new resource, was mined in Carniola (N. Yugoslavia) and Carinthia. Salt became an important merchandise. The burial ground of Hallstatt, a centre of salt mining, gave the name of Hallstatt Culture to that period of the Older Iron Age (abt. 800 - 400 BC). People then lived in block houses, fabrics woven from sheep's wool served as garments.

About 400 BC, the Indo-European Celts began replacing the Hallstatt Culture by a new (La Tène) culture. Distinctive shapes (beaked pots or lens-shaped bottles with tubular neck) and the potter's wheel characterize the period.

In the second century BC, the Celts organized in the area of present-day Austria a form of state, the kingdom of Noricum. The La Tène culture was progressively changed by Roman influence and ended with the Roman conquest of the region.

The Romans

Under Drusus and Tiberius, the Romans set up the provinces of Rhaetia and Noricum (15 - 9 BC) and, finally, Pannonia (8 AD). The Danube was the natural frontier of the realm against northern intruders. The "Limes" formed a chain of

Preistoria

Uomini dediti alla caccia e alla raccolta occupavano il territorio dell'attuale Austria già nell'età della pietra antica (150000 - 80000 a.C. circa).

Nell'età della pietra nuova (80000 - 10000 a.C.) ci furono insediamenti nella regione della Wachau e del Weinviertel. Asce a mano e punte di freccia prima rozze e poi più sottili di selci nonché la Venere di Willendorf, simbolo della fertilità, testimoniano della cultura di questo periodo. Nel neolitico (5000 - 1800 a.C circa) gli uomini diventarono sedentari e coltivarono la terra.

L'estrazione del rame nel Salisburghese e nel Tirolo e il commercio che ne risultò attraverso i vari passi alpini costituirono il passaggio all'epoca del bronzo (1800 - 800 a.C. circa). Da modi di sepoltura e dal tipo di oggetti lasciati nelle tombe si deduce un benessere assai diffuso. Nel corso di migrazioni estese delle genti stirpi illiriche invasero zone estese del Mitteleuropa.

L'età del ferro (800 - 15 a.C. circa) portò ad una svolta nelle civiltà. Il ferro, la nuova materia di lavorazione, venne estratto nella Carniola e in Carinzia e fu poi usato nella fabbricazione delle armi. Hallstatt, centro principale per l'estrazione del sale diede il nome di cultura di Hallstatt, grazie alla sua necropoli, al periodo arcaico dell'età del ferro (800 - 400 a.C. circa). La gente abitava in palafitte ed usava tessuti di lana di pecora per coprirsi. I ritrovamenti di artefatti e di armamenti mostrano un alto livello culturale.

Intorno al 400 a.C. un popolo indoeuropeo, i Celti, cominciò a respingere con una nuova civiltà (cultura La Tène) quella di Hallstatt. Forme accentuate (la caraffa a becco, la bottiglia piatta dal collo sottile) e l'uso del tornio da vasaio la contraddistinguono.

Nel II secolo a.C. i Celti formarono sul territorio dell'attuale Austria una prima forma organizzatoria statale, l'impero di Noricum. La cultura di La Tène cadde sempre più sotto l'influsso romano e finì con la conquista romana del territorio.

I Romani

Sotto Druso e Tiberio i Romani costituirono le province Rezia, Noricum (15 - 9 a.C.) e infine la Pannonia (8 d.C.). Il Danubio divenne il natu-

Die Donau wurde die natürliche Reichsgrenze gegen Eindringlinge aus dem Norden. Als Festungsgürtel wurde der Limes angelegt. Der Donauabschnitt zwischen den Legionslagern Vindobona (Wien) und Carnuntum (Petronell) wurde zum wichtigsten militärischen Abschnitt dieser römischen Reichsgrenze.

Unter Kaiser Hadrian (117 - 138 n.Chr.) begann die Entwicklung des Städtewesens. Brigantium (Bregenz), Juvavum (Salzburg), Vindobona und Carnuntum erhielten ein Stadtrecht. Die Römer förderten die Landwirtschaft, den Bergbau, erschlossen die Heilquellen und ermöglichten durch Straßenbau regen Handelsverkehr. Durch Kaufleute und Legionäre fand das Christentum im Land Verbreitung. 166 n.Chr. eroberten germanische Volksstämme Carnuntum und stießen bis Aquileia vor.

Ab der Mitte des 4. Jh.s und dem Beginn der Völkerwanderung 375 stürmten Hunnen, Goten, Langobarden, Awaren und Slawen das römische Imperium. Der Untergang des Weströmischen Reichs 476 bedeutete auch das Ende der Römerherrschaft.

Awaren

Seit dem 6. Jh. waren das Alpenvorland und die Donauebenen vom Stamm der Bayern besiedelt. Unter dem Geschlecht der Agilolfinger kam es zur Entwicklung der Grundherrschaft, der Bewirtschaftung herzoglichen Landbesitzes durch Knechte und römische Hörige. Erobertes Land gehörte dem König und wurde als Lehen weitergegeben. Nach dem Durchzug verschiedener germanischer Völkerstämme befand sich Österreich unter der Herrschaft der Awaren, die die hier ansässigen Slawen unterwarfen.

Nach der Unterwerfung der Bayern durch die Franken bekämpfte Karl der Große die Awaren erfolgreich und errichtete die Karolingische Mark. 881 drangen uralaltaische Magyaren „ad Weniam" (bei Wien) ein. König Otto I besiegte sie 955 auf dem Lechfeld bei Augsburg und errichtete die Ottonische Mark.

Die Babenberger

Für die Ottonische Mark wurde 976 ein Markgraf eingesetzt. Mit Luitpold (Leopold I, 976 - 994) begann die Zeit der Babenberger in Österreich („Ostarrichi", 996 erstmals urkundlich genannt). Der Kampf

fortifications. The Danube between Vindobona (Vienna) and Carnuntum (Petronell) was the most important zone in this sector of Rome's imperial borders.

Development of cities began under Hadrian (117 - 138 AD). Brigantium (Bregenz), Iuvavum (Salzburg), Vindobona and Carnuntum were granted charters. The Romans fostered agriculture and mining, developed spas and built roads for trade. Merchants and Legionaries spread Christianity throughout the country. Germanic tribes conquered Carnuntum in 166 AD, and came as far as Aquileia on the Adriatic.

From the middle of the fourth century and the onset of the Migration of the Nations in 375, Huns, Goths, Langobards, Avars and Slavs invaded the Roman Empire. The decline of the Western Roman Empire in 476, ended Roman rule.

The Avars

The pre-Alpine region and the Danube basin were colonized by Bavarians from the sixth century. Under the dynastic rule of the Agilolfingers, the manorial system of land tenure developed, ducal lands being worked by serfs and Roman bondslaves. Conquered lands were the king's and then bestowed as fiefs. After the passage of various Germanic tribes, Austria was ruled by the Avars who subdued the Slavs that had settled here earlier.

Having subjugated the Bavarians, Charlemagne successfully fought the Avars and established the Carolingian March. In 881, the Ural-Altaic Magyars penetrated "ad Weniam" (close to Vienna). Otto I vanquished them in 955 on the Lechfeld near Augsburg and then established the Ottonic March.

The Babenberg Era

A margrave was installed in 976 for the Ottonic March. With Luitpold (Leopold I, 976 - 994), the Babenberg era began in Austria ("Ostarrichi", first so named in documents 996). Warfare against the Magyars and the Investitural Dispute had affected Babenberg politics.

Austria was proselytized in the fifth century by Severinus, during the sixth and seventh centuries by Anglo-Saxon missionaries, and Austria's first monastery, the Abbey of St. Peter's, was then established in

rale confine dell'impero verso gli invasori provenienti dal nord e come frontiera fu creato il limes. Il tratto del Danubio compreso tra gli accampamenti delle legioni Vindobona (Vienna) e Carnuntum (Petronell) divenne la sezione militare più importante di questa parte del confine.

Sotto l'imperatore Adriano (117 - 138 d.C.) cominciarono a svilupparsi le prime città. Brigantium (Bregenz), Iuvavum (Salisburgo), Vindobona e Carnuntum ebbero il diritto civico. I Romani promossero l'agricoltura, l'industria mineraria, utilizzarono le sorgenti termali e grazie alla costruzione di strade resero attivo un forte commercio. Attraverso i commercianti e i legionari il cristianesimo si diffuse nel paese. Nel 166 d.C. stirpi germaniche conquistarono Carnuntum e giunsero fino ad Aquileia.

Dalla metà del IV secolo e dall'inizio delle migrazioni barbariche nel 375 gli Unni, i Goti, i Longobardi, gli Avari e gli Slavi impersarono attraverso l'impero romano. Il crollo dell'impero romano occidentale nel 476 segnò pure la fine del dominio romano.

Gli Avari

Sin dal VI secolo la zona prealpina e la pianura del Danubio furono insediate dalla stirpe dei Bavaresi. Sotto la famiglia degli Agilolfingi si sviluppò il feudalesimo, il lavoro dei campi del duca venne affidato ai braccianti e ai servi della gleba. La terra conquistata apparteneva al re e veniva tramandata come feudo. Dopo il passaggio di stirpi germaniche l'Austria si trovò sotto l'impero degli Avari che sottomisero gli Slavi.

Dopo la sottomissione dei Bavaresi dai Franchi Carlo Magno vinse gli Avari e costituì l'Impero Carolingio. Intorno al 881 i Magiari altaici arrivarono alle porte di Vienna. Il re Ottone I li vinse nel 955 al Lechfeld nei pressi di Augusta e costituì la Marca Ottonica.

I Babenberg

Per la Marca Ottonica fu insediato nel 976 un margravio. Con Luitpoldo (Leopoldo I 976 - 994) cominciò così il periodo dei Babenberg in Austria („Ostarrichi" viene citato per la prima volta in un documento del 996). La lotta contro i Magiari e quella delle investiture influenzarono la loro politica.

Severino fu il primo missionario in Austria nel V secolo a cui fecero

Heidentor bei Petronell. 3. Jh. n. Chr. Einziges über der Erde erhaltenes römisches Bauwerk Österreichs.

The "Heathens' Gate" near Petronell. The only preserved Roman above-ground structure in Austria.

Arco pagano presso Petronell-Carnuntum, III d. C. Unico monumento romano conservatosi in Austria.

Leopold I (976—994) kämpft gegen die Ungarn, im Hintergrund seine Residenz Melk. Um 1490.

Leopold I (976—994) in battle with the Hungarians, in the background his residence at Melk.

Leopoldo I (976—994) combatte contro gli Ungheresi. Nello sfondo si vede la sua residenza di Melk.

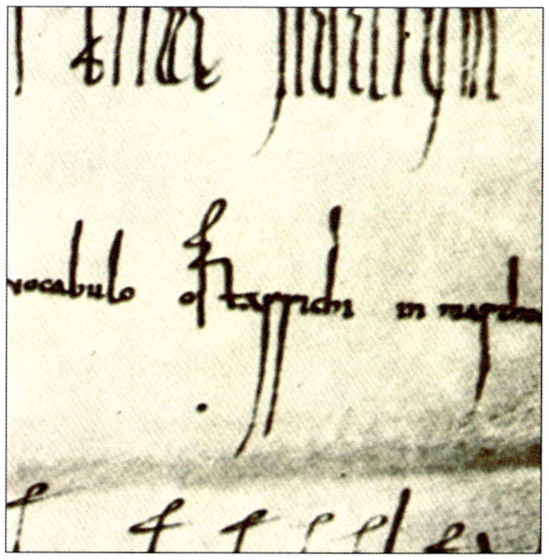

Älteste erhaltene Form des Namens Österreich, „Ostarrichi". Urkunde des Kaisers Otto, 996.

The oldest preserved form of the name "Austria" as "Ostarrichi". Bestowal by Emperor Otto, 996.

La forma più antica del nome Austria, „Ostarrichi". Documento dell'Imperatore Ottone, 996.

Heinrich II. Jasomirgott (1141—1177), Glasfenster, 1330/35. Leopoldskapelle, Stift Klosterneuburg.

Duke Henry II. Jasomirgott (1141—1177), stained glass window, 1330/1335. Klosterneuburg Abbey.

Enrico II. Jasomirgott (1141—1177), vetrate del 1330/35. Abbazia di Klosterneuburg.

Friedrich II (1230—1246), der Streitbare, fällt an der Leitha. Im Hintergrund Wien. Um 1490.

Duke Frederick II, the Warlike (1230—1246), dying in battle at the river Leitha. About 1490.

Federico II (1230—1246), il Bellicoso, fu ucciso sul fiume Leitha. Nello sfondo si vede Vienna.

„Verduner Altar", 1181 vollendet, Detail. Ursprünglich 51 Emailbilder. Stift Klosterneuburg.

The "Verdun Altar" (detail), 1181. Originally 51 enamelled miniatures. Klosterneuburg Abbey.

„Altare di Verdun", 1181, particolare. Originariamente 51 immagini smaltate. Klosterneuburg.

gegen die Magyaren und der Investiturstreit beeinflußten ihre Politik.

Österreich wurde im 5. Jh. von Severin und im 7. und 8. Jh. von Angelsachsen missioniert, wobei das älteste Kloster Österreichs, St. Peter in Salzburg, entstand. Leopold III (1095 - 1136) förderte das kirchliche Leben und wurde 1485 heilig gesprochen. 1156 erhob Kaiser Friedrich Barbarossa (1152 - 1190) am Reichstag zu Regensburg Österreich zum Herzogtum. Im „Privilegium minus" bestätigte er die Erblichkeit der Herzogswürde der Babenberger in männlicher und weiblicher Linie. Österreich wurde von Bayern getrennt und Reichslehen. Heinrich II Jasomirgott (1141 - 1177) verlegte die Residenz von Klosterneuburg nach Wien „Am Hof".

Unter Leopold V (1177 - 1194) war Österreich am dritten Kreuzzug beteiligt. Mit dem Anteil am Lösegeld für den 1192 in Dürnstein (Wachau) festgehaltenen englischen König Richard Löwenherz wurde der Ausbau der Städte Wien und Hainburg sowie die Neuanlage von Wiener Neustadt finanziert. Auf Grund vertraglicher Vereinbarungen (Georgenberger Handfeste) fiel 1192 die Steiermark an die Babenberger. Mit Friedrich II, dem Streitbaren (1230 - 1246), erlosch das Haus Babenberg.

Die Habsburger

Das Herzogtum Österreich war ein bedeutender Teil des Reichs geworden. Der Einfluß der Kirche bestimmte das Schulwesen des Hochmittelalters. Die Dichtung in deutscher Sprache (Zentrum Melk) diente vor allem der religiösen Erbauung. Die Bautätigkeit im Stil der Romanik zeigt sich in den Kirchen und Klöstern von Admont, Heiligenkreuz, Gurk und Seckau. Die sakrale Kunst fand im Verduner Altar (Klosterneuburg) 1181 einen Höhepunkt.

Nach wechselnden Reichsverwesern (Interregnum) übernahm der böhmische Thronerbe Ottokar II Premysl (1251 - 1282) im Herzogtum die Macht. Durch die Heirat mit der Enkelin des Ungarnkönigs Bela IV erweiterte er sein Land bis zur Adria (Größe ca. 150.000 qkm). 1273 wurde Rudolf von Habsburg zum deutschen König gewählt. Rudolf besiegte 1278 in der Schlacht bei Dürnkrut (Marchfeld) Ottokar und begründete ein habsburgisches Österreich.

Auf Rudolf IV, den Stifter (1358 - 1365), geht die Fälschung des „Pri-

the city of Salzburg. Leopold III, a patron of ecclesiastical life was sainted in 1485. At the Regensburg Reichstag (diet of the realm) in 1156, Emperor Frederick Barbarossa (1152 - 1190) made Austria a duchy. In the "Privilegium Minus", he confirmed the hereditary succession to the Babenberg dukedom in the male and also the female line. Austria was separated from Bavaria and made into a fief of the Reich. Henry II Jasomirgott moved the ducal residence from Klosterneuburg to Vienna.

Under Leopold V (1177 - 1194) Austria took part in the third crusade. Part of the ransom for King Richard I ("Coeur de Lion") who had been imprisoned at Dürnstein castle in the Wachau, was used for enlarging the cities of Vienna and Hainburg, and for reconstructing Wiener Neustadt. By agreement Styria became a Babenberg possession in 1192. The House of Babenberg ended with Frederick II ("the Warlike", 1230 - 1246).

The Habsburgs

The Duchy of Austria had become an important part of the Reich. The church had the decisive influence upon the school system. Writings in German (centred at Melk Abbey) were mainly intended for religious edification. Building in the Romanesque style included the churches and abbeys of Admont, Heiligenkreuz, Gurk and Seckau. Religious art found its apex in the so-called "Verdun Altar" in Klosterneuburg Abbey, completed in 1181.

After a number of Lord-Protectors (during the "Interregnum"), the Bohemian heir apparent Ottokar II Premysl (1251 - 1282) ruled the duchy. Having married the grandchild of the Hungarian King Bela IV, his realm extended over an area of 58.000 sqm. In 1273, Count Rudolph of Habsburg was elected German King. In the Battle of Dürnkrut (E of Vienna) Rudolph vanquished Ottokar and established Habsburgian Austria.

The falsification of the "Privilegium Majus", which granted wide privileges to Austria, can be traced to Rudolph IV, the Founder. He continued the construction of St. Stephen's Cathedral in Vienna. Since 1365, the University of Vienna, the second German-language university after that of Prague, was a centre of scientific life. The people at large

seguito nel VII e VIII secolo missionari anglosassoni che costituirono il più antico monastero in Austria, S. Pietro a Salisburgo. Leopoldo III (1095 - 1136) promosse la vita ecclesiastica e fu santificato nel 1485. Nel 1156 l'imperatore Federico Barbarossa elevò l'Austria a ducato durante la Dieta di Regensburg. Nel „Privilegium minus" egli confermò l'ereditarietà del ducato dei Babenberg in linea maschile e in linea femminile. L'Austria fu separata dalla Baviera e divenne feudo imperiale. Enrico II Jasomirgott (1141 - 1177) spostò la residenza da Klosterneuburg a Vienna „Am Hof".

Sotto Leopoldo V (1177 - 1194) l'Austria partecipò alla terza crociata. Con il riscatto pagato per Riccardo Cuordileone prigioniero a Dürnstein nella Wachau nel 1192 furono finanziate le città di Vienna e di Hainburg nonché Wiener Neustadt. In base agli accordi contrattuali (documento olografo di Georgenberg) nel 1192 la Stiria passò ai Babenberg. Con Federico II, il Bellicoso, (1230 - 1246) la casa dei Babenberg si estinse.

Gli Asburgo

Il ducato dell'Austria era diventato una parte importante dell'impero. L'influsso della chiesa determinò le scuole del tardo Medioevo. La poetica in lingua tedesca (centro a Melk) servì anzitutto al culto religioso. L'attività edile nello stile romanico si mostra nelle chiese e nei monasteri di Admont, Heiligenkreuz, Gurk e Seckau. L'arte sacrale culminò nell'altare di Verdun (Klosterneuburg) nel 1181.

Dopo l'interregno l'erede al trono boemo Ottokar II Premysl (1251 - 1282) si assunse il potere del ducato. Grazie al matrimonio con la nipote del re ungherese Bela IV riuscì ad estendere il suo territorio fino all'Adriatico (superficie 150.000 km2 circa). Nel 1273 il duca Rodolfo d'Asburgo fu eletto a re della Germania. Rodolfo vinse nel 1278 Ottokar e fondò il potere degli Asburgo in Austria.

Risale a Rodolfo IV, il Fondatore, (1358 - 1365) la falsificazione del „Privilegium Maius" che garantì all'Austria estesi privilegi. Continuò la costruzione della Chiesa di S. Stefano a Vienna, fondato dal vescovo di Passau nel 1137. Sin dal 1365 l'Università di Vienna, la seconda di lingua tedesca dopo Praga, costituì

vilegium maius" zurück, das Österreich weitgehende Vorrechte garantierte. Er führte den Bau der Wiener Stephanskirche weiter, der 1137 von Passau aus gegründet worden war. Seit 1365 bildete die Wiener Universität, die zweite deutschsprachige nach der in Prag, den Mittelpunkt des wissenschaftlichen Lebens. Gläubigkeit erfüllte die Menschen, die unter Heuschreckenplagen und Mißernten und der Pestepidemie 1348/49 (an der etwa ein Drittel der europäischen Bevölkerung zugrunde ging) zu leiden hatten.

Trotz politischen Wirren, Bürgerkriegen, Standeskämpfen und Türkenschlachten sowie der Teilung Österreichs in drei habsburgische Linien festigte sich das Reich. Friedrich III (1439 - 1493) wurde 1452 in Rom zum Kaiser gekrönt. Das war der Beginn des „Heiligen Römischen Reiches Deutscher Nation", dessen Krone bis 1806 fast ununterbrochen bei Habsburg verblieb.

Zu einer riesigen Ausdehnung gelangte das Reich im Übergang vom Mittelalter zur Neuzeit unter der Herrschaft Maximilians I (1493 - 1519). Durch seine Heirat mit Maria von Burgund 1477 und seine zweite Ehe mit Bianca Maria Sforza von Mailand 1494 fielen deren Länder an Österreich. Diplomatie und geschickte Heiratspolitik („Bella gerant alii, tu felix Austria, nube!") brachten Habsburg Ungarn und Böhmen, Spanien mit den Kolonien in Amerika sowie die Krone Portugals mit den überseeischen Kolonien. Im Reich Karls V (1519 -1556) ging die Sonne nicht unter.

Zur Zeit des Humanismus und der Renaissance wurde Wien europäisches Zentrum auf den Gebieten der Mathematik, der Astronomie und der Musik. Bedeutende Bauwerke, noch im Stil der Gotik, entstanden und damit auch große Werke der Malerei, der Plastik und der Altarschnitzkunst.

In Mainz wurde die bewegliche Letter erfunden - durch den Buchdruck verbreiteten sich neue Gedanken, so auch die Glaubenssätze der Reformation im Reich der Habsburger, wo sie unter den Adeligen und im Volk sehr viele Anhänger fanden. Das Heer wurde durch Landsknechte verstärkt, innerhalb der Zünfte entwickelte sich die Arbeitsteiligkeit, und die Geldwirtschaft (seit 1524 gab es den Silbertaler) gewann an Bedeutung.

were instilled with religiosity, whilst suffering from locust invasions, poor harvests and the plague.

The strengthening of the Reich continued during political unrest, civil wars, fighting among the various estates of society, battles with the Turks and also despite the partition of Austria into three lines. Frederick III (1439 - 1493) was crowned German Emperor in Rome in 1452. Thus began the "Holy Roman Empire of German Nation", and its crown would remain with the Habsburgs, nearly without interruption, until 1806, when Francis II would relinquish the "Roman" crown.

The Empire expanded widely in the transition from medieval times to the modern age, a period coinciding with the reign of Maximilian I (1493 - 1519). By his marriages to Maria of Burgundy in 1477, and later to Bianca Maria Sforza of Milan, the lands of these spouses fell to Austria. Diplomacy and adroit politics of arranging marriages ("Bella gerant alii, tu felix Austria nube") thus brought the Habsburgs not only Hungary, Bohemia and Spain with the American colonies, but also the crown of Portugal with its colonies. The sun truly never set on the Empire of Charles V.

In the era of Humanism and the Renaissance, Vienna became a European centre of mathematics, astronomy and music. Significant edifices were built, and with these came also great paintings and sculptures. The art of wood sculpture blossomed, manifesting itself in magnificent church altars.

Movable type was invented at Mainz - book printing fostered the spread of new thoughts, including the tenets of Reformation, throughout the Habsburg realm, where the new teachings found numerous adherents among the nobility as well as the populace. The army was strengthened by the inclusion of mercenaries, a division of work developed within the craftsmen's guilds, financial dealings (the silver Thaler had appeared in 1524) became increasingly important.

Religious and Turkish Wars

The single religion, essential for the unity of the Austrian lands, was imperilled by the rift among the faiths. The religious dispute and its political consequences, finally led to war. The Peasant Wars, aiming at

il centro della vita scientifica. La fede riempì gli uomini che dovettero soffrire sotto i flagelli delle cavalette, cattivi raccolti e l'epidemia della peste nel 1348/49 (durante la quale morì circa un terzo della popolazione europea).

Nonostante i tumulti politici, le guerre civili, le lotte delle classi e battaglie contro i Turchi nonché la divisione dell'Austria in tre linee asburgiche si consolidò l'impero. Federico III (1439 - 1493) fu incoronato imperatore nel 1452 a Roma. Questo fu l'inizio del „Sacro romano Impero di nazione germanica" la cui corona rimase nelle mani degli Asburgo quasi senza interruzione fino al 1806.

L'impero giunse a un'estensione enorme a cavallo dal Medioevo all'età moderna sotto Massimiliano I (1493 - 1519). In seguito al suo matrimonio prima con Maria di Borgogna nel 1477 e poi con Bianca Maria Sforza di Milano nel 1494 amplificò il territorio austriaco. Un'abile politica di matrimoni („Bella gerant alii, tu felix Austria nube!") portò agli Asburgo l'Ungheria e la Boemia, la Spagna con le colonie in America scoperte da Colombo nonché la corona del Portogallo con le colonie d'oltremare. Sotto l'impero di Carlo V (1519 - 1556) il sole non tramontò mai.

Nel periodo dell'Umanesimo e del Rinascimento Vienna diviene centro europeo nel campo della matematica, dell'astronomia e della musica. L'arte figurativa del periodo è influenzata dal gotico. Vengono creati palazzi notevoli e con ciò anche grandi opere di pittura, di scultura e dell'intarsio.

A Magonza venne inventata la lettera mobile - grazie alla stampa dei libri si diffusero nuove idee, così anche i dogmi della Riforma nell'impero asburgico che trovava molti seguaci fra i nobili e tra il popolo. L'esercito fu rinforzato dai lanzichenecchi, nelle corporazioni si sviluppò la divisione del lavoro e il commercio in soldi (1524 i primi „Silbertaler") si affermò.

Le guerre religiose e quelle turche

L'unità della religione, un fatto che univa i territori austriaci era minacciata dalla scissione della fede. Questa, con le sue conseguenze politiche, portò alla lotta. Le guerre dei contadini, che volevano imporre un miglioramento della posizione del contadino, partirono dal Tirolo nel

Herzog Rudolf IV, Tafelbild, um 1365, Ausschnitt. Das erste Portrait der deutschen Kunst.

Duke Rudolf IV, detail from a tableau, abt. 1365. The first portrait in German art.

Il Duca Rodolfo IV, quadro ligneo, intorno al 1365, particolare. Il primo ritratto dell'arte tedesca.

Grabmal Kaiser Friedrichs III (1439—1493), Stephansdom. Größtes Kaisergrab des Mittelalters.

The tomb of Emperor Frederick III (1439—1493), St. Stephen's Cathedral, Vienna.

Monumento funebre dell'Imperatore Federico III (1439—1493), il Duomo di S. Stefano, Vienna.

Die Familie Kaiser Maximilians I, Tafelbild von B. Strigel, 1515. Kunsthistorisches Museum, Wien.

The family of Emperor Maximilian I. Tableau by B. Strigel, 1515, Kunsthistorisches Museum, Vienna.

La famiglia dell'Imperatore Massimiliano I di B. Strigel, 1515. Museo di Storia dell 'Arte, Vienna.

Oberösterreichischer Bauernkrieg. Kampfszene mit Ansicht von Enns. Oberösterr. Landesmuseum, Linz.

A battle scene from the Upper Austrian Peasants' War. Upper Austrian Provincial Museum, Linz.

Le guerre contadine dell 'Alta Austria con veduta di Enns. Museo regionale dell 'Alta Austria, Linz.

Sultan Soliman, der Prächtige, Belagerer Wiens 1529. Gemälde, 1530/40. Kunsthist. Museum, Wien.

Sultan Suleiman, the Magnificent, besieger of Vienna. Kunsthistorisches Museum, Vienna.

Il Sultano Solimano, l'occupatore di Vienna nel 1529. Museo della Storia dell'Arte, Vienna.

Prager Fenstersturz, 1618. Stich von Matthäus Merian d. Ä. Aus „Theatrum Europaeum", 1662.

The Prague Defenestration, 1618. Copperplate by M. Merian. From "Theatrum Europaeum", 1662.

La Defenestrazione di Praga, 1618. Incisione di M. Merian d. A. Dal "Theatrum Europaeum", 1662.

Religions- und Türkenkriege

Die Einheit der Religion, ein wesentlicher Zusammenhalt der österreichischen Länder, war durch die Glaubensspaltung bedroht. Der konfessionelle Streit mit seinen politischen Konsequenzen führte zum Kampf. Die Bauernkriege, die eine soziale und politische Besserstellung der Bauern erzwingen wollten, gingen 1525 von Tirol (Michael Gaismair) aus und setzten sich in Salzburg und Teilen Ober- und Niederösterreichs erfolglos fort. Kurz darauf drangen die Türken in Krain ein.

Die Türken waren besonders durch ihre Bündnisbereitschaft mit Frankreich und Ungarn eine große Gefahr. 1529 standen die „Erzfeinde der Christenheit" unter Sultan Soliman vor Wien und umschlossen die Stadt mit einem großen Zeltlager. Lagerseuchen beendeten diese erste Türkenbelagerung Wiens.

Die Grundlagen der Gegenreformation wurden im Konzil zu Trient (1545 - 1563) geschaffen. Ihre Durchführung erfolgte mit Hilfe der Jesuiten, der Kapuziner und mit militärischem Einsatz.

Ein „Bruderzwist in Habsburg" entstand durch die Regierungsansprüche Matthias' gegenüber Rudolf II (1576 - 1612), der seinen Regierungspflichten die Beschäftigung mit Kunst und Wissenschaft vorzog. Unter Matthias (1612 - 1619) verstärkten sich die religiösen und politischen Spannungen in Böhmen, bis lutherische Führer aus Protest 1618 den Hradschin in Prag stürmten und drei kaiserliche Räte aus dem Fenster warfen (Prager Fenstersturz). Dieses innerhabsburgische Ereignis löste den 30jährigen Krieg aus, der in der Folge vom Glaubenskrieg zum europäischen Machtkampf wurde. Der Westfälische Friede 1648 beendete den Krieg, der große Teile Europas verwüstet hatte.

Absolutismus und Katholizismus waren in den habsburgischen Ländern im wesentlichen bestätigt. Die Gefahr einer europäisch-habsburgischen Hegemonialmacht war gebannt. Frankreich, Schweden und die Niederlande waren neue europäische Großmächte. Ausweisungen von Protestanten folgten, aber der evangelische Glaube lebte im Geheimprotestantismus hauptsächlich in den Gebirgsgegenden weiter. Im Wirtschaftsleben des Frühkapitalismus verschärften sich die Zunft-

social and political betterment, began in 1525 in Tyrol (Michael Gaismair) and continued (albeit with no success) in Salzburg province as well as in Upper and Lower Austria. Shortly thereafter, the Turks mounted their first forays into Carniola.

The Turks were a great menace, particularly through their readiness for making alliances with France and Hungary. In 1529, the "arch-enemies of Christendom" under Sultan Suleiman ("the Magnificent") besieged Vienna and encircled the city. Epidemics in their camp ended the first Turkish siege of Vienna.

The Counter-Reformation resulted from the decisions of the Council of Trent (1545 - 1563). It was enforced mainly under the guidance of the Jesuits and Capucins, as well as by military suppression.

The quarrel of the Habsburg brothers (dramatized by Grillparzer in his "Bruderzwist") was caused by Matthew claiming the throne from Rudolph II who preferred the arts and sciences over his duties as ruler. Under Matthew (1612 - 1619) religious and political tensions in Bohemia were exacerbated to the point where Lutheran leaders stormed Hradcany Castle in Prague and threw three Imperial Councillors out of the window (Prague Defenestration). This domestic anti-Habsburg incident sparked the Thirty Years' War which, eventually, changed from a religious war into a European power contest. The Peace of Westphalia (1648) ended a war that had laid waste large parts of Europe.

Absolutism and Catholicism were essentially vindicated in the Habsburg lands. But the threat of a Habsburg hegemony over Europe was no longer. France, Sweden and the Netherlands became new powers in Europe. Expulsions of Protestants followed, but the Evangelic faith survived in secret practice. In the economy of early capitalism, guilds and corporations made their regulations even more stringent. The dying-out of traditional craftsmen (f.i. the bowyers) saw the rise of new trades (iron works, firearms, papermaking).

While peace with the Turks had prevailed during the Thirty Years' War, they resumed hostilites in 1663 during the reign of Leopold I (1658 - 1705). The Turkish advance against Styria in 1664 was successfully halted by Montecuccoli in the battle of

1525 (Michael Gaismair) e continuarono senza successo nel Salisburghese, in parti della Bassa e dell'Alta Austria. Poco dopo Turchi assalirono nella Carniola.

I Turchi furono molto pericolosi inanzitutto per la loro disponibilità a contrarre leghe con la Francia e con l'Ungheria. Nel 1529 i „nemici più duri della cristianità" sotto Sultan Soliman si trovarono davanti alle porte di Vienna circondando la città con un grande accampamento. Epidemie nell'accampamento posero fine alla prima occupazione turca di Vienna.

Le basi per la Controriforma si crearono durante il Concilio di Trento (1545 - 1563). La loro pratica si ebbe con l'aiuto dei Gesuiti, dei Capuccini e con la forza.

„Una discordia nella casa degli Asburgo" nacque dalle pretese al trono di Mattia verso Rodolfo II (1576 - 1612), che preferì occuparsi di arte e di scienza invece che dei doveri imperiali. Sotto Mattia (1612 - 1619) si accentuarono le tensioni religiose e politiche in Boemia finchè nel 1618 capi luterani assalirono il Hradschin e gettarono tre consiglieri imperiali dalla finestra (la Defenestrazione di Praga). Tale avvenimento all'interno dell'Impero Asburgico provocò la guerra dei Trent'Anni diventando da guerra religiosa una guerra per il potere europeo. La Pace di Vesfalia del 1648 terminò la guerra che aveva devastato grandi parti d'Europa.

L'assolutismo e il cattolicesimo furono confermati in sostanza nei territori asburgici. Il pericolo di un potere d'egemonia europeo-asburgico fu così eliminato. La Francia, la Svezia e i Paesi Bassi furono le grandi potenze europee. Ne risultarono le estradizioni dei protestanti, ma la fede evangelica continuò a vivere nel protestantesimo segreto, per lo più nelle zone montane. Nella vita economica del primo capitalismo si resero più rigide le leggi interne delle corporazioni. L'estinguersi di vecchi gruppi di arti (come p. es. gli arcieri) si alternò alla nascita di quelli nuovi (lavorazione del ferro, delle armi da fuoco, della carta).

Mentre durante la Guerra dei Trent'Anni si mantenne la pace con i Turchi, allora nel 1663 sotto Leopoldo I (1658 - 1705) ci scoppiò una nuova guerra. Montecuccoli parò vittoriosamente la spinta contro la Stiria nel 1664 nella Battaglia di

ordnungen. Das Aussterben von Gewerbegruppen (Bogner) wechselte mit dem Entstehen neuer (Eisenverarbeitung, Feuerwaffen, Papier).

Hatte es während des 30jährigen Krieges Frieden mit den Türken gegeben, so kam es 1663 unter Leopold I (1658 - 1705) neuerlich zum Krieg. Montecuccoli wehrte den Vorstoß gegen die Steiermark 1664 in der Schlacht bei Mogersdorf siegreich ab. Unter Sultan Mohammed IV und seinem Großwesir Kara Mustafa belagerten die Türken 1683 jedoch erneut Wien. Die Armee zur Befreiung der Stadt setzte sich aus Bayern, Sachsen und Polen (König Sobieski) zusammen. Die Verteidigung Wiens leiteten Ernst Rüdiger Graf Starhemberg und Bürgermeister Liebenberg. Herzog Karl V war Oberbefehlshaber der Entsatzoperationen. Die siegreiche Schlacht auf dem Kahlenberg (1683) war eine das Schicksal der abendländischen Kultur bestimmende Entscheidung. Im Anschluß kam es zur Rückeroberung Ungarns. Die ungarischen Stände übertrugen 1687 die ungarische Krone den Habsburgern.

Prinz Eugen übernahm den Oberbefehl über die österreichischen Truppen. Ihm gelang 1697 der entscheidende Sieg über die Türken bei Zenta, der Österreich wieder zu einem geschlossenen Territorium und zur Großmacht werden ließ. 1700 - 1740 war Prinz Eugen unter den Kaisern Leopold I, Joseph I und Karl VI Feldherr und führender Staatsmann der neuen Großmacht.

Eine neue Kulturepoche begann um 1620 mit dem Stil des Barock. Es ist Ausdruck der Siege der Gegenreformation und des Kaiserhauses, der Macht der Landesfürsten und des Adels. Der katholische Einfluß charakterisierte das Schulwesen, in dem die Jesuiten mit ihren zahlreichen Ordensgymnasien eine führende Rolle spielten. In der Kunst verlieh Luxus, Prunk und Glanz den Siegesgefühlen Ausdruck. Es entstanden unter anderem in Wien Schönbrunn, die Karlskirche, das Belvedere, Stift Göttweig in Niederösterreich und Mirabell in Salzburg. In der Musik erreichte die Barockoper mit Prunkausstattung, szenischen Künsten und Ballettaufgebot ihre Blüte.

Im spanischen Erbfolgekrieg (1701-1713/14) kämpften Österreich und Frankreich um die Nachfolgeschaft Karls II, des letzten spanischen Habsburgers. Im Frieden von

Mogersdorf. Still, under Sultan Muhammed IV and his Grand Vizir Kara Mustapha, the Turks again besieged Vienna in 1683. The armies for the relief of Vienna comprised Bavarians, Saxonians and Poles (under King John III Sobieski). The defence of Vienna was led by Ernest Rüdiger Count Starhemberg and mayor Liebenberg. Duke Charles V was commander-in-chief of the relief. Victory in the Battle on the Kahlenberg (1683) was an event that had a decisive effect upon the destiny of occidental culture. The reconquest of Hungary followed thereafter. In 1687 the Hungarian nobles conferred their country's crown upon the Habsburgs.

Prince Eugene of Savoy became supreme commander of all Austrian forces. In 1697 he won the decisive victory over the Turks in the Battle of Zenta, whereby Austria regained its territorial integrity and its status as major power. From 1700 to 1740, under the Emperors Leopold I, Joseph I and Charles VI, Prince Eugene was supreme commander and also a leading statesman of the new great power.

A new cultural era began about 1620 with the Baroque style. This was the embodiment of the triumphant Counter-Reformation and Imperial Court, the power of the local princes and of the nobles. Catholic influence shaped the school system (the Jesuit boarding schools played a leading role). Elation over this victory found artistic expression in luxury, ostentation and splendour. Erected were, besides other buildings, Schönbrunn Palace, St. Charles's Church and Belvedere Palace, all in Vienna, Göttweig Abbey (Lower Austria), and the Salzburg Mirabell Palace. Great architects were J. B. Fischer v. Erlach and J. L. v. Hildebrandt. In music, the Baroque opera reached its flowering with luxurious costumes and settings, artistic mises-en-scene and great ballet displays.

In the War of the Spanish Succession (1701 - 1713/14) Austria and France fought over the succession to Charles II, the last of the Spanish Habsburgs. France gained Spain proper and her colonies. Countries subordinate to Spain, (the Spanish Netherlands, Sardinia, Milan, Naples and Mantova) fell to Austria. The Peace of Passarowitz, in 1718, concluded the last Turkish War closer to the Austrian heartlands. The

Mogersdorf. Sotto il Sultano Moametto IV e il suo grande Visir Kara Mustafa nel 1683 i Turchi occuparono tuttavia di nuovo Vienna. L'armata costituita per difendere la città si compose di Bavaresi, Sassoni e Polacchi (Re Sobieski). Ernesto Rüdiger Duca Starhemberg e il Sindaco Liebenberg diressero la difesa di Vienna. Il Duca Carlo V era il comandante supremo delle operazioni di soccorso delle truppe. La battaglia vittoriosa sul Kahlenberg (1683) fu la svolta che determinò il destino della civiltà occidentale. Successivamente avvenne la riconquista dell'Ungheria dove i rappresentanti delle varie classi trasferirono nell'anno 1687 la corona ungherese agli Asburgo.

Il Principe Eugenio assunse il comando supremo delle truppe austriache. Egli riuscì nel 1697 a vincere definitivamente i Turchi a Zenta, vittoria per la quale l'Austria divenne di nuovo un territorio compatto e una grande potenza. Dal 1700 al 1740 il Principe Eugenio sotto gli imperatori Leopoldo I, Giuseppe I e Carlo VI fu condottiero e uomo di stato di primissimo rango della nuova superpotenza.

Una nuova epoca culturale iniziò intorno al 1620 con lo stile barocco. E' l'espressione delle vittorie della Controriforma e della casa imperiale, del potere dei principi e della nobiltà. L'influsso cattolico caratterizzò le scuole dove i Gesuiti con i diversi licei tenuti dall'ordine ebbero una parte importante. Il lusso, lo sfarzo, e lo splendore espressero i sentimenti della vittoria. Si costruirono tra l'altro il Castello di Schönbrunn, la Chiesa di S. Carlo, il Belvedere, il monastero di Göttweig e il Castello di Mirabell a Salisburgo. Nel campo della musica l'opera con il suo allestimento sfarzoso e con le arti sceniche raggiunse il suo splendore.

Nella Guerra per la Successione Spagnola (1701 - 1713/14) l'Austria e la Francia combatterono per la successione di Carlo II, dell'ultimo Asburgo spagnolo. Nella Pace di Utrecht il territorio della Spagna e le colonie caddero alla Francia. L'Austria ebbe i territori secondari spagnoli (i Paesi Bassi spagnoli, la Sardegna, Milano, Napoli e Mantova). La Pace di Passarovitz del 1718 pose fine all'ultima guerra contro i Turchi. Le vittorie del Principe Eugenio comportarono ampliamenti dei territori verso sud-ovest.

Kara Mustafa Pascha, Großwesir und Befehlshaber des türkischen Belagerungsheeres. Bild um 1696.

Kara Mustafa Pasha, Grand Vizir and commander of the Turkish siege army. Painting, abt. 1696.

Il Pascià Cara Mustafà, Gran Visir e comandante dell'esercito di occupazione turca.

„Die Entsatzschlacht." Darstellung der Belagerung Wiens 1683. Zeitgenössisches Gemälde von F. Geffels.

"The Relief". A representation of the siege of Vienna in 1683. Contemporary painting by F. Geffels.

„La battaglia decisiva". Rappresentazione della occupazione di Vienna nel 1683.

Prinz Eugen, Mitte, auf dem 1720 gemalten Bild „Die Kaiserlichen in der Schlacht bei Belgrad, 1717".

Prince Eugene in the centre of the painting "The Imperials in the Battle of Belgrade, 1717".

Nel mezzo, il Principe Eugenio, quadro del 1720, "I soldati imperiali nella battaglia di Belgrado", 1717.

Maria Theresia. Jugendbildnis der Kaiserin. Gemälde von Andreas Möller, um 1727.

Maria Theresa in her youth. Portrait by Andreas Möller, abt. 1727.

Maria Teresa, quadro dell'imperatrice giovane. Pittura di Andreas Möller, del 1727.

Die Familie Maria Theresias auf der Terrasse von Schönbrunn. Gemälde von M. Meytens, um 1750.

Maria Theresa's family on the Terrace of Schönbrunn Palace. Painting by M. Meytens, abt. 1750.

La famiglia di Maria Teresa sulla terrazza del castello di Schönbrunn. Quadro di M. Meytens.

Kaiser Joseph II, der Schöpfer vieler wesentlicher Reformen. Gemälde von Anton Maron, 1775.

Emperor Joseph II, the initiator of numerous essential reforms. Painting by Anton Maron, 1775.

L' Imperatore Giuseppe II, il creatore di molte riforme essenziali. Quadro di Antonio Maron, 1775.

Utrecht fielen das spanische Hauptland und die Kolonien an Frankreich. Österreich erhielt die spanischen Nebenländer (spanische Niederlande, Sardinien, Mailand, Neapel und Mantua). Der Friede von Passarowitz 1718 beendete den letzten Türkenkrieg. Die Siege des Prinzen Eugen brachten Gebietserweiterungen im Südosten.

Maria Theresia und ihre Erben

Karl VI (1711 - 1740), der Vater Maria Theresias, hatte das Erbe seiner Tochter in der Pragmatischen Sanktion 1713 (Erklärung der Unteilbarkeit der Länder, Bestimmung der weiblichen Erbfolge) zu regeln versucht. Dennoch mußte Maria Theresia (1740 - 1780) ihr Erbe im Österreichischen Erbfolgekrieg 1740 -1748 verteidigen. Nach den Schlesischen Kriegen gegen Friedrich II von Preußen verlor Österreich endgültig Schlesien.

Maria Theresia war mit Franz Stephan von Lothringen verheiratet, der 1745 zum römischen Kaiser gewählt wurde, und hatte 16 Kinder. Ihre Reformtätigkeit leitete eine neue Geschichtsepoche Österreichs ein. Im Zuge des aufgeklärten Absolutismus versuchte sie, die österreichisch-böhmische Reichshälfte in einem Beamtenstaat zu zentralisieren. Die Geheime Haus-, Hof- und Staatskanzlei zur Erledigung der auswärtigen Angelegenheiten wurde eingerichtet. Der Staat übernahm die Ausbildung des Militärs. Volks- und Fachschulen sollten den Nachwuchs erziehen. Die allgemeine Steuerpflicht, auch für Adel und Klerus, wurde eingeführt. Für die neue Steueraufteilung wurde der „theresianische Kataster“ angelegt. Die Rechtspflege wurde von der Verwaltung getrennt. Maria Theresia führte eine neue Währung ein und förderte im Sinne des Merkantilismus Industrie und Handel. Die Mitregentschaft ihres Sohnes Joseph II begann 1765. Im Zuge der ersten Teilung Polens 1772 gelangten Galizien und Lodomerien unter österreichische Herrschaft. 1775 kam die Bukowina dazu. 1780 übernahm Joseph II die Alleinherrschaft.

Im Anschluß an die Reformtätigkeit Maria Theresias (praktische Bedürfnisse des Staatswesens) begann Joseph II (1780 - 1790) seine Reformen auf dem Gebiet der Verwaltung, des Rechts-, Schul- und Kirchenwesens und im Wirtschaftsleben.

victories of Prince Eugene allowed the "Holy Roman Empire of German Nation" to expand its borders and influence further southeastward.

Maria Theresa and her Heirs

In the Pragmatic Sanction (declaring the indivisibility of the Habsburg lands and settling the female succession to the throne) Charles VI, Maria Theresa's father, had endeavoured to establish what his daughter was to inherit. Maria Theresa (1740 - 1780) nevertheless had to defend her patrimony in the War of the Austrian Succession 1740 - 1748. After the Silesian Wars against Frederick II of Prussia, Austria lost Silesia for ever.

Maria Theresa married Francis Stephen of Lorraine, who was elected Roman Emperor in 1745; they had sixteen children. Her reforms heralded a new epoch in the history of Austria. Pursuing her course of enlightened absolutism, she endeavoured to centralize the Austro-Bohemian part of her realm into a state administered by a civil service system. The Secret Chancellery of the Household, Court and State was set up to handle foreign affairs. The state assumed the training of the army. Primary and trades schools were established. A system of general taxation was introduced, the nobility and clerics also being subjected to it. The "Theresian Cadastral Register" was compiled for the implementation of the new tax system. The judiciary was separated from the general administration, torture was abolished. Maria Theresa introduced a new currency and fostered mercantilism, industry and commerce. The co-regency of her son Joseph II began in 1765. With the first partition of Poland in 1772, Galicia and Lodomeria came under Austrian rule. The Bukovina was added in 1775. In 1780, Joseph II became sole regent of the Habsburg Empire.

Continuing Maria Theresa's reforms, Joseph II (1780 - 1790) instituted reforms of the administration, the judiciary, the school system, church organization and the economy. Bonded servitude and compulsory membership in trade guilds were abolished in 1781. He decreed the Letters Patent of Tolerance, which ensured the practising of their faith to non-Catholics, dissolved the contemplative monastic orders and introduced civil mar-

Maria Teresa e i suoi successori

Carlo VI (1711 - 1740) il padre di Maria Teresa aveva cercato di sistemare l'eredità di sua figlia nella Sanzione Prammatica del 1713 (dichiarazione della inscindibilità dei territori, determinazione della successione in linea femminile). Nonostante ciò Maria Teresa (1740 - 1780) dovette difendere la sua eredità nella Guerra per la Successione Austriaca che durò dal 1740 al 1748. Dopo le guerre con la Slesia contro Federico II di Prussia l'Austria perdette definitivamente la Slesia.

Maria Teresa era sposata con Francesco di Lorrena eletto imperatore romano nel 1745 ed ebbe 16 figli. Le sue attività riformatorie introdussero una nuova epoca storica per l'Austria. Nel corso dell'assolutismo illuministico cercò di centralizzare la metà austro-ungarica dell'impero in uno stato di funzionari. Fu istituita la cancelleria segreta della casa regnante, della corte e dello stato per sbrigare gli affari esteri. Lo stato assunse l'addestramento militare. Scuole elementari ed istituti tecnici dovevano educare le nuove generazioni. Venne introdotto l'obbligo di pagare le tasse anche per l'aristocrazia e il clero. Per la nuova organizzazione del pagamento delle tasse si creò „il Catasto Teresianico“. La giurisprudenza fu divisa dall'amministrazione, e si abolì la tortura. Maria Teresa introdusse una nuova moneta e favorì il mercantilismo, l'industria e il commercio. La reggenza con suo figlio Giuseppe II cominciò nel 1765. Nel corso della prima divisione della Polonia nel 1772 la Galizia e la Lodomeria caddero sotto l'impero austriaco. Nel 1775 vi si aggiunse la Bucowina. Dal 1780 Giuseppe II regnò da solo.

Consecutivamente alle attività riformatorie di Maria Teresa (i bisogni pratici dello stato) Giuseppe II (1780 - 1790) cominciò a realizzare le sue riforme nell'amministrazione, nel diritto, nelle scuole, nella chiesa e nella vita economica. Nel 1781 si abolirono la servitù e l'obbligo di far parte di una corporazione. Rilasciò l'editto di tolleranza che assicurò ai cristiani non cattolici l'esercizio della loro religione, abolì gli ordini contemplativi e introdusse il matrimonio civile. Nonostante molti insuccessi delle sue riforme le idee di Giuseppe II fecero sentire i loro effetti fino all '800 inoltrato.

1781 wurden Leibeigenschaft und Zunftzwang aufgehoben. Er erließ das Toleranzpatent, das nichtkatholischen Christen die Ausübung ihrer Religion zusicherte, hob die beschaulichen Orden auf und führte die Zivilehe ein. Trotz vieler Mißerfolge seiner Reformen wirkte josephinisches Gedankengut bis tief in das 19. Jahrhundert.

Wien entwickelte sich zum Zentrum der Musik. Die deutsche Opernmusik entstand durch Christoph Willibald Gluck, Joseph Haydn und Wolfgang Amadeus Mozart, die in Wien lebten (Beginn der Wiener Klassik). Das Rokoko verewigte sich in der Kirche von Wilten (Innsbruck) und in der Innenausstattung von Schloß Schönbrunn. In der Malerei schufen Franz Anton Maulbertsch und Johann Martin Schmidt („Kremser Schmidt") bedeutende Werke.

Während der Regierungszeit Leopolds II (1790 -1792) herrschte in Frankreich die Französische Revolution. Die Aufrechterhaltung der alten Ordnung gegenüber den revolutionären Ideen bestimmte die Politik Franz' II (1792 - 1835). In den ersten drei Koalitionskriegen (1792 - 1809) kämpften die europäischen Mächte in wechselnden Koalitionen gegen die Ausweitung der Revolution und gegen Napoleon, der seit 1799 die Republik Frankreich führte. 1805 siegte Napoleon bei Austerlitz und besetzte Wien.

Kaiserreich Österreich

1804 nahm Franz II den Titel Kaiser von Österreich an. 1806 legte er die Kaiserkrone des „Heiligen Römischen Reiches Deutscher Nation" nieder. 1809 hatte Österreich im Frieden von Schönbrunn schwere Einbußen zu erleiden (riesige Gebietsverluste, hohe Reparationskosten, Reduzierung der Truppen). Die Heirat Marie Louises, einer Tochter Franz' II, mit Napoleon brachte keine Milderung der Friedensbedingungen.

Nach dem Rußlandfeldzug Napoleons, der mit der Vernichtung der Großen Armee endete, und der Niederlage bei Leipzig fand 1815 unter dem Vorsitz des Fürsten Metternich der Wiener Kongreß mit dem Ziel der Neuordnung Europas statt. Die „Heilige Allianz" zur Erhaltung des Friedens und der konservativen Ideologie wurde gegründet.

Es begann die widersprüchliche Zeit des Biedermeier, die zwischen

riage. Failures of these reforms notwithstanding, the ideas of Joseph II continued to exert their influence well into the nineteenth century.

Vienna became a centre of musical life. German operatic music originated with Christoph Willibald Gluck, Joseph Haydn and Wolfgang Amadeus Mozart, all living in Vienna. The rococo style was perpetuated in the Wilten church (Innsbruck) and also in the interior furnishing of Schönbrunn Palace. Franz Anton Maulbertsch and Johann Martin Schmidt (the "Krems Schmidt") created important paintings.

Revolution raged in France in the reign of Leopold II (1790 - 1792). Maintaining the old order against the ideas of the French Revolution determined the policies of Francis II (1792 - 1835). During the first three "Wars of the Coalitions" (1792 - 1809) the European powers formed varying alliances for combatting the spread of the revolution and the rise of Napoleon who had become leader of the French Republic in 1799. In 1805, Napoleon was victorious in the Battle of Austerlitz and could now occupy Vienna.

The Austrian Empire

In 1804, Francis II assumed the title of Emperor of Austria. In 1806 he relinquished the crown of the "Holy Roman Empire of the German Nation". The "Peace of Schönbrunn", in 1809, brought Austria grave losses (cession of huge territories, payment of high reparations, troop reductions). The marriage of Marie Louise, a daughter of Francis II, to Napoleon helped nothing to ease the peace conditions.

After Napoleon's Russian Campaign, which ended with the destruction of the Grande Armée, and his defeat at Leipzig, the Congress of Vienna was held in 1815 under the chairmanship of Prince Metternich. The aim of the congress was a new order for Europe. The "Holy Alliance" was founded to maintain peace and preserve the ideology of conservatism.

Now began the much-disputed "Biedermeier" period which, in-between romanticism and classicism, embodied a particular emphasis on privacy and bourgeois stolidity, this, because Metternich's police state allowed the bourgeoisie no influence upon the affairs of state. The "Biedermeier" period expressed itself in

Vienna divenne il centro della musica. La musica delle opere di lingua tedesca nacque grazie a Christoph Willibald Gluck, Joseph Haydn e Wolfgang Amadeus Mozart che vissero a Vienna (inizio del periodo classico di Vienna). Lo stile roccocò si eternò nella chiesa di Wilten (Innsbruck) e nell'allestimento interno del Castello di Schönbrunn. Nella pittura Franz Anton Maulbertsch e Johann Martin Schmidt („Kremser Schmidt") crearono delle opere significative.

Durante il regno di Leopoldo II (1790 - 1792) in Francia ci fu la Rivoluzione francese. Il mantenimento del vecchio ordine verso le idee rivoluzionarie determinò la politica di Francesco II (1792 - 1835). Nelle prime tre guerre della Coalizione dal 1792 al 1809 le tre potenze europee combatterono in coalizioni alternate contro il diffondersi della rivoluzione e contro Napoleone che dal 1799 fu a capo della Repubblica francese. Nel 1805 Napoleone vinse a Austerlitz e occupò Vienna.

Impero austriaco

Nel 1804 Francesco II accettò il titolo di imperatore dell'Austria. Nel 1806 depose la corona imperiale del „Sacro Romano Impero di Nazione Germanica". Nel 1809 l'Austria dovette subire grandi perdite alla conclusione della „Pace di Schönbrunn" (gigantesche perdite di territorio, altissimi costi di riparazione, riduzione delle truppe). Il matrimonio di Maria Luisa, una figlia di Francesco II con Napoleone non attenuò per niente le condizioni di pace.

Dopo la spedizione in Russia di Napoleone che finì con la sconfitta della grande armata, e dopo la sconfitta di Lipsia nel 1815 ebbe luogo sotto la presidenza del principe Metternich il Congresso di Vienna con la meta della restaurazione d'Europa. Si fondò la „Santa Alleanza" per mantenere la pace e un'ideologia conservatrice.

Cominciò il periodo contraddittorio del Biedermeier che comportò fra il Romanticismo e il periodo neoclassico a una forte accentuazione del privato e del borghese poiché sotto il regime poliziesco di Metternich un influsso della borghesia sugli affari dello stato non era possibile. Il Biedermeier trovò la sua espressione nell'arredamento delle case e nella pittura (Waldmüller, Schwind, Rudolf von Alt). Tutta la

Beschießung Wiens durch die Franzosen, Nacht vom 11. zum 12. Mai 1809. Stich von P. Piringer.

The Bombardment of Vienna by the French, in the night from 11 to 12 May, 1809, by P. Piringer.

Assedio di Vienna da parte dei Francesi nella notte dal 11 al 12 maggio 1809. Incisione di P. Piringer.

Franz II (als Kaiser von Österreich Franz I), Stifter der österr. Kaiserwürde, im Krönungsornat.

Francis II (as Emperor of Austria Francis I), the founder of the title of "Emperor of Austria".

Francesco II (come Imperatore d'Austria Francesco I), con abbigliamento da incoronazione.

Wiener Kongreß, September 1814 bis Juni 1815. Stich von Jean Godefrey, 1819, Ausschnitt.

The Congress of Vienna, September 1814 to June 1815. Detail from the copperplate by J. Godefrey.

Il Congresso di Vienna, dal settembre 1814 fino al giugno 1815, incisioni di Jean Godefrey, 1819.

Barrikade auf dem Michaelerplatz, Nacht vom 26. zum 27. Mai 1848. Gemälde von A. Ziegler.

A barricade on Michaelerplatz, the night from 26 to 27 May, 1848. Painting by A. Ziegler.

Le Barricate in Piazza San Michele, nella notte dal 26 al 27 maggio 1848. Quadro di A. Ziegler.

Standrechtliche Erschießung Wenzel Messenhausers, 16. November 1848.

Wenzel Messenhauser, being executed under martial law, 16. November 1848.

Fucilazione immediata di Wenzel Messenhauser, 16 novembre 1848.

Kaiser Franz Joseph I im Ornat des Ordens vom Goldenen Vlies. Jugendstilgemälde, Postsparkasse.

Emperor Francis Joseph I, wearing the robes of the Order of the Golden Fleece. Postsparkasse, Vienna.

L'Imperatore Francesco Giuseppe I, nell'uniforme dell'Ordine del Velo d'Oro. Quadro in stile Liberty.

Romantik und Klassizistik eine besondere Betonung des Privaten und Gut-Bürgerlichen mit sich brachte, da ein Einfluß des Bürgertums auf die Staatsgeschäfte im Metternichschen Polizeistaat nicht möglich war. Das Biedermeier fand Ausdruck in der Wohnkultur und in der Malerei (Waldmüller, Schwind, R. von Alt). Das gesamte private und öffentliche Musikleben (Beethoven, Schubert) erreichte einen seither nicht mehr gekannten Höhepunkt.

Durch die französische Julirevolution 1830 und das Ende der „Heiligen Allianz" erlangten liberale Kräfte in ganz Westeuropa große Popularität. Auch in Österreich beherrschten politische und nationale Spannungen die Zeit des „Vormärz" und kulminierten in der Märzrevolution des Jahres 1848. Die Aufständischen bauten Barrikaden und besetzten die Residenzstadt Wien. Ihre Führer (Blum, Messenhauser) wurden nach der Rückeroberung hingerichtet. Eine liberal-demokratische Verfassung konnte nicht durchgesetzt werden. Teilerfolge waren die Entlassung Metternichs, die Aufhebung der Zensur und die Bauernbefreiung (Abschaffung von Robot und Zehent).

Nach der Abdankung Ferdinands I, der seit dem Tod Franz' II (1835) mit Hilfe einer Staatskonferenz regiert hatte, übernahm 1848 der 18jährige Franz Joseph (1848 - 1916) die Regierung. Er herrschte nach der Liquidation der Revolution von 1848 und unter Aufhebung der Verfassung zunächst im Sinne des Neoabsolutismus. Zur permanenten inneren Krise (z.B. Nationalitätenprobleme) kamen politische und militärische Fehlschläge (Solferino 1859). Die waffentechnische Überlegenheit der Preußen (Hinterlader) verursachte 1866 die Niederlage in der Schlacht von Königgrätz, wodurch Österreich aus dem Deutschen Bund ausgeschlossen wurde. Dies förderte den Ausgleich mit Ungarn (1867), wodurch es zur Umwandlung des Einheitsstaates in die österreichisch-ungarische Doppelmonarchie (gleichberechtigte, selbständige Staatsgebiete, nur durch die Person des Herrschers, gemeinsames Heeres- und Finanzwesen sowie die Außenpolitik verbunden) kam. Die folgende liberale Ära begann mit der schrittweisen Verankerung der staatsbürgerlichen Grundrechte in der Verfassung. Anhänger gleicher politi-

interior decoration and in painting. (Waldmüller, Schwind, Rudolf von Alt.) The entire public and private musical life (Beethoven, Schubert) reached a high point not known since then.

The French Revolution of June 1830 and the end of the "Holy Alliance" made the liberal forces gain great popularity throughout western Europe. In Austria too, political and national tensions dominated the "pre-March" era, culminating in the March Revolution of 1848. The revolutionaries erected barricades and occupied Vienna, the seat of the court. Their leaders (Blum, Messenhauser) were executed after the reconquest of Vienna. A liberal-democratic constitution could not be attained. Partial successes were the dismissal of Metternich, the lifting of censorship and the liberation of the peasantry (abolition of "Robot", compulsory labour in lieu of rent, and of the tithe).

After the abdication of Ferdinand I who had reigned since the demise of Francis II (1835) with the aid of a ministerial conference, the eighteen-year old Francis Joseph (1848 - 1916) ascended to the throne in 1848. After the liquidation of the revolution of 1848 and with the constitution suspended, he initially ruled in the spirit of neo-absolutism. Added to the permanent internal crisis (e.g. problems with the various nationalities) came political and military setbacks (Solferino 1859). The superior arms (breech-loading rifles) of Prussia wrought her victory at Königgrätz (Sadova), and Austria was expelled from the German Federation. These events accelerated the adjustment of the relationship with Hungary (1867) and the transformation of the unitary state into the Austro-Hungarian Dual Monarchy (independent territorial entities with equal rights, united only by the person of the ruler, common military and financial systems and a common ministry of foreign affairs). The subsequent liberal era began with a gradual anchoring of basic civil rights in the constitution. Adherents of similar political views formed their parties. But the struggles for a general, equal, direct and secret ballot did not bear fruit until 1907. And women still had no vote.

The economic boom concomitant with the founding of new industries entailed new developments and

vita musicale privata e pubblica (Beethoven, Schubert) raggiunse in quel periodo un culmine da allora riscontrato mai più.

A causa della rivoluzione del luglio del 1830 e della fine della „Santa Alleanza" le forze liberali in tutta l'Europa occidentale raggiunsero una popolarità straordinaria. Anche in Austria tensioni politiche e nazionali dominarono il periodo del „Vormärz" e culminarono nella rivoluzione del marzo dell'anno 1848. Gli insorti costruirono barricate e occuparono la città residenziale di Vienna. I capi (Blum, Messenhauser) furono giustiziati dopo la riconquista. Una costituzione liberaldemocratica non si affermò. Successi parziali furono l'allontanamento di Metternich, l'abolizione della censura e la liberazione di contadini (abolizione della corvée e della decima).

Dopo l'abdicazione di Ferdinando I che aveva regnato sin dalla morte di Francesco II (1835) con l'aiuto di un consiglio di Stato nel 1848 il diciottenne Francesco Giuseppe (1848 - 1916) assunse il governo. Regnò dopo la repressione della rivoluzione del 1848 e sotto l'eliminazione della costituzione in un primo tempo ai sensi del neoassolutismo. Alla permanente crisi interna (p.es. il problema delle nazionalità) si aggiunsero quelle delle sconfitte politiche e militari (Solferino 1859). La supremazia nelle armi dei Prussiani (fucili a retrocarica) provocò nel 1866 la sconfitta nella Battaglia di Königgrätz per cui l'Austria venne esclusa dalla lega tedesca. Ciò favorì il compromesso con l'Ungheria (1867) motivo per cui si avverò la trasformazione dello stato unitario nella doppia monarchia austro-ungarica (territori a diritti uguali, autonomi, legati solo dall'imperatore, e dall'esercito e dall'ordinamento economico e dalla politica estera). La seguente era liberale cominciò con un ancoramento dei diritti fondamentali nella costituzione. I seguaci di identiche opinioni politiche si unirono in partiti. I tentativi per giungere a un diritto al suffraggio universale, uguale, diretto e segreto durarono fino al 1907. Le donne però ne rimasero escluse.

Il rilancio economico con la fondazione di nuove industrie comportò nuovi problemi. Si sviluppò il fenomeno del proletariato, le donne e i bambini furono inquadrati nei processi lavorativi.

scher Auffassungen schlossen sich in Parteien zusammen. Die Bemühungen um ein allgemeines, gleiches, direktes und geheimes Wahlrecht dauerten bis 1907. Frauen blieben davon ausgeschlossen.

Der wirtschaftliche Aufschwung mit der Gründung neuer Industrien zog neue Entwicklungen und Probleme mit sich. Eine Proletarisierung setzte ein, Frauen und Kinder wurden in den Arbeitsprozeß eingegliedert.

Nach Demolierung der Basteien 1858 enstanden die Prachtbauten der Wiener Ringstraße im Stil des Historismus. Neue Wege in der Architektur gingen Otto Wagner, Adolf Loos und Joseph Olbrich. Durch die Maler Gustav Klimt, Carl Moll, Kolo Moser gewann der Wiener Jugendstil europäische Geltung. Egon Schiele, Oskar Kokoschka und Richard Gerstl sowie der Tiroler Albin Egger-Lienz waren Vertreter des malerischen Expressionismus.

Trotz Gegensätzen und Spannungen erlebte Wien um 1900 einen Höhepunkt seiner Entwicklung.

Auf dem Gebiet der Musik wirkten Johannes Brahms, Anton Bruckner, Gustav Mahler und Hugo Wolf. Die Wende zur neuen Musik bahnte Arnold Schönberg mit seiner Zwölftonmusik. Der Wiener Walzer und die Wiener Operette eroberten die Welt. Hermann Bahr, Arthur Schnitzler, Hugo von Hofmannsthal und Karl Kraus prägten das literarische Leben. Sigmund Freud schuf die Grundlagen der Psychoanalyse.

Die Ermordung des Thronfolgers Erzherzog Franz Ferdinand und seiner Gattin Sophie 1914 in Sarajewo löste nicht nur den Ersten Weltkrieg aus, sondern bedeutete in der Folge auch das Ende des habsburgischen Vielvölkerstaats und der über 600 Jahre währenden Herrschaft der Habsburger. Der letzte Kaiser, Karl I, ging in die Emigration, selbständige Staaten entstanden, „und der Rest ist Österreich“, wie es der französische Politiker Georges Clemenceau ausdrückte.

Die Republik

Am 12. November 1918 wurde die Republik „Deutschösterreich“ ausgerufen. Zu schweren wirtschaftlichen Problemen kamen innenpolitische Spannungen, vor allem zwischen Sozialdemokraten und Bürgerlichen, die zur Gründung von bewaffneten Wehrverbänden führten. Die Unzufriedenheit der

problems. A proletariat came to be formed, women and children were recruited into the labour force.

After the levelling of the bastions, 1858, encircling the inner city, magnificent buildings in the style of historicism were erected along the Vienna ”Ring“. Otto Wagner, Adolf Loos and Joseph Olbrich pursued new ways in architecture. The painters Gustav Klimt, Carl Moll and Kolo Moser made the ”Jugendstil“ into a concept of European significance. Egon Schiele, Oskar Kokoschka and Richard Gerstl, together with the Tyrolean Albin Egger-Lienz, were representative of expressionism in painting.

In spite of a countervailing state of affairs and the tensions that existed then, Vienna reached an apex in its development about the year 1900.

In the field of music, there were Johannes Brahms, Gustav Mahler, Anton Bruckner and Hugo Wolf. Arnold Schönberg with his twelve-note theory pioneered the path toward a new style in music. The Vienna waltz and the Vienna operetta conquered the globe. Hermann Bahr, Arthur Schnitzler, Hugo von Hofmannsthal and Karl Kraus left their imprints on literary life. Sigmund Freud created the foundations of psychoanalysis.

The assassination of Archduke Francis Ferdinand and his consort Sophia at Sarajevo in 1914 set off not only the First World War, but, eventually, signalled the end of the multi-national Habsburg state and of Habsburg rule that had lasted for more than six hundred years. The last Emperor, Charles I, was exiled. Independent ”successor“ states were established, and ”the rest is Austria“, as said by Georges Clemenceau, then French prime minister.

The Republic

The republic of ”German Austria“ (”Deutschösterreich“) was proclaimed on November 12, 1918. Added to severe economic strains were internal tensions, primarily between the Social-Democrats and the bourgeois parties, which finally led to the formation of armed party militias. The workers' dissatisfaction with the judgment in the so-called ”Schattendorf Trial“ of 1927 caused riots and the burning of the Palace of Justice in Vienna. In 1933, Engelbert Dollfuss suspended parliamentary democracy and instituted an

Demolite le bastioni nacquero i palazzi sfarzosi della „Wiener Ringstrasse“ nello stile dell'Istorismo. Nonostante contrasti e le tensioni Vienna intorno al 1900 visse un altro culmine del suo sviluppo. Demolite le bastioni nacquero i palazzi sfarzosi della „Wiener Ringstrasse“ nello stile dell'Istorismo. Otto Wagner con la „Postsparkasse“, Adolf Loos con la casa architettonicamente rivoluzionaria in piazza S. Michele di fronte al Palazzo Imperiale e Joseph Olbrich nella costruzione della Secessione, edificio dedicato all'arte seguirono nuove strade nell'architettura. Grazie ai pittori Gustav Klimt, Carl Moll, Kolo Moser lo stile dello Secessionismo trovò riconoscimento europeo. Egon Schiele, Oskar Kokoschka e Richard Gerstl nonché il tirolese Albin Egger-Lienz divennero i rappresentanti dell'Espressionismo nella pittura.

Nonostante i contrasti e le tensioni Vienna intorno al 1900 visse un altro culmine del suo sviluppo.

Nel campo della musica Johannes Brahms, Anton Bruckner e Hugo Wolf si contraddistinsero per le loro opere. La svolta alla musica contemporanea la iniziò Arnold Schönberg con la sua musica dodecafonica. Il walzer viennese e l'operetta conquistarono il mondo. Hermann Bahr, Arthur Schnitzler, Hugo v. Hofmannsthal e Karl Kraus diedero un'impronta alla letteratura. Siegmund Freud gettò le basi della psicanalisi.

L'omicidio dell'erede al trono l'Arciduca Francesco Ferdinando e di sua moglie Sofia nel 1914 a Sarajewo fu causa non solo della Prima Guerra Mondiale ma significò anche la fine dello stato plurinazionale asburgico e del dominio asburgico durato oltre 600 anni. L'ultimo imperatore Carlo I emigrò, nacquero stati autonomi e secondo le parole di Georges Clemenceau „quel che rimane è l'Austria“.

La Repubblica

Il 12 novembre 1918 fu proclamata la Repubblica „L'Austria tedesca“. A gravi problemi economici si aggiunsero tensioni interne anzitutto fra i socialdemocratici e i borghesi che cormportarono il crearsi di milizie armate. La scontentezza degli operai per la sentenza del processo di Schattendorf nel 1927 portò a una rivolta e all'incendio del Palazzo di Giustizia nel 1927. Nel 1933 En-

Wiener Hofoper zur Zeit der Direktion (1897–1907) Gustav Mahlers. Farbradierung von F. Michl.

The Vienna Court Opera at the time when Gustav Mahler was its director (1897–1907).

L'Opera della Corte di Vienna ai tempi della direzione di Gustavo Mahler (1897–1907).

Auto und Uniform des beim Attentat von Sarajewo getöteten Thronfolgers Franz Ferdinand.

The car and uniform of Archduke Francis Ferdinand, heir apparent, when assassinated at Sarajewo.

L'auto e l'uniforme del successore al trono Francesco Ferdinando ucciso a Sarajewo.

Demonstration vor dem Parlament anläßlich der Ausrufung der Republik am 12. November 1918.

Demonstrators at the Parliament in Vienna, during the declaration of the Republic, 12. November, 1918.

Dimostrazione davanti al Parlamento alla Proclamazione della Repubblica il 12 novembre 1918.

Stephansdom, 1945. Nach Artillerie-Treffern gerieten am 11. April Dach und Nordturm in Brand.

St. Stephen's Cathedral, Vienna, 11 April 1945, in flames after a direct hit by an artillery shell.

Il Duomo di Santo Stefano, 1945. Dopo l'attacco dell'artiglieria il tetto e la torre in fiamme.

Am Balkon des Belvedere: Der österr. Außenminister Leopold Figl zeigt den signierten Staatsvertrag.

Belvedere Palace. Leopold Figl, foreign minister of Austria, displaying the signed State Treaty.

Sul balcone del Belvedere: Il Ministro degli Esteri Leopoldo Figl mostra il Trattato di Stato firmato.

Arbeiterschaft mit dem Urteil im Schattendorfer Prozeß hatte 1927 einen Aufstand und den Brand des Justizpalastes zur Folge. 1933 hob Engelbert Dollfuß die parlamentarische Demokratie auf und errichtete ein autoritäres Regime. Die innenpolitischen Gegensätze kulminierten in den blutig niedergeschlagenen Februarkämpfen 1934. Im Juli desselben Jahres wurde Dollfuß von nationalsozialistischen Putschisten ermordet.

Trotz wirtschaftlichen Krisen hatte sich in Österreich in den zwanziger Jahren eine fortschrittliche Sozialgesetzgebung entwickelt. Das Land konnte auch seine überragende Stellung in Kunst und Wissenschaft behaupten.

Am 12. März 1938 marschierten deutsche Truppen in Österreich ein. Nach dem „Anschluß" wurde der Name Österreich durch „Ostmark", später durch „Alpen- und Donaugaue" ersetzt. Der Zweite Weltkrieg (1939 - 1945) forderte schwerste Opfer an Menschenleben und ungeheure Verluste an Sachwerten.

Am 27. April 1945 kam es unter Führung von Karl Renner zur Proklamation einer provisorischen Staatsregierung. Österreich war von den Alliierten besetzt und in vier Zonen geteilt. Nach der Unterzeichnung des Staatsvertrags am 15. Mai 1955 verließen die fremden Truppen das Land. Österreich bekannte sich zur immerwährenden Neutralität. Der Wiederaufbau nach 1945 fußte auf dem Vertrauen der Österreicher in die Lebensfähigkeit ihres Staates.

Österreich ist heute ein aus den neun Bundesländern Burgenland, Kärnten, Niederösterreich, Oberösterreich, Salzburg, Steiermark, Tirol, Vorarlberg und Wien bestehender Bundesstaat und eine parlamentarische Demokratie. Die Bundesverfassung, der Staatsvertrag und das Neutralitätsgesetz bilden seine staatsrechtlichen Grundlagen.

authoritarian regime. Internal dissension culminated in the leftist revolt of February 1934, which was subdued with great bloodshed. In July of the same year, Dollfuss was murdered in an abortive Nazi coup d'etat.

Although the Austria of the Twenties was torn by economic crises, it was nevertheless possible to promulgate progressive laws concerning social affairs. And the country also successfully maintained its outstanding position in the arts and sciences. On March 12, 1938, German troops marched into Austria. After the "Anschluss", the name "Austria" was supplanted by "Ostmark" and later by "Alpine and Danubian Districts". The Second World War (1939 - 1945) took a very severe toll in human lives and caused material losses of gigantic proportions.

On April 27, 1945, a provisional state government was proclaimed under the leadership of Karl Renner. Austria was under Allied occupation and divided into four zones. Upon the conclusion of the State Treaty on May 15, 1955, all foreign troops left the country. Reconstruction after 1945 was founded upon the confidence of the Austrian people in the viability of their country.

Today, Austria is a federal state composed of the nine provinces of Burgenland, Carinthia, Lower Austria, Upper Austria, Salzburg, Styria, Tyrol, Vorarlberg and Vienna, and constitued as a parliamentary democracy. The Federal Constitution, the State Treaty and the Neutrality Act are the legal foundations of the republic.

gelbert Dollfuß abolì la democrazia parlamentare e costituì un regime autoritario. I contrasti della politica interna culminarono nelle lotte sanguinosamente represse del febbraio 1934. Nel luglio dello stesso anno Dollfuß fu ucciso da golpisti nazisti.

Nonostante le crisi economiche nell'Austria degli anni venti si era sviluppata una legislazione sociale progressista. Il paese poté affermare pure una posizione preminente nell'arte e nelle scienze.

L'12 marzo 1938 le truppe tedesche occuparono l'Austria. Dopo l'„Anschluß" il nome dell'Austria venne sostituito dal „Ostmark" e più tardi dai „Gau danubiani". La Seconda Guerra Mondiale (1939 - 1945) causò gravi perdite umane e materiali.

Il 27 aprile 1945 sotto l'egida di Karl Renner venne proclamato il governo provvisorio. L'Austria era occupata dagli alleati e divisa in quattro zone. Dopo dure trattative a Mosca il Trattato di Stato fu firmato nella Sala dei Marmi del Belvedere il 15 maggio 1955 dai ministri degli esteri per l'USA John Foster Dulles, per l'URSS Vaceslav Molotov, per la Francia Antoine Pinay, per la Gran Bretagna Harold Macmillan e per l'Austria Leopold Figl. La legge sulla neutralità permanente obbliga l'Austria per sempre a non aderire a leghe militari e a non permettere la costruzione di basi militari di stati stranieri sul suo territorio. Regola pure la legge della Casa Asburgo-Lorrena.

L'Austria è adesso uno stato federale e una democrazia parlamentare e consiste delle nove regioni federali Burgenland, Carinzia, Alta Austria, Bassa Austria, Salisburgo, Stiria, Tirolo, Vorarlberg e Vienna. La costituzione federale, il Trattato di Stato e la legge sulla neutralità formano le sue basi costituzionali.

BURGENLAND

1 · Güssing, Burg

Das Burgenland, das jüngste österreichische Bundesland, ist uraltes Kulturgebiet, Grenzland zwischen den Ebenen des Ostens und dem gebirgigen Westen und immer wieder Einfallspforte für die Völker aus dem Osten. 8 n.Chr. wurde das Gebiet des heutigen Burgenlandes ein Teil der römischen Provinz Pannonien. Nach mehreren Einfällen von Germanen, Hunnen und Awaren setzte unter Karl dem Großen nach Unterwerfung der Awaren (791/796) eine bayerische Kolonisation und Christianisierung ein. Seit 907 besetzten die Magyaren das Gebiet. Mit einigen Unterbrechungen blieb die Landesgrenze zu Niederösterreich und der Steiermark (Leitha, Lafnitz) bis ins 20. Jh. auch die österreichisch-ungarische Grenze. Im 17. Jh. erlebte das durch Türkenkriege (1529, 1683) und ungarische Aufstände ausgeplünderte und menschenarme Land eine neue Kolonisierung durch Deutsche und Kroaten. Die Familie Esterházy stieg zum mächtigsten Grundherrn auf. Eisenstadt wurde zu einem Zentrum der Musik (Josef Haydn) und der Baukunst. Nach dem Ende des Habsburgerreichs erhielt Österreich im Friedensvertrag von St. Germain (1919) die Gebiete des ehemaligen Deutsch-Westungarn zugesprochen. 1920 entstand der Name Burgenland nach den vier Komitaten Preßburg, Wieselburg, Ödenburg und Eisenburg. Die burgenländische Frage führte zu schweren Konflikten mit den Ungarn, die das Gebiet mit Ausnahme der Stadt Ödenburg und Umgebung erst 1921 — nach einer Volksabstimmung über strittige Teile — abtraten. 1925 wurde Eisenstadt (Stadtrecht seit 1373; königlich ungarische Freistadt seit 1648) Landeshauptstadt. Beim „Anschluß" Österreichs an Deutschland wurde das Burgenland zwischen der Steiermark und Niederösterreich aufgeteilt und erst 1945 als selbständiges Bundesland wiederhergestellt.

Burgenland, the youngest of Austria's provinces, is an area of ancient culture, the borderland between the wide plains of the East and the mountainous West. Time and again, the region was the gateway for incursions by various peoples of the East. In 8 AD, what is Burgenland today, became part of the Roman province of Pannonia. Following invasions by Germanic tribes, Huns and Avars, colonization and Christianization by Bavarian settlers set in under Charlemagne after he had defeated the Avars in 791/796. But the Magyars then occupied the country in 907, and Burgenland of today was part of Hungary until 1920. The frontiers with Lower Austria and Styria (Leitha and Lafnitz rivers) would, with a few interruptions, form the border between Austria and Hungary into the 20th century. The Turkish Wars of 1529 and 1683, and Hungarian uprisings had caused devastation and an exodus of the population. A new wave of colonization, this time by Germans and Croatians, began, whilst the noble house of the Esterházys was to become the largest and most powerful landlords of the region. Eisenstadt became a centre of music (Joseph Haydn) and also of architecture. After the end of the Habsburg Empire, the Treaty of St. Germain (1919) awarded Austria the territory of former Germanic West Hungary. The name Burgenland was derived in 1920 from four former Hungarian counties, i.e. Pressburg, Wieselburg, Ödenburg and Eisenburg. The dispute over Burgenland caused severe conflicts with Hungary which ceded the territory only in 1921, after a plebiscite was held concerning some disputed areas. But Hungary retained the city of Ödenburg and its vicinity. In 1925 Eisenstadt became the provincial capital (having held the status of a city since 1373 and having been raised by the King of Hungary to a free city in 1648). After the "Anschluss" of Austria to the German Reich, Burgenland was partitioned between Styria and Lower Austria, and restituted as Austrian province in 1945.

Il Burgenland, la reg
le più giovane dell'Aus
territorio culturale ant
frontiera fra le pianure
l'occidente montuoso,
tamente porta d'incurs
popoli provenienti dal
Nell '8 d.C. l'attuale Bu
divenne parte della pro
mana Pannonia. Dopo
ni dei Germani, degli U
ri, e la loro sottomissio
796) iniziarono sotto l'
Carlo Magno la coloniz
parte dei Bavaresi e la
zione. Sin dal 907 i Ma
parono il territorio del
Burgenland. Con alcun
zioni il confine regiona
Bassa Austria e la Stiri
Lafnitz) coincise fino a
anche con quello nazio
'600 la regione saccheg
polata per le guerre co
(1529, 1683) e le rivolte
fu nuovamente coloniz
deschi e dai Croati; gli
divennero la famiglia f
più potente. Eisenstadt
centro della musica (Jo
Haydn) e dell'architett
fine dell'Impero Asbur
tria nel Trattato della
Germain (1949) ebbe i
tori tedeschi dell'Ungh
tale. Nel 1920 nacque i
genland secondo i quat
ati Pressburg, Wieselbu
burg e Eisenburg. La q
Burgenland ha portato
conflitti con gli Ungher
hanno ceduto il territo
cezione della città di Ö
dintorni solo nel 1921
plebiscito sulle parti co
Nel 1925 Eisenstadt (c
vico del 1373, città libe
1648) divenne capoluog
ne. In occasione dell„A
dell'Austria alla Germa
genland fu diviso fra la
Bassa Austria e solo nel
ristabilita come regione
autonoma.

3 · Eisenstadt, Bergkirche

4 · Eisenstadt, Schloß Esterházy, Haydn-Saal, Decke

5 · Eisenstadt, Schloß Esterházy, Hauptfassade

6 · Eisenstadt, Schloß Esterházy, Konsolfratzen

7 · Eisenstadt, Schloß Esterházy

8 · Eisenstadt, Schloß Esterházy, Haydn-Saal

11 · Eisenstadt, Haydngasse, Bürgerhaus

9 · Eisenstadt, Brunnen am Hauptplatz

10 · Eisenstadt, Jüdisches Museum, Sabbathkette

12 · Eisenstadt, Rathaus, Detail

13 · Eisenstadt, Haydngasse, Haydnhaus

14 · Eisenstadt, Haydngasse, Hof des Haydnhauses

15 · Eisenstadt, Kirchengasse

16 · Eisenstadt, Hauptstraße

17 · Eisenstadt, Haydngasse, Bürgerhaus

18 · Eisenstadt, Haydngasse, Hofeinfahrt

19 · Eisenstadt, Kirchengasse, Hofeinfahrt

20 · Eisenstadt, Haydngasse, Bürgerhaus

21 · Frauenkirchen, jüdischer Friedhof

22 · Donnerskirchen

23 · Blick gegen Frauenkirchen

24 · Frauenkirchen, Wallfahrtskirche, Gewölbe

25 · Rust am Neusiedler See, Bürgerhaus

26 · Rust am Neusiedler See, Bürgerhaus

27 · Rust am Neusiedler See, Bürgerhaus

28 · St. Margarethen, Steinbruch

29 · Rust am Neusiedler See, Bürgerhaus

30 · Rust am Neusiedler See, Bürgerhaus

31 · Rust am Neusiedler See, Bürgerhaus

32 · Rust am Neusiedler See, Blick vom Turm der Fischerkirche

33 · Purbach, Nikolauszeche

34 · Heiligenbrunn, Weinkeller

37 · Breitenbrunn, Hofeinfahrt

35 · Trausdorf an der Wulka, Bauernhaus

36 · Trausdorf an der Wulka, Bauernhaus

38 · Glasing bei Güssing, Bauernhaus, Arkaden

39 · Trausdorf an der Wulka, Hauseingang

40 · Mörbisch, Bauernhäuser und Hofgasse

41 · Oggau, Bauernhaus

42 · Oggau, Bauernhaus

43 · Halbturn, Tschardaken (Maisbehälter)

44 · Pamhagen, Dorfstraße

45 · Bad Tatzmannsdorf, Freilichtmuseum, bäuerliches Gerät

47 · Loretto, baumbestandener Dorfplatz

46 · Raiding, Geburtshaus Franz Liszts, Tor

48 · Raiding, Geburtshaus Franz Liszts

50 · Neusiedler See bei Podersdorf

49 · Apetlon, Bauernhaus

51 · Storch bei Apetlon

52 · Leithagebirge zwischen Winden und Jois

53 · Landschaft bei Kroatisch Minihof

55 · Schloß Kittsee

54 · Schloß Halbturn, Park, Detail

56 · Burg Schlaining, Tor, Detail

57 · Burg Schlaining

58 · Schloß Deutschkreutz, Arkadenhof

59 · Burg Lockenhaus

60 · Burg Bernstein

61 · Burg Forchtenstein

62 · Abend im Seewinkel

63 · Landschaft bei Halbturn

64 · Blick vom Ruster Hügelland gegen Oslip und das Leithagebirge

65 · Gewitter über Rust am Neusiedler See

66 · Stoob, Keramikbemalung

67 · Bernstein, Edelserpentinverarbeitung

68 · Stoob, Arbeit an der Töpferscheibe

69 · Mörbisch, Blumenfenster

70 · Bernstein, Edelserpentindrechslerei

71 · Rax bei Jennersdorf, Kürbisentkernen

72 · Purbach, Schilfverarbeitung

KÄRNTEN

1 · Zollfeld, Herzogsstuhl

Die durch die Hohen Tauern im Norden und die Karawanken im Süden gebildete Beckenlandschaft Kärntens hat eine bis in die jüngere Steinzeit zurückreichende kontinuierliche Siedlungstradition und erlangte durch Verkehrswege in den Süden Bedeutung. Als Teil des Königreichs Norikum erlebte das Land einen kulturellen Aufstieg, der sich ab 15 v.Chr. in der Römerzeit fortsetzte. Das Karantanien des 7. Jh.s hatte Ausmaße, die weit über das heutige Kärnten hinausgingen. Im 8. und 9. Jh. unterstand das Land Bayern. 976, als die Babenberger erstmals als Markgrafen von Österreich genannt wurden, erhob Kaiser Otto II Kärnten zum Herzogtum und übergab es dem Luitpoldinger Heinrich I. (Die Zeremonie der Herzogseinsetzung auf dem Zollfeld blieb bis ins 16. Jh. erhalten.) Dem Herzogtum unterstanden das Gebiet der Steiermark, Teile Oberösterreichs und Niederösterreichs, die Mark Verona mit Krain, Friaul und Istrien. Im 12. Jh. gingen Verona und die Steiermark verloren. 1286 verlieh Rudolf von Habsburg das Land Meinhard von Tirol. Nach dem Aussterben der Meinhardiner (1335) wurden die Habsburger mit Kärnten belehnt. Maximilian I schenkte 1518 Klagenfurt den Landständen (bis 1849 deren Besitz), wodurch Klagenfurt Landeshauptstadt wurde (vorher St. Veit). 1809 bis 1813 war Oberkärnten Teil der illyrischen Provinzen des napoleonischen Kaiserreichs. 1814 bis 1849 wurde Kärnten dem Illyrischen Königreich und der Regierung in Laibach unterstellt, 1849 wurde es ein selbständiges Kronland. Nach dem Ende der Monarchie kam es auf Grund der Gebietsansprüche Jugoslawiens zum Kärntner Abwehrkampf (1918/19). In der Volksabstimmung von 1920 entschieden sich auch die meisten in Kärnten ansässigen Slowenen für einen Verbleib bei Österreich. 1938 wurde Kärnten Reichsgau. 1945 wurde es als Bundesland wiederhergestellt.

By its topography, Carinthia is a basin, enclosed by the Tauern range to the North, and the Karawanken in the South. Its continuous history of settlement reaches back to the Younger Stone Age. The region rose in importance by the traffic routes to the South. As part of the Kingdom of Noricum, the country gained in cultural development, continuing from 15 BC well into Roman times. The Carantania of the 7th cent. extended far beyond today's Carinthia. In the 8th and 9th centuries, the country was under Bavarian rule. In 976, when the Babenbergs were Margraves of Austria, Emperor Otto II elevated Carinthia to a duchy, awarding it to Henry I of the Luitpolding dynasty. The ceremonial enthronement of the duke, held on Zollfeld plain near Klagenfurt, was observed until the 16th cent. The duchy's suzerainty extended over parts of Styria, Upper and Lower Austria, and also the March of Verona including Carniola, Friulia and Istria. Verona and Styria were lost in the 12th cent. In 1286, Rudolph of Habsburg awarded the country to Meinhard of Tyrol. After the Meinhardine dynasty had died out in 1335, the country was bestowed as fief upon the Habsburgs. In 1518, Maximilian I awarded Klagenfurt to the Nobles of the land (in whose ownership it would remain until 1849), and the city became the provincial capital instead of St. Veit on Glan. Between 1809 and 1813, upper Carinthia was part of the Illyrian Provinces of the Napoleonic Empire. From 1814 to 1849, Carinthia was ruled by the Kingdom of Illyria and its government at Ljubljana. Finally, in 1849, Carinthia became a Crown Province of its own. After the end of the Habsburg Monarchy, territorial claims by the new Kingdom of Serbs, Croats and Slovenes (later renamed Yugoslavia) caused the "Fight for the Defence" (1918/19). In the ensuing plebiscite, most of the Slovenes living in Carinthia voted for Carinthia's remaining within Austria. In 1938, Carinthia, too, was made into a "Gau" of the German Reich, and restored as Austrian province in 1945.

Il paesaggio della
Carinzia formato dal
ern" a nord e dai Kar
sud presenta una con
zione di insediament
all'età della pietra nu
la sua importanza da
comunicazione verso
parte integrante del
cum la regione ebbe
cio che continuò anch
romana dal 15 a.C. L
del VII secolo fu di d
sai più estese dell'att
Nel VIII e IX secolo f
minio dei Bavaresi. N
do i Babenberg furon
prima volta come ma
dell'Austria l'Imperat
elevò la Carinzia a du
to al Luitpoldingo E
rimonia dell'investitu
sulla pianura dello „Z
conservò fino al '500.
comprendeva i territo
ria, parti dell'Alta Au
Bassa Austria, la mar
con la Carniola, Friul
Nel XII secolo Verona
andarono perdute. N
dolfo d'Asburgo passò
a Meinhard del Tirol
l'estingersi dei Meinh
(1335) furono gli Asb
vere la Carinzia quale
similiano I regalò nel
furt alle classi provin
1849 nel loro possess
così Klagenfurt il cap
gione (prima St. Veit).
1813 la Carinzia supe
parte delle province i
dell'Impero Napoleon
1814 al 1849 la Carin
posta al regno illirico
di Laibach, nel 1849
della corona autonom
ne della monarchia in
pretese territoriali de
ci fu la lotta di difesa
zia (1818/19). Nel refe
1920 anche la maggio
Sloveni residenti in C
cisero a favore dell'Au
1938 la Carinzia dive
„Reichsgau" e nel 194
ta come regione feder

5 · Klagenfurt, Landhaus, Wappenwand

3 · Klagenfurt, Bürgerhaus

4 · Klagenfurt, Palais Goëß

6 · Klagenfurt, Altes Rathaus, Hof

7 · Klagenfurt, Bischöfliche Residenz

8 · Klagenfurt, Alter Platz

9 · Klagenfurt, Landhaus

10 · Klagenfurt, Landhaus, Wappensaal

12 · Klagenfurt, Alte Apotheke

11 · Wolfsberg, Bürgerhaus, Detail

13 · Wolfsberg, Reckturm

14 · St. Veit an der Glan, Rathaus, Arkadenhof

15 · Gmünd, Stadttor an der Malta

16 · St. Veit an der Glan, Rathaus

17 · Thörl-Maglern, Pfarrkirche, bemaltes Gewölbe

18 · Thörl-Maglern, Pfarrkirche, spätgotisches Fresko

19 · Thörl-Maglern, Pfarrkirche, Gewölbe

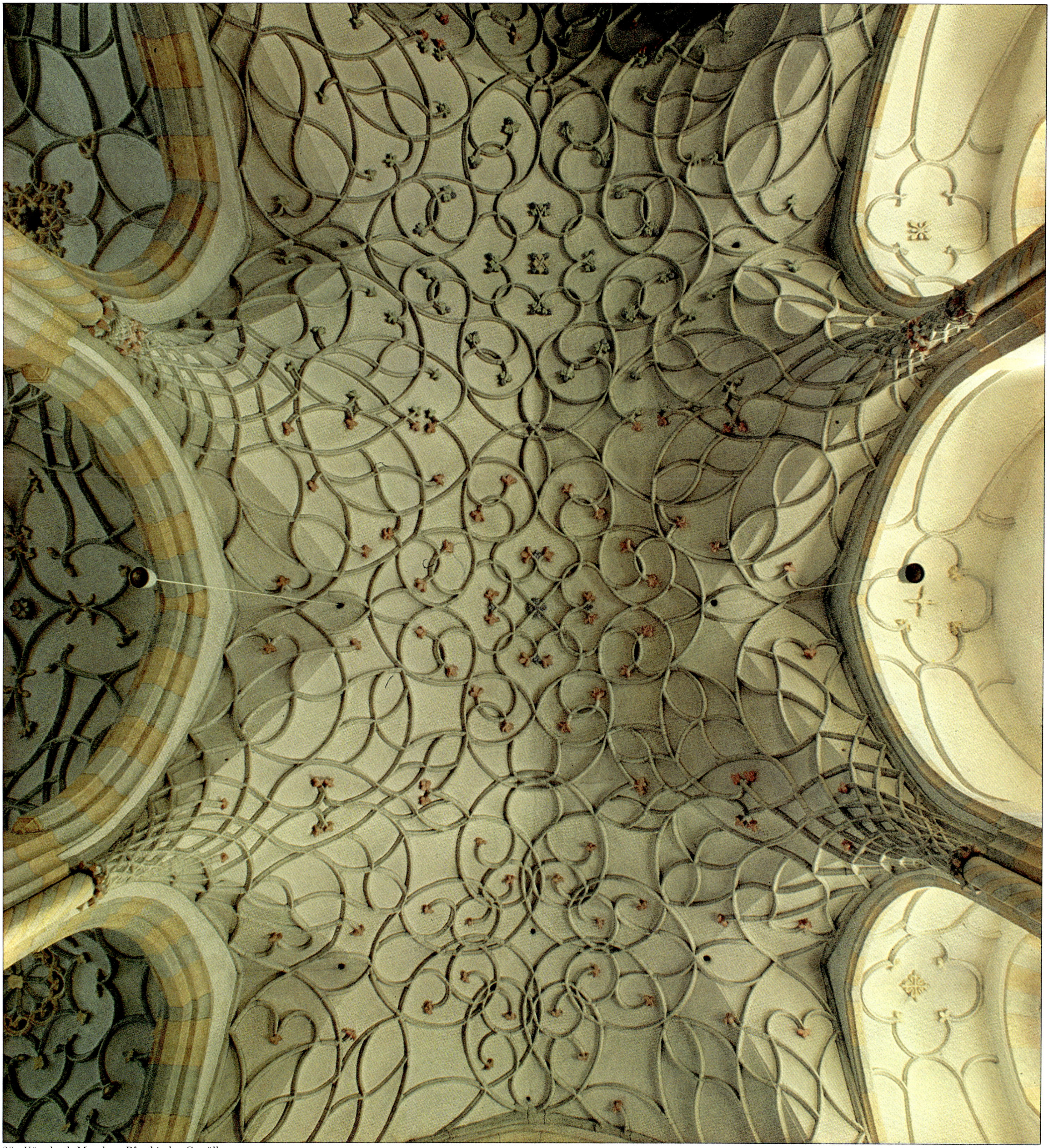

20 · Kötschach-Mauthen, Pfarrkirche, Gewölbe

21 · Spittal an der Drau, Schloß Porcia, Teilansicht

22 · Klagenfurt, Schloß Annabichl

23 · Spittal an der Drau, Schloß Porcia, Schauraum

24 · Spittal an der Drau, Schloß Porcia, Arkadenhof

25 · Döllach im Mölltal, Schloß Großkirchheim

26 · Burg Hochosterwitz, Engelstor, Detail

27 · Burg Hochosterwitz, Fähnrichstor

28 · Burg Hochosterwitz

29 · Burg Hochosterwitz, Löwentor

30 · Wolfsberg, Schloß

31 · Großglockner, Blick vom Wallack-Haus zur Schobergruppe

32 · Großglockner, Pasterze

33 · Im Mölltal

34 · Blick über Heiligenblut zum Großglockner

35 · Bauernhof bei Auen im Mölltal

36 · Bauernhof bei Döllach im Mölltal

37 · Bei Apriach

38 · Goldwaschanlage bei Heiligenblut

39 · Blick ins Mölltal bei Apriach

40 · Apriach, Stockmühle, Rad

41 · Apriacher Stockmühlen

42 · Innerfragant, beim Speicher Wurten

44 · Almboden bei Mallnitz

43 · Blick vom Goldegg

45 · Naßfeld, bei Hermagor

46 · Wörther See, Pörtschach

47 · Ossiacher See, Bodensdorf

48 · Wörther See, Maria Wörth

49 · Gurk, Dom, Portal

50 · Gurk, Dom und Stiftsgebäude

51 · Gurk, Dom, Bischofskapelle

52 · Gurk, Dom, Krypta

53 · Gurk, Dom, romanischer Löwe

54 · Gurk, Dom, Bischofskapelle, Detail

55 · Millstatt, ehemalige Stiftskirche, Portal

56 · Maria Saal, Wallfahrtskirche, Gewölbe

57 · Maria Saal, Keutschacher Epitaph

58 · Maria Saal, Wallfahrtskirche, röm. Reisewagen

59 · Maria Saal, Karner und Totenleuchte

60 · Maria Saal, Wallfahrtskirche, Dreikönigsfresko, Ausschnitt

61 · St. Donat bei Hochosterwitz, Scheune

62 · Tschardake, Gailtal

63 · St. Michael am Zollfeld, Scheune

64 · Bei Völkermarkt

65 · St. Oswald bei Bad Kleinkirchheim

66 · Blick von Möllbrücke ins Mölltal

67 · Oberdrauburg

68 · Millstätter See

69 · Magdalensberg, römische Ausgrabung

70 · Ferlach, Büchsenmacher

71 · Kirchbichl bei Gmünd, geteilte Kirche

72 · Spittal an der Drau, Büchsenmacher

73 · Spittal an der Drau, Ortenburger Grenzstein, um 1525

74 · Bei Spittal an der Drau, Volkstanz

75 · Glaswaren aus Spittal an der Drau

76 · Spittal an der Drau, Glasschleifen

77 · Villach, Hauptplatz, historischer Postkasten

NIEDERÖSTERREICH

1 · Retz, Teilansicht vom Stadtturm

Die Donau sowie die uneinheitlichen geologischen Gegebenheiten charakterisieren Niederösterreich. Offene Landschaftsformen (Wiener Pforte, Ungarische Pforte) und die zentrale Lage begünstigten Handel (Bernsteinstraße) und Völkerbewegungen. Seit dem 2. Jh. v.Chr. gehörte das Gebiet zum Königreich Norikum, zwischen 15 v.Chr. und 8 n.Chr. wurde das südliche Niederösterreich ein Teil der römischen Provinzen Norikum und Pannonien. Im 6. Jh. wanderten die Bayern ein, ebenso das aus Ostasien kommende Reitervolk der Awaren. Sie unterwarfen die hier ansässigen Slawen, wurden jedoch von Karl dem Großen besiegt. Niederösterreich wurde dem Fränkischen Reich einverleibt. Karl der Große errichtete 799 die Awarische Mark. Nach dem Einfall der Magyaren (881) errichtete König Otto I 955 die bayerische Ostmark, die ab 976 die Babenberger regierten. 996 wurde der Name Österreich erstmals urkundlich als „Ostarrichi" genannt. Gemeint waren die Länder der Babenberger von der Enns abwärts bis zum Wienerwald, mit dem Alpenvorland. Die Babenberger regierten zunächst im Range von Markgrafen, ab 1156 als mit Besitz- und Hoheitsrechten ausgestattete Herzöge. Niederösterreich war das Kernland ihrer Macht. Um 1170 hatte Niederösterreich bereits seine heutige Ausdehnung erreicht. Von 1278 bis zum Zusammenbruch der Donaumonarchie 1918/19 blieb „Das Erzherzogtum Österreich unter der Enns" oder „Niederösterreich", wie es seit Maria Theresia genannt wurde, führendes Erbland der Habsburger. Als Umland der Residenzstadt Wien wurde es zum Standort von Manufakturen und Fabriken und Versorgungsgebiet der Großstadt. 1922 wurden Niederösterreich und Wien zwei selbständige Bundesländer. Der Sitz der niederösterreichischen Landesregierung blieb aber in Wien. 1938 wurde das Land zum deutschen Gau Niederdonau. Mit dem Staatsvertrag von 1955 wurde es wieder zum freien österreichischen Bundesland. Seit 1986 ist St. Pölten die neue Landeshauptstadt.

Main topographical features of Lower Austria are the Danube and the irregularity of its geological features. Trade (the Amber Road) and migrations were facilitated by the landscape (Vienna Gateway, Hungarian Gate) and the central location of the region. From the 2nd cent. BC, the territory belonged to the Kingdom of Noricum, between 15 BC and 8 AD, the South of Lower Austria became part of the Roman provinces of Noricum and Pannonia. Bavarians came in the 6th cent., also the Avars, horsemen from East Asia. These subjugated the Slavs who had settled here, and were in turn vanquished by Charlemagne. Lower Austria was annexed to the empire of the Franks; in 799 Charlemagne founded the Carolingian March. After the Magyar invasion (about 881), King Otto I established the Bavarian Eastern March in 955 which, from 976, was ruled by the Habsburgs. In 996, Austria was first named as "Ostarrichi". This term referred to the Babenberg lands from the river Enns to the Vienna Woods including the pre-Alpine area to the south. The ruling Babenbergs originally were Margraves and raised to dukes in 1156, when they obtained privileges of land holding and sovereignty. Lower Austria was the heartland of their power. About 1170, Lower Austria was already at its present extent. From 1278, until the collapse of the Danube Monarchy, the "Duchy of Austria beneath the Enns", or "Lower Austria" as it was called under Maria Theresa, held the leading position among the patrimonial Habsburg provinces. The area around Vienna, the seat of the court, developed into a center of manufacturing and industry. Vienna and Lower Austria became separate provinces in 1922, but Vienna remained the seat of the provincial government. After the "Anschluss", Lower Austria was made a "Gau" of the German Reich. With the independence of Austria after the Second World War, Lower Austria also regained its status as free constituent province. Since 1986 St. Pölten is provincial capital.

Il Danubio nonché
geologicamente non c
raterizzano la Bassa A
di paesaggio aperti (L
nese e quella Unghere
zione centrale favoris
mercio (la Via dell'An
zioni dei vari popoli.
il territorio fece parte
Noricum, fra il 15 a.C
parte meridionale del
tria divenne parte del
romane Noricum e Pa
VI secolo ci arrivaron
come anche gli Avari,
equestre proveniente
entale. Sottomisero gl
già ivi risiedettero ma
da Carlo Magno. La B
fu inquadrata nel Reg
chi e nel 799 Carlo M
la Marca Carolingia.
sione dei Magiari (int
il Re Ottone I creò ne
ca Orientale Bavarese
partire dal 976 dai Ba
996 il nome dell'Aust
per la prima volta in
to quale „Ostarrichi".
vano per questo i terr
benberg dall'Enns fin
Viennese comprese le
pine. I Babenberg reg
primo momento nel r
margravi, dal 1156 co
tati di diritti di sovra
Austria fu il nucleo d
Intorno al 1170 la Ba
aveva raggiunto già la
attuale. Dal 1278 fino
la Monarchia Danubi
1918/19 l'„Arciducato
al di là dell'Enns" op
Austria" come fu chia
tempo di Maria Teres
le territorio ereditario
go. Come zona intorn
residenza Vienna dive
manufatture e fabbri
approviggionamento
poli. Nel 1922 la Bass
Vienna diventarono c
derali autonomi. La s
verno regionale rimas
Vienna. Con l'„Ansch
tria al „Deutsches Re
regione divenne il „G
„Niederdonau". Con
Stato del 1955 divenn
regione federale liber
St. Pölten è capoluog

3 · Stift Herzogenburg, Bibliothek

4 · Stift Klosterneuburg, Marmorsaal

5 · Stift Altenburg, Stiftskirche

6 · Stift Altenburg, Kuppel der Stiftskirche

7 · Stift Herzogenburg, nördliches Portal

10 · Heiligenkreuz-Gutenbrunn, Schloß, Stiege

8 · Stift Heiligenkreuz, Klosterhof und Stiftskirche

9 · Dürnstein, Baudetail des ehemaligen Stiftes

11 · Stift Melk, Teilansicht von der Donau aus

12 · St. Pölten, Institut der Englischen Fräulein

13 · Schloß Eckartsau, Festsaal

14 · Schloß Petronell, Festsaal

15 · Stift Melk, Kuppel der Stiftskirche

16 · Stift Melk, Bibliothek

17 · Eggenburg, „Gemaltes Haus“

18 · Horn, Sgraffitohaus

19 · Retz, Sgraffitohaus

20 · Weitra, Sgraffitohaus

21 · Eggenburg, Bürgerhaus

22 · Krems an der Donau, Bürgerhaus

23 · Melk, frühklassizistisches Postgebäude

24 · Krems, Bürgerhaus

25 · Langenlois, Weinhauerhaus

26 · St. Pölten, Bürgerhaus

27 · Hadersdorf am Kamp, Rathaus

28 · Krems an der Donau, Bürgerhaus

29 · Krems an der Donau, Bürgerhaus

30 · Stein an der Donau, Pfarrhof

31 · Rosenau, Pfarrhof

32 · Deinzendorf, Bauernhof

33 · Grund, Weinkeller

34 · Neu Pölla, ehemalige Mühle

35 · Kollmitzdörfl, die Thaya vom Uhu-Felsen aus

36 · Watzelsdorf, Kürbisfeld

37 · Karlstift, Bauernhof

38 · Kollersdorf, Meierhof

39 · Weißenkirchen in der Wachau, Weinstellen

41 · Landschaft zwischen Schöngrabern und Großmugl

40 · Weinkeller bei Herzogenburg

42 · Grafenwörth, Hofeinfahrt

43 · Stadt Haag, Bauernhof

44 · Sitzenberg-Reidling, Kellergasse

45 · Mauer bei Melk, spätgotischer Flügelaltar

46 · Arbesbach, Bildstock

47 · Traismauer, Florianstatue

48 · Wolfpassing, Mariensäule

49 · Maria Taferl, Opferkerzen in der Wallfahrtskirche

50 · Ruine Aggstein, Blick ins Donautal gegen Westen

51 · St. Michael in der Wachau, Karner

52 · Aggsbach-Dorf, ehemalige Kartause

53 · Weißenkirchen in der Wachau, Bürgerhaus

54 · Schloßhof an der March, Ansicht vom Park

55 · Schallaburg, Garten

56 · Schloßhof an der March, Parktor

59 · Wiener Neustadt, ehemalige Burg, Wappenwand

57 · Schallaburg, Terrakottahof, Teilansicht

58 · Wasserschloß Pottenbrunn

60 · Schloß Petronell

61 · Schloß Marchegg, Schloßpark

62 · Schloß Greillenstein, Gerichtsstube

63 · Burgschleinitz

64 · Rosenburg

65 · Schloß Greillenstein

66 · Wasserburg Heidenreichstein

67 · Schloßpark Laxenburg, Grüner Pavillon

68 · Schloß Harmannsdorf, Freitreppe

69 · Bildstock bei Röschitz

70 · St. Pölten, Herrenplatz, Mariensäule und Bürgerhäuser

71 · Stockerau, Rathaus

72 · Langenlois, Kornplatz, Pestsäule

73 · Gebmanns, Bauernhaus

74 · Großmugl, Grabhügel aus der Hallstattzeit

75 · Rohrau, Geburtshaus Joseph Haydns

76 · Buttendorf, Bauernhaus, Einfahrt

77 · Gösing, Blick zum Ötscher

78 · Rückersdorf, Keller

79 · Zissersdorf, Bauernhaus

80 · Niederleis, Bauernhaus

81 · Ort und Burgruine Falkenstein

82 · Kaindorf, Bauernhaus, Einfahrt

83 · Zellerndorf, Weinkeller

84 · Ausblick von der Rax

85 · Schöngrabern, Apsis derPfarrkirche, romanische Skulpturen

86 · Wiener Neustadt, Dom, Brauttor

89 · Tulln, Karner

87 · Stift Lilienfeld, Kreuzgang

88 · Stift Lilienfeld, Stiftskirche, Detail

90 · Mödling, Karner

91 · Stift Zwettl, Kreuzgang, Brunnenstube

92 · Stift Göttweig

93 · Sonntagberg, Wallfahrtskirche

94 · Klein Wetzdorf, Heldenberg, Gedächtnishain

95 · Gaming, Blasmusikkapellen

96 · Pulkau, Faschingsbrauchtum

97 · Großpertholz, Büttenpapierherstellung

98 · Schönborn-Mallebarn, Nepomukstatue

99 · Nagelberg, Glasbläser

100 · Gaming, ehemalige Hammerschmiede

101 · Opponitz, ehemaliges Sichel- und Gabelwerk

RÖSTERREICH

Zur Geschichte des Bundeslandes Oberösterreich

Eines der ältesten Kulturgebiete (Besiedelung seit der Jungsteinzeit) befand sich entlang der Donau und im Alpenvorland auf dem Boden des heutigen Oberösterreich (Hallstatt-, Mondseer-Kultur). Ab 15 v.Chr. war das Land Teil der römischen Provinz Norikum. Im 6. und 7. Jh. wanderten Bayern, Slawen und Awaren ein. (Die einflußreichen Klöster Mondsee, Mattsee und Kremsmünster entstanden.) Nach der Unterwerfung der Awaren durch Karl den Großen gehörte ein Teil Oberösterreichs zur Awarischen Mark, die unter fränkischer Verwaltung stand. 900 wurde es Grenzland gegen die Magyaren. Die Babenberger konnten während ihrer Herrschaft (976 - 1246) große Teile des heutigen Oberösterreich erwerben. Im 13. Jh. bildete sich ein selbständiges „Land ob der Enns" mit einem eigenen Landrichter, und um 1450 entstand eine eigene Organisation der Stände. 1490 wurde Linz, das sich aus dem römischen Lentia am Donaulimes entwickelt hatte, Landeshauptstadt. Zwischen 1506 und 1799 kamen das Mondseer Land, der Attergau und das Innviertel zu Oberösterreich. Reformation, soziale Spannungen und die Verpfändung des Landes an das katholische Bayern führten zu Aufständen der Bauern und schließlich zum Oberösterreichischen Bauernkrieg (1625/26). Die Gegenreformation setzte sich schließlich durch, viele Klöster und Orden wurden gegründet. Nach nahezu zwei Jahrhunderten unter bayerischer Herrschaft kam Oberösterreich im Zuge der Neuordnung durch den Wiener Kongreß 1815 endgültig an Österreich. 1861 wurde Oberösterreich zum „Erzherzogtum Österreich ob der Enns" erhoben und der erste gewählte Landtag konstituiert. Oberösterreich blieb trotz großer industrieller Unternehmen (Waffenfabrik in Steyr) ein typisches Bauernland. Die Industrialisierung wurde nach dem Ersten Weltkrieg (seit 1920 ist Oberösterreich Bundesland), besonders aber in der Zeit, als es deutscher Reichsgau Oberdonau war (1938 - 1945), stark ausgebaut. Seit 1945 ist Oberösterreich wie-

Notes on the History of Upper Austria

A region of very old cultural development, (settlements dating back to the Younger Stone Age) was located along the Danube and in the pre-Alpine areas in today's Upper Austria (Hallstatt and Mondsee cultures). From 15 BC, the region was part of the Roman province Noricum. Bavarians, Slavs and Avars came in the 6th and 7th centuries. (The powerful abbeys of Mondsee, Mattsee and Kremsmünster were also founded then.) After Charlemagne had vanquished the Avars, some parts of Upper Austria came under Frankish administration. In 900, it formed the border against the Magyars. During their rule, the Babenbergs succeeded in acquiring large sections of present-day Upper Austria (976 - 1246). An independent country "Above the Enns" was formed in the 13th cent., and the Estates organized themselves around 1450. Linz, which had developed from the Roman Lentia on the Danube Limes, became the country's capital in 1490. The Mondsee county, the Attersee district and the land along the river Inn were added to Upper Austria between 1506 and 1799. Reformation, social tensions and the country's being pledged as collateral to Catholic Bavaria, caused peasant revolts culminating in the Upper Austrian Peasant War from 1625 to 1626. But Counter-Reformation finally prevailed, and numerous monasteries and religious orders were established. After nearly two hundred years of Bavarian rule, the new order arrived at by the Congress of Vienna in 1815 restored the country to Austria. In 1861, Upper Austria was elevated to an archduchy ("Austria above the Enns") and the first elected diet constituted itself. Being the home of large industries (Steyr arms factory), Upper Austria nevertheless remained a typical agricultural country. Industrialization was, however, intensified after the First World War and particularly during the time Upper Austria was the "Gau Oberdonau" of the Reich, (1938 - 1945). Since 1945 it is again an independent province of the Austrian Republic.

Notizie storiche sull'Alta Austria

Una delle zone culturali più antiche (insediamenti sin dall'età della pietra nuova) si estese lungo il Danubio e nella zona prealpina sul territorio dell'odierna Alta Austria (la cultura di tipo Hallstatt e quella di Mondsee). 15 a.C. il territorio fece parte della provincia romana Norico. Nel VI e VII secolo vi arrivarono i Bavaresi, gli Slavi e gli Avari (Nacquero i potenti monasteri Mondsee, Mattsee e Kremsmünster). Dopo la sottomissione degli Avari da parte di Carlo Magno parti dell'Alta Austria si trovarono sotto l'amministrazione franca. Nel 900 divenne zona di confine verso i Magiari. I Babenberg seppero conquistare grandi parti dell'attuale Alta Austria durante il loro dominio (976 - 1246). Nel '200 si formò un autonomo „territorio al di là dell'Enns" con un proprio pretore e nel 1450 le classi furono dotate di una propria organizzazione. Nel 1490 Linz sviluppatasi dalla Lentia romana sul Limes danubiano divenne capoluogo di regione. Nel 1506 e nel 1799 la zona del Mondsee, dell'Attergau e dell'Innviertel si aggiunsero all'Alta Austria. La Riforma, tensioni sociali e il pignoramento del paese alla Baviera cattolica produssero sommosse dei contadini e portarono infine alla rivolta dei contadini dell'Alta Austria (1625/26). Infine la Controriforma si affermò, e vennero fondati molti monasteri e ordini. Dopo quasi due secoli di dominio bavarese l'Alta Austria nel corso del riordinamento in seguito al Congresso di Vienna del 1815 fece definitivamente parte dell'Austria. Nel 1861 l'Alta Austria fu elevata all' „Arciducato al di là dell'Enns" e venne costituita la prima giunta regionale eletta. L'Alta Austria nonostante il crearsi di grandi imprese industriali (fabbrica di armi a Steyr) è rimasta una regione tipicamente agricola. L'industrializzazione fu largamente sviluppata dopo la Prima Guerra Mondiale (dal 1920 l'Alta Austria è regione federale austriaca) ma particolarmente nel periodo in cui era „Reichsgau" tedesco „Oberdonau" (1938 - 1945). Dal 1945 l'Alta Austria è nuovamente regione autonoma.

Tassilo-Kelch, von Herzog Tassilo III. dem Kloster Kremsmünster vor 777 gestiftet.

Tassilo Chalice, donated by Duke Tassilo III to the Kremsmünster monastery before 777.

Calice di Tassilo, donato dal Duca Tassilo III al monastero di Kremsmünster.

Oberösterreich, Wolfgang Lazius, Karte aus „Typi chorographici provin. Austriae", 1561.

Upper Austria, Wolfgang Lazius, map from "Typi chorographici provin. Austriae", 1561.

Alta Austria, Wolfgang Lazius, carta da „Typi chorographici provin. Austriae", 1561.

2 · Blick vom Schafberg gegen Norden auf Zeller-, Mond- und Attersee (von links)

5 · Linz, Bürgerhaus

3 · Linz, Altes Apothekerhaus

4 · Linz, Tor zum Landhaus

6 · Linz, Palais Weißenwolff, Portal

7 · Linz, Landesmuseum, Tür aus Schloß Hartheim

8 · Linz, Schloß, Friedrichstor

9 · Linz, Hauptplatz, Dom und Dreifaltigkeitssäule

10 · Linz, Landhaus, Arkadenhof und Planetenbrunnen

13 · Obernberg am Inn, Bürgerhaus

11 · Obernberg am Inn, Bürgerhaus

12 · Obernberg am Inn, Bürgerhaus

14 · Ried im Innkreis, Bürgerhaus

15 · Enns, Bürgerhaus

16 · Gmunden, Rathaus

17 · Wels, Rathaus

18 · Steyr, Bürgerhaus

19 · Stift St. Florian, Bibliothek

20 · Stift St. Florian, Stiftskirche

21 · Stift St. Florian, Stiftshof, Adlerbrunnen und Treppenhaus

22 · Stift St. Florian, Marmorsaal

23 · Stift Kremsmünster, Bibliothek

24 · Stift Kremsmünster, Stiftskirche

25 · Stift Kremsmünster, Sternwarte

26 · Stift Kremsmünster, Fischkalter

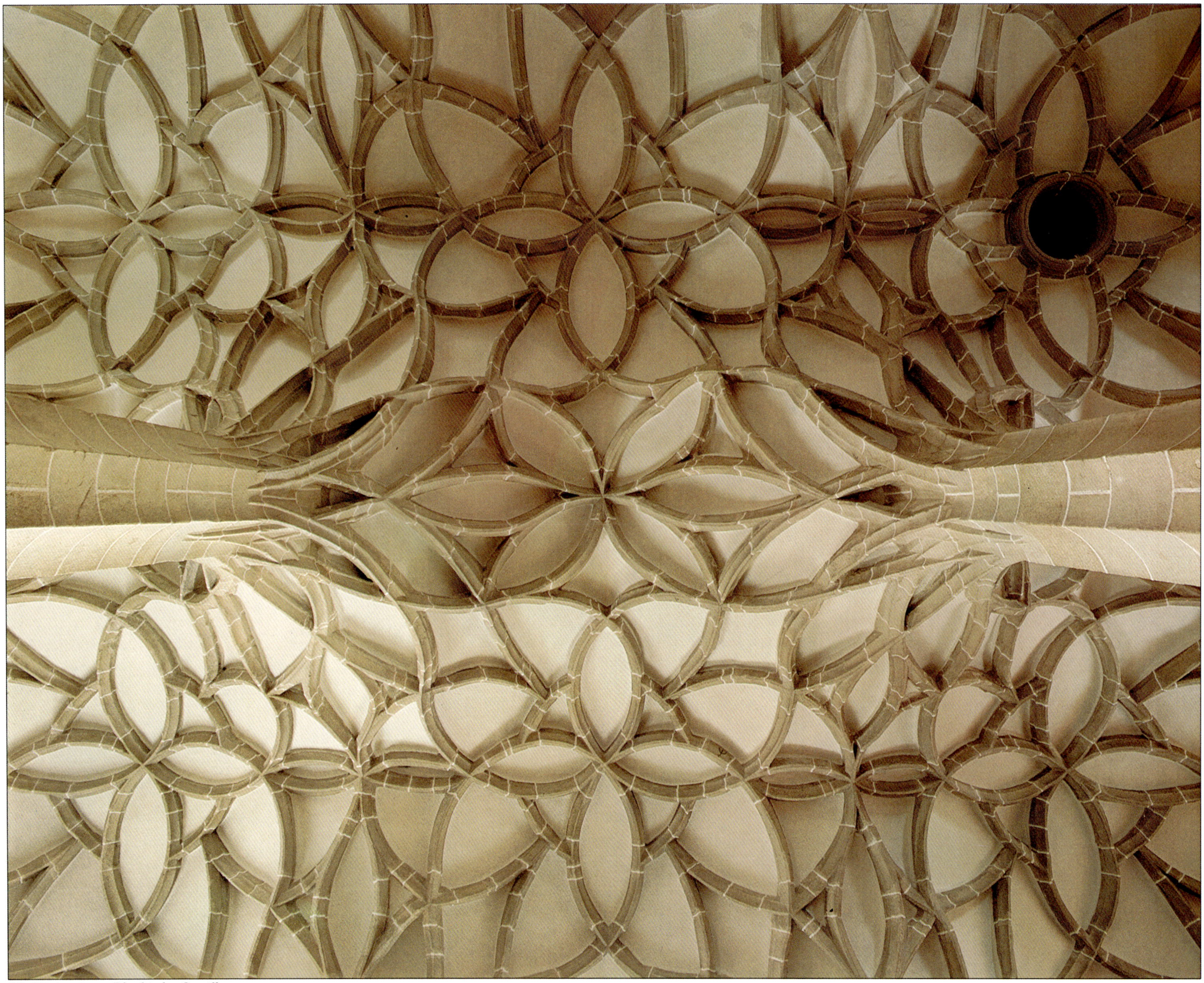

27 · Königswiesen, Pfarrkirche, Gewölbe

28 · Gampern, Pfarrkirche, Flügelaltar

29 · Gampern, Pfarrkirche, Tafelbilder „Gamperner Hölle“

30 · Kefermarkt, Pfarrkirche, Flügelaltar

31 · St. Wolfgang, Pfarrkirche, Flügelaltar

32 · Grein, Schloß Greinburg, Arkadenhof

33 · Gmunden, Seeschloß Ort

34 · Aistersheim, Wasserschloß

35 · Timelkam, Stadtturm

36 · Wels, Ledererturm

37 · Enns, Blick vom Stadtturm aus

38 · Steyr, Stadtplatz

39 · Wels, Stadtplatz

40 · Schärding, Silberzeile

41 · Obernberg am Inn, Marktplatz

42 · Stadl-Paura, Wallfahrtskirche, Kuppel

43 · Donauschlinge bei Schlögen

44 · Wels, Nepomuk-Kapelle

45 · Hallstatt, Beinhaus

46 · Hallstatt, Marktplatz

47 · Bad Ischl, Kaiservilla, Teilansicht

48 · Blick über den Gosausee zum Dachstein

49 · Bauernhof bei Gschwendt

50 · Bauernhof bei Großendorf, Detail

51 · Bauernhof bei Großendorf, Einfahrt

52 · Bauernhof bei Lest, Einfahrt

54 · Bauernhof bei St. Florian, Detail

53 · Oberleim, Bauernhof

55 · Bauernhof bei Königswiesen

56 · Kirchham, Bauernhof, Einfahrt

57 · Weyer, Renaissancehaus, Tor

58 · Bei Wels

59 · Bad Goisern, Gamsbart-Wettbewerb

60 · Bad Goisern, Gamsbart-Wettbewerb

61 · Dietach, Bauernhaus, Eingang

62 · Steyr, Christkindl, Wallfahrtskirche

63 · Mauthausen, Bürgerhaus, Eingang

64 · Am Pötschenpaß

65 · Am Dachstein

SALZBURG

Zur Geschichte des Bundeslandes Salzburg

Das Gebiet Salzburgs ist als nördlicher Abschnitt der Ostalpen größtenteils Gebirgsland und seit der jüngeren Steinzeit besiedelt. Hallstatt, bereits in der älteren Eisenzeit (ca. 800 - 400 v.Chr.) ein Zentrum des Salzbergbaus, gab dieser Epoche den Namen Hallstattkultur. Ab 15 v.Chr. gehörte Salzburg zur römischen Provinz Norikum. Iuvavum (Salzburg) entwickelte sich zur wichtigen Handelsstadt. Im 6. Jh. siedelten sich die Bayern an, die in Abhängigkeit von den Franken standen. Karl der Große erhob Salzburg 798 zum Erzbistum, dem u.a. das gesamte bayerische Territorium mit seinen Diözesen unterstand und das zu einem europäischen Zentrum der Mission wurde. Die Grundlage des späteren geistlichen Territoriums bildete die Landschenkung des Kaisers Otto II (977), auf welcher Erzbischof Eberhard im 13. Jh. die Landeshoheit von Salzburg begründete. 1328 entstand ein eigenes Landrecht. Salzburg wurde ein selbständiges Reichsfürstentum. Den Erzbischöfen standen Zoll- und Bergrecht und die Münzhoheit zu. Im 16. Jh. war auch Salzburg von Reformation und Bauernkriegen schwer getroffen. Im Zuge der Gegenreformation kam es 1732 zur Vertreibung von 22.000 Protestanten, die dem Land schweren wirtschaftlichen Schaden zufügte. 1803 wurde das Fürsterzbistum säkularisiert. Es wurde zum Kurfürstentum und fiel 1805 an Österreich. 1810 übergab Napoleon das Land den Bayern. 1816 bis 1849 gehörte es als Salzachkreis zum Kronland Oberösterreich. 1850 wurde Salzburg Kronland, 1861 erhielt es einen eigenen Landtag, die Stadt Salzburg wurde Landeshauptstadt. Nach dem Ersten Weltkrieg wurde es österreichisches Bundesland. Von 1938 bis 1945 war Salzburg als Reichsgau ein Bestandteil des Deutschen Reichs, nach dem Zweiten Weltkrieg wurde es wieder österreichisches Bundesland. Max Reinhardt verwirklichte 1920 in der Stadt Salzburg erstmals die Salzburger Festspiele, die seither alljährlich (Ausnahmen 1924 und 1944) stattfinden.

Notes on the History of Salzburg Province

Situated in the northern Alps, Salzburg province is mainly mountainous. It had a human population already in the Younger Stone Age. During the Older Iron Age (abt. 800 - 400 BC) Hallstatt became a centre of salt mining and gave this era the name of "Hallstatt Culture". From 15 BC, Salzburg was part of Noricum, a Roman province, Iuvavum - Salzburg city today - was an important hub of commerce. Bavarians, their lands then under the suzerainty of the Franks, settled the province during the 6th cent. In 798, Charlemagne raised the province to an archbishopric, which, inter alia, ruled over all of Bavaria with all its dioceses, and became a European center of missionary activities. These church holdings came into being by a land grant from Emperor Otto II (977) which enabled Archbishop Eberhard in the 13th cent. to establish the territorial sovereignty of Salzburg province. Its own jurisdiction was established in 1328. Salzburg then became an independent principality in the Empire. The archbishops had the right of levying customs duties, and also the privileges of operating mines and the mint. During the 16th cent., Salzburg, too, was severely affected by Reformation and peasant wars. In the Counter-Reformation, 22.000 Protestants were expelled in 1732, which caused great economical damage. The archbishopric was secularized in 1803, transformed into the realm of a prince-elector, and incorporated into Austria in 1805. In 1810, Napoleon annexed the country to Bavaria. From 1816 to 1849, Salzburg province was organized as "Salzach Circuit" within the Crown Province of Upper Austria. In 1850, Salzburg became a Crown Province, with its own diet from 1861. Salzburg city was made the provincial capital. After the First World War, Salzburg was constituted as province within the federated state of Austria. In 1938 became the province a "Gau" of the German Reich, reverting to the status as Austrian province in 1945. In 1920, Max Reinhardt staged the Salzburg Festival which

Notizie storiche sul Salisburghese

Il territorio del Salisburghese quale sezione settentrionale delle Alpi orientali costituisce per lo più zone montagnose e vi si trovano degli insediamenti sin dall'età della pietra nuova. Hallstatt, già nel periodo arcaico dell'età del ferro (800 - 400 a.C. circa) centro dell'estrazione del sale diede a questa epoca il nome di cultura di Hallstatt. Dal 15 a.C. in poi Salisburgo fece parte della provincia romana Noricum. Iuvavum (Salisburgo) divenne un importante centro commerciale. Nel VI secolo vi si insediarono i Bavaresi, che erano sotto la dipendenza dei Franchi. Carlo Magno elevò nel 798 Salisburgo a arcivescovato a cui era sottoposto l'intero territorio bavarese con tutte le sue diocesi diventando poi così centro europeo di cristianizzazione. La base del futuro territorio spirituale fu la donazione di territorio dell'Imperatore Ottone I (977) sulla quale l'arcivescovo Eberhard fondò nel '200 la sovranità del Salisburghese. Nel 1328 fu creato un diritto regionale. Salisburgo divenne principato imperiale autonomo. Spettarono agli arcivescovi i diritti doganali e d'estrazione e il privilegio di battere moneta. Nel '500 anche Salisburgo fu gravemente colpita dalla Riforma e dalle guerre dei contadini. Nel corso della Controriforma nel 1732 ci fu l'espulsione dei 22.000 protestanti gravi danni economici alla regione. Nel 1803 l'arcivescovato venne secolarizzato. Divenne elettorato e andò nel 1805 all'Austria. Nel 1810 Napoleone cedette il territorio alla Baviera. Dal 1816 al 1849 come circoscrizione del fiume Salzach appartenne al territorio della corona dell'Alta Austria. Nel 1850 il Salisburghese divenne territorio della corona, la città di Salisburgo capoluogo della regione. Dopo la Prima Guerra Mondiale divenne regione federale. Dal 1938 al 1945 Salisburgo come „Reichsgau" fu parte integrante del „Deutsches Reich", dopo la Seconda Guerra Mondiale divenne di nuovo regione federale. Fu Max Reinhardt a realizzare nel 1920 nella città di Salisburgo per la prima volta il Festival di Salisburgo che finora ha

Bistum Salzburg, M. Secznagel, 1551. Ausschnitt, G. de Jode, „Speculum orbis terrae", 1593.

The Bishopric of Salzburg, by M. Secznagel, 1551. Detail, G. Jode: "Speculum orbis terrae"

Episcopato di Salisburgo, M. Secznagel, 1551. Particolare, G. de Jode, „Speculum orbis terrae", 1593.

Salzachschiffahrt, Darstellung 1757. Hallein, „Fürstenzimmer" der Salinenverwaltung.

Boats on the River Salzach, a picture from 1757. Hallein, salt mine administration.

Navigazione sul fiume Salzach, rappresentazione 1757. Hallein, ex-amministrazione delle saline.

Stadt und Festung Salzburg, 1553. Teil einer Stadtansicht, Abtei St. Peter, Salzburg.

The City and Fortress of Salzburg, 1553. Detail from a view of the city, St. Peter's Abbey.

Città e fortezza di Salisburgo, 1553. Parte di una veduta della città, abbazia di S. Pietro.

2 · Salzburg. Blick vom Mönchsberg über die Innenstadt zur Festung Hohensalzburg

4 · Salzburg, Residenz, Carabinierisaal

3 · Salzburg, Dom

5 · Salzburg, St. Peter, Grabplatte des hl. Vitalis

6 · Salzburg, Festung Hohensalzburg, „Goldene Stube“, gotischer Profanraum

8 · Salzburg, Alte Hofapotheke

7 · Salzburg, Felsenreitschule

9 · Salzburg, Alter Markt

10 · Salzburg, Pferdeschwemme

13 · Hallein, Stadtplatz, Detail

11 · Hallein, Salinenamtsgebäude, Fürstenzimmer

12 · Hallein, Bürgerhäuser

14 · Hallein, ehemaliges Salinenamtsgebäude, historische Darstellung der Salzgewinnung

15 · Salzburg, Mozarts Geburtshaus, Schauraum

16 · Salzburg, Blick von der Festung Hohensalzburg

17 · Salzburg, Mozarts Geburtshaus, Fassade

18 · Salzburg, Dom, Kuppel

19 · Salzburg, Residenzplatz, Dom und Residenzbrunnen

20 · Salzburg, Petersfriedhof

21 · Salzburg, Franziskanerkirche, Gewölbe

22 · Salzburg, Schloß Hellbrunn, Oktogon

23 · Salzburg, Schloß Hellbrunn, Wasserspiele

25 · Salzburg, Getreidegasse

24 · Salzburg, Hellbrunn, „Mechanisches Theater"

26 · Salzburg, Schloß Hellbrunn, Park

27 · Salzburg, Schloß Mirabell, Mirabellgarten

28 · Burg Hohenwerfen

29 · Tamsweg, Rathaus

30 · Mauterndorf, „Putzhaus“ an der Taurach

31 · Burg Mauterndorf, Innenhof

32 · Lofer, Bürgerhaus, Detail

33 · Bei Tamsweg

34 · Tamsweg, Gasthof, Hauszeichen

35 · St. Leonhard bei Tamsweg, Sakristeitür, Detail

36 · Tamsweg, ehemalige Mühle

37 · Bei Mariapfarr

38 · Krimml, unterer Achenfall

39 · Gastein, Gasteiner Ache

40 · Mühlbach am Hochkönig, Zufluß zum Mühlbach

41 · Zell am See, Zeller See

42 · Bei Krimml

43 · Großglockner, bei der Edelweißspitze

44 · Loferer Steinberge, vom Paß Strub

45 · Bauernhof bei Hintermoos

46 · Dienten am Hochkönig, Haus am Platz

47 · Bauernhaus bei Seetal

48 · Dienten am Hochkönig, Haus am Platz

49 · Bauernhaus bei Hintertal

50 · Reith bei Lofer, Bauernhof

52 · Großglockner, Blick von der Edelweißspitze zum Hochtor

51 · Bad Hofgastein

53 · Bei Filzmoos

55 · Dientener Sattel, Hochkönig

54 · Bei Hintertal

56 · Steinernes Meer

57 · Blick vom Schafberg zum Zwölferhorn und zur Osterhorngruppe

58 · Zell am See, Rangeln am Hundstein

59 · Salzburg, Drehorgelfest

60 · Muhr, Prangstangen

61 · Reith bei Lofer, Bauernhof, Detail

62 · Mauterndorf, Samson-Umzug

63 · Stuhlfelden, Perchten

64 · Rauris, Schnabelperchten

TEIERMARK

Zur Geschichte des Bundeslandes Steiermark

Spuren menschlichen Lebens reichen bis in die Altsteinzeit zurück. Nach Illyrern und Kelten kamen die Römer in das an Edelmetallen und Eisenerzen reiche Land. Es wurde ein Teil der römischen Provinzen Norikum und Pannonien. Im 6. Jh. war das Gebiet der heutigen Steiermark in das slawisch-awarische Karantanien einbezogen, das im 8. Jh. von den Bayern besiedelt und christianisiert wurde. 797 besiegte Karl der Große die Awaren, und das Gebiet wurde dem Fränkischen Reich angeschlossen. Um 900 besetzten die Magyaren weite Teile der Steiermark. Sie wurden 955 unter Otto I endgültig besiegt. 976 wurden auf dem Gebiet der späteren Steiermark drei Marken des Herzogtums Kärnten errichtet - so auch die „Kärntner"-Mark mit dem Zentrum der Hengistburg (Wildon). Sie wurde das Kernstück des heutigen Landes. Nach den Herren von Eppenstein und dem Geschlecht der Wels-Lambacher regierten ab 1050 die Otakare aus dem Geschlecht der Traungauer. Sie einten das Land und gaben ihm den Namen ihrer Stammburg, Steyr. 1180 erhob Kaiser Friedrich Barbarossa das Land zum selbständigen Herzogtum und trennte es damit von Bayern. 1192 fiel die Steiermark an die Babenberger. Durch die habsburgischen Erbteilungen (1379 und 1564) wurde die Steiermark Kernland der innerösterreichischen Ländergruppe — Steiermark, Kärnten, Krain, Triest. Graz wurde zur Hauptstadt Innerösterreichs. Einfälle der Ungarn und Türken sowie Bauernaufstände und die Gegenreformation erschütterten das Land. 1797 und 1805 war die Steiermark von den Franzosen besetzt. Durch Erzherzog Johann (1782 - 1859) erfuhren Wissenschaft und Forschung, aber auch Gewerbe und Brauchtum große Förderung. 1919/20 wurde die Steiermark nach der Abtretung der Südsteiermark an Jugoslawien Bundesland. 1938 bis 1945 war sie der Gau Steiermark, und 1945 erlangte sie wieder den Status eines Bundeslandes.

Notes on the History of Styria

Traces of human life reach back into the Older Stone Age. After Illyrians and Celts, the Romans ruled the country rich in precious metals and iron ore, and divided it between their provinces Noricum and Pannonia. In the 6th cent., the territory of present-day Styria was incorporated into Slavonic-Avarian Carantania which, in the 8th cent. was colonized and Christianized by Bavarians. Charlemagne defeated the Avars in 797, the territory was annexed to the empire of the Franks. Wide areas of Styria were occupied by the Magyars about 900. These were finally vanquished in 955, by Otto I. Three Marches of the Duchy of Carinthia were established in the region which later would become Styria one, - "Carinthian March" - was centered at the Hengistburg near Wildon (S of Graz). This March became the heartland of present-day Styria province. Following upon the Lords of Eppenstein and the House of Wels-Lambach, the land was ruled from 1050 on by the Otakars of the Traungau (ancestral seat at Steyr, Upper Austria). Their lands were unified and named after their dynastic seat, i.e. Steyr. In 1180, the Emperor Frederick Barbarossa elevated the land to an independent duchy by separation from Bavaria. In 1192, Styria fell to the Babenbergs. Due to the divisions of the Habsburg patrimony (1379 and 1564), Styria became the heartland of the inner-Austrian grouping of countries, i.e. Styria, Carinthia, Carniola and Trieste. Graz was made the capital of Austria Interior. Hungarian and Turkish raids, peasant revolts and Counter-Reformation ravaged the region at various times. In 1797 and also 1805, Styria was occupied by the French. Science, research, the trades and traditional customs were fostered by their great patron, Archduke John (1782 - 1859). During 1919/20, Styria became a province within the new federated Austria, but southern Styria had to be ceded to Yugoslavia. From 1938 to 1945, Styria was a district ("Gau") of the German Reich and regained her status as Austrian province in 1945.

Notizie storiche sulla Stiria

Le tracce della vita umana risalgono fino all'età della pietra antica. Dopo gli Illiri e i Celti furono i Romani ad arrivare nella regione ricca di metalli preziosi e di ferro. Divenne una parte delle province romane Norico e Pannonia. Nel VI secolo il territorio dell'attuale Stiria fu inquadrata nella Carantania slavo-avarica insediata e cristianizzata nel VIII secolo dai Bavaresi. Nel 797 Carlo Magno vinse gli Avari e il territorio venne annesso all'Impero Franco. Intorno al 900 i Magiari occuparono grandi parti della Stiria. Nel 955 sul territorio della futura Stiria furono istituite tre marche del Ducato della Carinzia - così anche la Marca „Carinziana" con la Hengistburg (Wildon) come centro. Essa divenne il nucleo dell'attuale regione federale. Dopo gli Eppenstein e la stirpe dei Wels-Lambacher dal 1050 regnarono gli Ottokari della stirpe dei Traungau. Unirono la regione e ad essa fu dato il nome della loro antica sede, della fortezza di Steyr. Nel 1180 l'Imperatore Federico Barbarossa elevò il territorio a ducato autonomo separandolo così dalla Baviera. Nel 1192 la Stiria passò ai Babenberg. Attraverso eredità andate agli Asburgo (1139 e 1564) la Stiria divenne il fulcro dello Stato interno dell'Austria - Stiria, Carinzia, Carniola, Trieste. Graz sorse a capitale della parte interna dell'Austria. Le invasioni degli Ungheresi e dei Turchi nonché le sommosse dei contadini e la Controriforma sconvolsero il paese. Negli anni 1797 e 1805 la Stiria fu occupata dai Francesi. Grazie alla personalità dell'Arciduca Giovanni (1782 - 1859) furono in gran scala promosse le scienze e le ricerche come anche l'artigianato e gli usi e i costumi. Nel 1919/20 dopo la cessione della Stiria meridionale alla Jugoslavia la Stiria divenne regione federale. Dal 1938 al 1945 essa era il „Gau" Stiria e nel 1945 ottenne di nuovo lo stato di una regione federale.

Sölkpaß, nahe der Paßhöhe sichtbare Trassenführung einer Römerstraße.

Sölk Pass, near summit. Visible traces of former Roman road.

Passo Sölk, vicino al passo il tracciato di una strada romana.

Pürgg, Katharinenkapelle, Fresken, Katharinenlegende und Passionsszenen, um 1300.

Pürgg, St. Catherine's Chapel. Frescoes, St Catherine's Legend and The Passion, about 1300.

Pürgg, Capella die S. Caterina, leggenda della santa e scene della passione, 1300.

Erzherzog Johann (1782—1859), Gemälde von Ludwig Schnorr von Carolsfeld, 1827.

The Archduke John (1782—1859). Portrait by Ludwig Schnorr von Carolsfeld, 1827.

Arciduca Giovanni (1782—1859), dipinto da Ludwig Schnorr di Carolsfeld, 1827.

2 · Ennstal. Blick vom Stoderzinken gegen die Niederen Tauern

3 · Graz, Zeughaus

4 · Graz, Geschäftsportal

5 · Graz, Zeughaus, vom Hof des Landhauses aus

6 · Graz, Burg, Doppelwendeltreppe

7 · Graz, Altstadt, Dreifaltigkeitskirche

8 · Graz, Renaissancehaus, Detail

9 · Graz, Blick vom Schloßberg auf Altstadt, Mur und Maria-Hilf-Kirche

10 · Graz, Altstadtgasse

11 · Graz, Zeughaus, Portal

12 · Graz, Hauptplatz und Uhrturm

13 · Graz, Mausoleum

14 · Graz, Mausoleum, Innenraum

15 · Graz, Landhaus, Arkadenhof

16 · Mureck, Bürgerhaus

17 · Mureck, Rathaus

18 · Hartberg, Bürgerhaus

19 · Schwanberg, Rathaus

22 · Vordernberg, Marktbrunnen, Brunnenlaube

20 · Vordernberg, Bürgerhaus, Fassadendetail

21 · St. Gallen, Bürgerhaus, Fassadendetail

23 · Pöllau, Groteskmalerei im ehemaligen Stiftshof

24 · Mariazell, Heimathaus

25 · Bruck an der Mur, Kornmeßhaus, Detail

26 · Vordernberg, ehemaliges Gewerkenhaus

27 · Leoben. Bürgerhaus. „Hacklhaus"

28 · Schöder, Pfarrkirche, Fresken

29 · Bruck an der Mur, St. Ruprecht, Weltgericht, Fresko

30 · Pürgg, Kirchentür

31 · Schöder, Pfarrkirche, Gewölbe

32 · Stift Admont, Bibliothek

35 · Schloß Trautenfels

33 · Schloß Hollenegg

34 · Schloß Gleinstätten

36 · Schloß Röthelstein

37 · Stift (Schloß) Stainz, Stiftshof

38 · Feste Riegersburg

39 · Ehrenhausen, Mausoleum

40 · Graz, Schloß Eggenberg, Prunksaal

41 · Stift Vorau, Bibliothek

42 · Frauenberg bei Admont, Wallfahrtskirche

43 · Pöllau, ehemalige Stiftskirche, Kuppel

44 · Pöllau, Mariensäule und Turm der ehemaligen Stiftskirche

45 · Blick auf Frauenberg bei Admont

46 · Oberzeiring, Viehtrieb

47 · Oberwölz, Bauernhaus, Detail

48 · Möderbrugg, Hausgarten

49 · Heuernte bei Oberwölz

50 · Bauernhof in der Ramsau

51 · Brücke über die Enns bei Frauenberg

52 · Blick vom Roßbrand zum Dachstein

53 · Am Sölkpaß

54 · Eisenerz, Pfarrkirche St. Oswald und Erzberg

55 · Bruck an der Mur, Ziehbrunnen am Hauptplatz, Brunnenlaube

57 · Leoben, Stadtturm

58 · Eisenerz, ehemaliger Rathausturm

59 · Am Packsattel

56 · Leutschach, Taubenschlag

60 · Bildstock bei Dechantskirchen

61 · Altaussee, steirisches Salzkammerguthaus

62 · Altaussee, steirisches Salzkammerguthaus

63 · Altaussee, Fronleichnamsumzug

64 · Altausseer See

65 · Bad Aussee, steirisches Salzkammerguthaus

67 · Fehring, Kürbisentkernen

68 · Kitzeck, Klapotetz

66 · Lassing, Erzherzog-Johann-Haus

69 · Freidorf, Erzherzog-Johann-Haus

70 · An der steirischen Weinstraße bei Leutschach

71 · Stainz, Apfelbaum

72 · Tomberg, Bauernhaus

73 · Tomberg, Bauernhaus

74 · Rassach, Bauernhaus

75 · Donnersbach, Latschenkiefer-Ölerzeugung

76 · Donnersbach, Lodenwalker

77 · Donnersbach, Latschenkiefer-Ölerzeugung

78 · Altaussee, Lederhosenmacher

79 · Seebach, Scheune, Detail

80 · Tausendjährige Linde bei Admont

81 · Fuhrwerk am Packsattel

82 · Mariazell, Empfang von Pilgern

83 · Mariazell, Andenkenladen

TIROL

Zur Geschichte des Bundeslandes Tirol

Das Gebiet des heutigen Tirol ist seit der mittleren Steinzeit besiedelt. Illyrer, Etrusker und Kelten waren seit der Eisenzeit in den Flußtälern ansässig. 15 v.Chr. wurde das Land von den Römern erobert und als ein Teil der Provinzen Rätien und Norikum romanisiert (Rätoromanen), später christianisiert. Die Bayern, die das Land ab dem 6. Jh. besiedelten, verdrängten die zugewanderten Slawen im Osten und die Langobarden im Süden. Die eigenständige Entwicklung und Loslösung von Bayern begann mit der Landschenkung Kaiser Konrads II (1027) an die Bischöfe von Brixen und Trient und deren Erhebung in den Reichsfürstenstand. Wesentliche Gebiete des Landes gelangten im 12. und 13. Jh. in den Besitz der Grafen von Tirol (Stammburg bei Meran). Als ihre Erben festigten die Meinhardiner (ab 1253) die landesfürstliche Macht. 1363 bestimmte Margarete Maultasch ihren Vetter Herzog Rudolf IV von Österreich zum Erben Tirols. Von 1363 bis 1918 blieben die Habsburger fast ununterbrochen die Tiroler Landesherren. 1420 verlegte Herzog Friedrich mit der leeren Tasche seine Residenz von Meran nach Innsbruck (Stadtrecht 1239), das damit Landeshauptstadt wurde. Reformation und Gegenreformation sowie Bauernkriege (Michael Gaismair) erschütterten im 16. Jh. auch Tirol. 1803 wurden die Hochstifte Brixen und Trient säkularisiert und mit Tirol vereinigt. In den napoleonischen Kriegen kam Tirol an Bayern, von dem es sich 1809 unter der Führung Andreas Hofers vergeblich zu lösen trachtete (Tiroler Freiheitskampf). Nach dem Sieg Österreichs und seiner Verbündeten über Napoleon (1814) fiel Tirol an Österreich zurück. Im Frieden von St. Germain kam es 1919 zur Abtretung Südtirols an Italien. Aus Nord- und Osttirol entstand das österreichische Bundesland Tirol. 1938 wurde Tirol zusammen mit Vorarlberg zum deutschen Reichsgau. 1945 wurde es als österreichisches Bundesland in seinen vorherigen Grenzen wiederhergestellt.

Notes on the History of Tyrol

The territory of present-day Tyrol had settlements since the middle of the Stone Age. Illyrians, Etruscans and Celts were living in the valleys since the Iron Age. The Romans conquered the country in 15 BC, romanizing it as part of their provinces Rhaetia and Noricum (Rhaeto-Romans.) Christianization came later. Bavarians, settling the country from the 6th cent., displaced the immigrant Slavs in the east and the Langobards in the south. After Emperor Conradin II bestowed the country upon the bishops of Brixen and Trent, and raised them to princes of the realm in 1027, separation from Bavaria and a gradual development of its own followed. During the 12th and 13th centuries, important sections of the country came into the possession of the Counts of Tyrol, who had their seat in Tyrol Castle near Meran. Their heirs, the Meinhardines (since 1253) strengthened the princely rule over the country. In 1363, Margaretha Maultasch, last scion of the Meinhardines, made her cousin, Rudolph IV, ("the Founder") Duke of Austria, heir to the country of Tyrol. In nearly uninterrupted succession, the Habsburgs then ruled Tyrol from 1363 to 1918. In 1420, Duke Fred ("of the bare pockets") moved his residence from Meran to Innsbruck which thus became the capital (city charter in 1239). Reformation, Counter-Reformation and peasant risings (Michael Gaismair) racked the country in the 16th cent. The abbeys of Brixen and Trent were secularized in 1803, losing their domains which were incorporated into Tyrol proper. During the Napoleonic Wars, Tyrol was under Bavarian rule. Andreas Hofer led the futile revolt of 1809 for independence from Bavaria. After Austria and her allies had defeated Napoleon (1814), the country reverted to Austria. In 1919 South Tyrol had to be ceded to Italy. The Austrian province of Tyrol was then constituted from North and East Tyrol. In 1938, Tyrol was joined with Vorarlberg into a "Gau" of the German Reich, and restituted as Austrian province

Notizie storiche sul Tirolo

Il territorio dell'attuale Tirolo presenta insediamenti sin dal periodo dell'età della pietra di mezzo. Gli Illiri, gli Etruschi e i Celti presero piede nelle valli dei fiumi sin dall'età del ferro. Nel 15 a.C. il territorio fu conquistato dai Romani e romanizzato quale parte delle province Rezia e Norico (Retoromani) e più tardi cristianizzato. I Bavaresi che insediarono il territorio dal VI secolo spinsero gli Slavi ivi arrivati all'est e i Longobardi al sud. Lo sviluppo autonomo e lo staccarsi dalla Baviera cominciarono con la donazione del territorio dell'Imperatore Corrado II (1027) ai Vescovi di Bressanone e di Trento e della loro nomina a principi. Zone essenziali del territorio nel XII e XIII secolo giunsero nella proprietà dei Duchi del Tirolo (antica sede della famiglia vicino a Merano). Come loro eredi i Meinardini (1253) consolidarono il potere di principi. Nel 1363 Margareta Maultasch nominò suo cugino il Duca Rodolfo IV dell'Austria quale erede del Tirolo. Dal 1363 fino al 1918 gli Asburgo rimasero quasi ininterrottamente i Signori del Tirolo. Nel 1420 il Duca Federico dalle Tasche Vuote trasferì la sua residenza da Merano a Innsbruck (diritto civico 1239), che divenne in tal modo capoluogo regionale. La Riforma e la Controriforma nonché le Guerre Contadine (Michael Gaismair) sconvolsero nel '500 anche il Tirolo. Nel 1803 i conventi di Bressanone e Trento furono secolarizzati e uniti al Tirolo. Nelle Guerre Napoleoniche il Tirolo fu dato alla Baviera, dalla quale cercò invano di staccarsi nel 1809 coll'aiuto del capo Andreas Hofer (la lotta per la libertà del Tirolo). Dopo la vittoria dell'Austria e dei suoi alleati su Napoleone (1814) il Tirolo ritornò all'Austria. Nella Pace di St. Germain nel 1919 ci fu la separazione del Tirolo del sud all'Italia dal Tirolo del nord e di quello dell'est si formò l'odierna regione federale Tirolo. Nel 1938 il Tirolo insieme con il Vorarlberg divenne „Gau" del „Deutsches Reich", nel 1945 il Tirolo fu ristabilito quale regione federale con le stesse frontiere di prima.

Margarete Maultasch, Gräfin von Tirol (1318–1369). Sammlung Schloß Ambras, Innsbruck.

Margaretha Maultasch, Countess of Tyrol (1318–1369). Ambras Palace collection, Innsbruck.

Margarete Maultasch, Duchessa del Tirolo (1318–1369). Collezione Castello di Ambras, Innsbruck.

Älteste Darstellung einer Versammlung der Tiroler Landstände, um 1610. Aus „Tiroler Adler".

The oldest representation of the Tyrolian Estates in assembly. From "The Tyrolean Eagle".

Rappresentazione più antica di un'assemblea degli strati rurali, 1610. Dall' „Aquila Tirolese".

Andreas Hofer bei Sterzing, 1809. Gemälde von Ludwig Schnorr von Carolsfeld, 1830.

Andreas Hofer near Sterzing, 1809. Portrait by Ludwig Schnorr von Carolsfeld, 1830.

Andreas Hofer vicino a Sterzing, 1809. Quadro di Ludwig Schnorr di Carolsfeld, 1830.

2 · Blick vom Berg Isel auf Innsbruck und die Nordkette

3 · Innsbruck, Altes Landhaus, Landtagssitzungssaal

4 · Innsbruck, „Goldenes Dachl“

6 · Innsbruck, Hofkirche, Grabdenkmal Maximilian I.

5 · Innsbruck, Stadtturm

7 · Innsbruck, Herzog-Friedrich-Straße

8 · Innsbruck, Hofburg, Riesensaal

9 · Hall in Tirol, Altstadtgasse

10 · Innsbruck, Häuser an der Herzog-Friedrich-Straße

12 · Rattenberg, Bürgerhäuser

11 · Hall in Tirol, Teilansicht vom Innufer

13 · Hall in Tirol, Burg Hasegg, Münzertor

14 · Innsbruck, Helblinghaus

15 · Innsbruck, Dom, Gewölbe

16 · Innsbruck, Wilten, Pfarrkirche

17 · Innsbruck, Wilten, Pfarrkiche

18 · Volders, Karl-Borromäus-Kirche, Kuppel

19 · Volders, Karl-Borromäus-Kirche, Teilansicht

20 · Schwaz, Pfarrkirche, Gewölbe

21 · Bei Navis

22 · Im Ötztal

23 · Im Ötztal

24 · Innsbruck, Schloß Ambras, Schloßhof des Hochschlosses

25 · Innsbruck, Schloß Ambras, Spanischer Saal, Teilansicht

26 · Schloß Tratzberg, Schloßhof

27 · Stift Stams, Eckturm

28 · Innsbruck, Schloß Ambras, Holzdecke

29 · Innsbruck, Schloß Ambras, Unterschloß, Decke des 1. Waffensaales

30 · Innsbruck, Schloß Ambras, Holzdecke

31 · Innsbruck, Schloß Ambras, Spanischer Saal

33 · Rauhreif am Bergwald, Pitztal

32 · Bauernhof bei Hintertux

34 · Neustift, Stubai, Bauernhof

35 · Krokuswiese bei Nauders, Oberinntal

36 · Obergurgl

37 · Bauernhaus bei See, Paznaun

38 · Bauernhaus bei Zwieselstein, Ötztal

39 · Im Stanzertal, oberhalb von Flirsch

40 · Wald, Pitztal

41 · Kartoffelernte in Falterschein

42 · Blick über die Silvretta

43 · Bergbauern im oberen Inntal

44 · Innsbruck, Landesfeier 1984

45 · Blick zum Wilden Kaiser, zwischen St. Johann und Ellmau

46 · Heiterwang, Gasthof

47 · Absam, Bauernhof

48 · Kundl, Gasthof

49 · Bauernhof zwischen Ebigenalp und Bach

50 · Reutte, Gasthof

51 · Bach, Gasthof

52 · Bach, Schulhaus

53 · Reutte, Gasthof

54 · Bach, Gasthof

55 · Holzgau, Bauernhaus

56 · Schloß Bruck bei Lienz, Kapelle

57 · Bei Matrei

59 · Lienz, Hauptplatz

58 · Schloß Bruck bei Lienz

60 · Schloß Heimfels, Pustertal

61 · Lienzer Dolomiten

62 · Blick ins Virgental

63 · Welzelach, Virgental

64 · Holzbrücke in Panzendorf, Pustertal

65 · Bauernhof im Virgental

66 · Zams, Fronleichnamsprozession

67 · Imst, Schemenlauf

68 · Zams, Schützenkompanie

69 · Almabtrieb im Oberinntal

70 · Meilenstein beim Paß Strub

71 · Heuziehen im Oberinntal

72 · Holzschnitzer in Zwieselstein, Ötztal

73 · Beim Widderstoßen, Zell am Ziller

74 · Schützenscheibenmaler in Landeck

ORARLBERG

Zur Geschichte des Bundeslandes Vorarlberg

Das Gebiet Vorarlbergs mit einer bis in die mittlere Steinzeit zurückreichenden Siedlungstradition wurde 15 v.Chr. Teil der römischen Provinz Rätien. Brigantium, das heutige Bregenz, wurde als Municipium errichtet. Seit dem 5. Jh. waren Alemannen eingewandert, im 6. Jh. kam das Land unter fränkische Herrschaft, und die Christianisierung setzte ein. Seit dem 9. Jh. kämpften einige Adelsgeschlechter um die Vorherrschaft. Die Udalrichinger, deren Herrschaftszentrum die Festung Bregenz war, beherrschten im 11. und 12. Jh. fast das gesamte Gebiet des heutigen Vorarlberg. Um 1160 erbten die Grafen von Montfort (aus Tübingen) diese Herrschaft. Die Tübinger erschlossen das Land verkehrsmäßig und bauten die Straße über den Arlberg. Seit 1363 erwarben die Habsburger Land in Vorarlberg. Wie in Tirol spielte der Wunsch nach einer Territorialverbindung zwischen den habsburgischen Besitzungen eine Rolle. Sie kauften in den nächsten Jahrhunderten die ansässigen Herrschaften auf und setzten Vögte ein. Verwaltungsmäßig war Vorarlberg bis 1918 Tirol unterstellt (Ausnahme 1752 - 1782). Zur Zeit der napoleonischen Kriege (1805 - 1814) kam Vorarlberg gemeinsam mit Tirol an Bayern. 1861 erhielt Vorarlberg einen eigenen Landtag, der in Bregenz residierte. 1918 löste sich Vorarlberg von der Tiroler Verwaltung, und die vorarlbergische Landesversammlung erklärte ihren provisorischen Beitritt zu Deutsch-Österreich. Im Frühjahr 1919 wurden Initiativen für den Anschluß an die Schweiz entfaltet und in einer inoffiziellen Volksbefragung bei geringer Wahlbeteiligung 80% der Stimmen für einen Anschluß an die Schweiz abgegeben. Bei den Friedensverhandlungen in St. Germain wurde die Vorarlberger Frage aber nicht behandelt. Das Land blieb als eigenes Bundesland bei Österreich. Seit 1919 ist Bregenz Landeshauptstadt. 1938 wurde Vorarlberg gemeinsam mit Tirol deutscher Reichsgau. 1945 wurden die ursprünglichen Landesgrenzen wiederhergestellt.

Notes on the History of Vorarlberg

Vorarlberg was settled already in the middle of the Stone Age. It became part of the Roman province of Rhaetia in 15 BC. Brigantium, Bregenz today, was established as municipality. Alemanic immigrants came from the 5th cent., the country was ruled by the Franks since the sixth century, when Christianization also began. From the 9th cent. on, some noble families were fighting over the supremacy in the land. In the 11th and 12th centuries, the Udalrichinger, their rule centered at the fortress of Bregenz, were the lords over nearly all of present-day Vorarlberg. The Counts of Montfort (from Tübingen) inherited the domain around 1160. The Tübingers developed communications and built the road over the Arlberg pass. The Habsburgs began acquiring land in Vorarlberg from 1363. Here, as in Tyrol, the reason was the wish for a territorial link between the Habsburg possessions. In the following centuries, the Habsburgs acquired more local domains, installing their own bailiffs there. Administratively, Vorarlberg was subordinate to Tyrol until 1918 (except 1752 - 1782). In the Napoleonic Wars (1805 - 1814) Vorarlberg was annexed to Bavaria together with Tyrol. In 1861, Vorarlberg obtained its own diet which sat in Bregenz. In 1918, Vorarlberg seceded from Tyrolean administration and the provincial assembly declared its provisional accession to "Deutsch-Österreich" (German Austria). Initiatives for joining the Swiss Confederation were launched in the spring of 1919, and an inofficial referendum, albeit with only smaller numbers of voters, showed an 80 percent vote in favour of joining Switzerland. In the peace negotiations of St. Germain, the question of Vorarlberg was, however, not discussed. The province remained within the Austrian federation. Since 1919, Bregenz is the local capital. In 1938, Vorarlberg became a "Gau" of the German Reich together with Tyrol. The original provincial boundaries were restituted in 1945.

Notizie storiche sul Vorarlberg

Il territorio del Vorarlberg con una tradizione di insediamenti risalenti fino all'età della pietra di mezzo divenne nel 15 a.C. parte della provincia romana Rezia. Brigantium, l'odierna Bregenz fu costruita come municipium. Sin dal V secolo vi arrivarono gli Alemanni, nel VI secolo il territorio cadde sotto il dominio franco e fu cristianizzato. Sin dal IX secolo alcune stirpi nobili combatterono per il predominio: gli Udalringi, il cui centro del dominio fu la fortezza di Bregenz dominarono nel XI e XII secolo quasi tutto il territorio dell'attuale Vorarlberg. Intorno al 1160 i Duchi di Montfort (da Tubinga) ereditarono questo dominio. I Tubingi crearono le infrastrutture per il traffico e costruirono la strada attraverso l'Arlberg. Sin dal 1363 gli Asburgo acquistarono territori nella regione. Come in Tirolo ebbe un ruolo importante anche qui il desiderio di unire i vari territori fra le proprietà degli Asburgo. Comprarono nei secoli successivi le proprietà locali e stabilirono i balivi. Dal punto di vista amministrativo il Vorarlberg venne sottoposto nel 1918 al Tirolo (eccetto 1752 - 1782). Ai tempi delle Guerre Napoleoniche (1805 - 1814) il Vorarlberg insieme con il Tirolo fu annesso alla Baviera. Nel 1861 il Vorarlberg ebbe una propria giunta regionale, con sede a Bregenz. Nel 1918 il Vorarlberg si staccò dall'amministrazione tirolese e il consiglio regionale dichiarò l'adesione provvisoria all'Austria tedesca. Nella primavera del 1919 ci furono iniziative per l'annessione alla Svizzera e in un referendum ufficioso, con una partecipazione bassa, l'80 percento dei voti era in favore dell'annessione alla Svizzera. Nelle trattative di pace di St. Germain la questione del Vorarlberg fu però neanche trattata. Il paese rimase quale regione vera e propria parte dell'Austria. Dal 1919 Bregenz è il capoluogo della regione. Nel 1938 il Vorarlberg insieme con il Tirolo divenne „Reichsgau". Nel 1945 fu ristabilito con i confini originari della regione.

Vorarlberg auf einer Karte der Schweiz, 1578. Ausschnitt. G. de Jode, „Speculum orbis terrarum".

Vorarlberg on a map of Switzerland, 1578. Detail. G. de Jode: "Speculum orbis terrarum".

Il Vorarlberg in una carta svizzera, 1578. Particolare. G. de Jode, „Speculum orbis terrarum".

Niederlage des Eidgenössischen Bundes bei Bregenz, 1408. „Tschachtlan-Chronik", 1470.

The defeat of the Swiss Confederation near Bregenz, in 1408. "Tschachtlan Chronicles", 1470.

Sconfitta della Lega Svizzera presso Bregenz, 1408. Miniatura. „Cronica-Tschachtlan", 1470.

2 · Blick vom Pfänder auf Bregenz und das Rheintal

3 · Bregenz, Hausdetail

4 · Bregenz und Bodensee, vom Pfänder

5 · Bregenz, Gasthausschild

6 · Bregenz, Bürgerhaus

7 · Bregenz, untere Schneiderstraße

8 · Bregenz, Bürgerhaus

9 · Bregenz, Bürgerhaus, Haustor

10 · Bregenz, Hafen

11 · Bregenz, Bürgerhaus, Haustor

12 · Bregenz, Pfarrkirche

13 · Bregenz, Martinsturm

14 · Bregenz, Altstadthaus

15 · Bregenz, Seepromenade

16 · Dornbirn, Bürgerhaus

17 · Dornbirn, „Rotes Haus"

18 · Dornbirn, Bauernhaus

19 · Dornbirn, Bauernhaus

20 · Dornbirn, Bürgerhaus

21 · Damüls, Pfarrkirche, Fresken und Decke

22 · Damüls, Pfarrkirche, Fresken, Detail

23 · Damüls, Pfarrkirche, Decke, Detail

24 · Damüls, Pfarrkirche, Detail

25 · Damüls, Pfarrkirche

26 · Blick über Fraxern ins Rheintal

28 · Feldkirch, Schattenburg

27 · Burg Glopper (Neuems)

29 · Feldkirch, Schattenburg, Fresken

30 · Blick auf Feldkirch und die Schattenburg

31 · Feldkirch, Schattenburg, Burghof

32 · Burg Glopper (Neuems)

33 · Hohenems, Schloß, Hof

34 · Am Furka-Joch

35 · Blick von Laterns ins Rheintal

36 · Silbertal, Montafon

37 · Schröcken und Braunarlspitze

38 · Zwischen Zürs und Lech, Omeshorn

39 · Bei Warth

41 · Bregenzer Ache zwischen Bezau und Mellau

40 · Schwarzenberg, Bregenzerwald, Detail

42 · Bei Partenen

43 · Zwischen Lech und Warth

44 · Au im Bregenzerwald

46 · Schnepfau, Bauernhaus

45 · Bezau, Bauernhaus, Detail

47 · Bezau, Bauernhaus

48 · Schnepfau, Bauernhaus

49 · Schröcken, Bauernhaus

50 · Schnepfau, Bauernhaus, Detail

51 · Bezau, Gasthof

52 · Müselbach, Bauernhaus

53 · Au, Bauernhaus

54 · Andelsbuch, Gasthof

55 · Bei Gaschurn

56 · Blick über den Bregenzerwald

57 · Lech am Arlberg

58 · Schruns, Glasmalen

59 · Sticken, Bregenzerwald

60 · Schwarzenberg, Bauernhaus, Detail

61 · Au, Bauernhaus

62 · Schwarzenberg, Bauernhaus

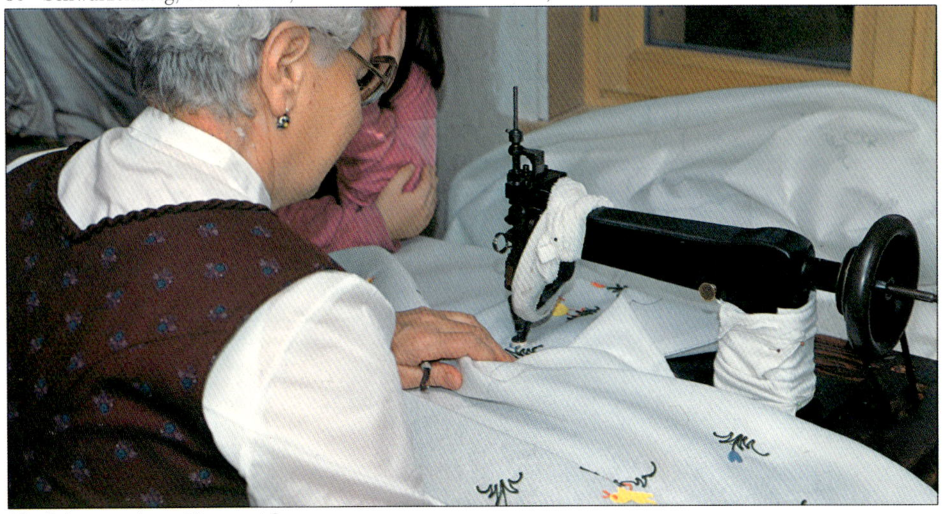
63 · Schwarzenberg, Kettensticken

64 · Spitzenklöppeln, Bregenzerwald

WIEN

Zur Geschichte des Bundeslandes und der Bundeshauptstadt Wien

Eine keltische Siedlung und das römische Militärlager Vindobona mit seiner Zivilstadt (ca. 100 n.Chr.) waren der Ausgangspunkt für das heutige Wien. Nach den Wirren der Völkerwanderung erfolgte im 9. Jh. durch karolingische Kolonisation die endgültige Landnahme durch die Bayern und die entscheidende Christianisierung. 1137 wurde Wien erstmals eine „civitas" genannt, in die der Babenberger Heinrich II (1141 - 1177) seine Residenz verlegte. Diese Funktion bestimmte das weitere Schicksal der Stadt. Unter Herzog Leopold VI (1198 - 1230) erhielt Wien das Stadtrecht. Nach dem Aussterben der Babenberger und dem Sieg Rudolfs von Habsburg über Premysl Ottokar II wurde Wien über 600 Jahre Sitz der Dynastie (1485 - 1490 im Besitz des Königs Matthias Corvinus von Ungarn). 1529 erfolgte die erste Belagerung durch die Türken, 1683 die zweite. Die Stadt wurde von Rüdiger von Starhemberg und Bürgermeister Liebenberg verteidigt, das osmanische Heer von einem Entsatzheer vernichtend geschlagen. Die Türkensiege und der Abschluß der Gegenreformation fanden im Ausbau Wiens zur glanzvollen Kaiserresidenz ihren Niederschlag. Die Stadt wurde zum europäischen Kulturzentrum. 1804 wurde Wien die Hauptstadt des „Kaiserreichs Österreich". Nach der Besetzung durch die Franzosen (1805 und 1809) und dem endgültigen Sieg über Napoleon 1814/15 gewann Wien durch den Wiener Kongreß politisch an Bedeutung. Als 1848 eine Revolution gegen das Metternichsche System ausbrach, beschossen Truppen die Stadt. 1858 erfolgte nach Beseitigung der Basteien die Stadterweiterung, die Ringstraße entstand. (1891 1.136.400 Einwohner, 1914 bereits 2.240.000.) Nach dem Ende des Ersten Weltkriegs und dem Zerfall der Monarchie wurde Wien Bundeshauptstadt, 1922 auch Bundesland. 1938 - 1945 war „Groß-Wien" deutscher Reichsgau. Nach dem Zweiten Weltkrieg und der Besetzung durch die Alliierten wurde Wien 1955 wieder Hauptstadt eines freien Österreich.

Notes on the History of Vienna - Province and Federal Capital

A Celtic settlement and the Roman garrison including a civilian town (abt. 100 AD), mark the origins of Vienna. After the turmoil of the Migration of the Nations, Bavarians colonized the region under the Carolingian Empire. In 1137, Vienna is first noted as „civitas", the Babenberg duke Henry II (1141 - 1177) moved his court into the city. This function as residence would determine the later fortunes of Vienna. Duke Leopold VI granted it a charter. After the end of the Babenbergs, and Rudolph of Habsburg's victory over Premysl Otakar II, Vienna became the dynastic seat for more than 600 years (the years 1485 - 1490 excepted, under the Hungarian Matthew Corvinus). The first Turkish siege occurred in 1529, the second in 1683, when the city's defence was led by Count Rüdiger of Starhemberg and mayor Liebenberg. The Turks were vanquished by the relief army. Victory over the Turks and the end of the Counter-Reformation were reflected in the splendour of new buildings adorning the imperial residence. The city became a centre of European culture. In 1804, it became the capital of the „Empire of Austria". After French occupations (1805 and 1809) and the final victory over Napoleon, the Congress of Vienna enhanced the city's political importance. In the anti-Metternich revolution of 1848, Vienna was shelled by Imperial troops. After the removal of all fortifications, the „Ring" was built, a boulevard encircling the city centre. In 1891, the population was 1.136.400, in 1914 already 2.240.000. After the First World War and the monarchy's end, Vienna became the federal capital, and also a province in 1922. From 1938 - 1945 „Greater Vienna" was a „Gau" of the German Reich. After the Second World War and the Allied occupation, the year 1955 saw Vienna again as the capital of a free country.

Notizie storiche della regione federale e della capitale Vienna

Un insediamento celtico e l'accampamento militare romano Vindobona con la sua città civile (100 d.C. circa) costituiscono le origini di Vienna. Dopo le confusioni delle incursioni barbariche nel IX secolo i Bavaresi, attraverso la colonizzazione carolingia, le diedero il nome attuale. Nel 1137 Vienna fu chiamata per la prima volta una „civitas" e il Babenberg Enrico II (1141 - 1177) vi trasferì la sua residenza. Tale funzione determinò il futuro destino della città. Sotto il duca Leopoldo VI (1198 - 1230) Vienna ebbe il diritto civico. Dopo l'estinguersi dei Babenberg e la vittoria di Rodolfo d'Asburgo su Premysl Ottokar II Vienna divenne la sede imperiale per oltre 600 anni (anche durante la parentesi 1485 - 1490 del Re Mattia Corvino dell'Ungheria). Nel 1529 Vienna fu, per la prima volta, occupata dai Turchi, nel 1683 per la seconda. La città fu difesa dal Duca Rüdiger von Starhemberg e dal Sindaco Liebenberg, e l'esercito osmanico fu distrutto da un esercito venuto in soccorso. Le vittorie sui Turchi e la fine della Controriforma contribuirono a rendere Vienna una sfarzosa residenza imperiale. La città divenne centro di cultura europeo e nel 1804 capitale dell'„Impero Austriaco". Dopo l'occupazione dei Francesi (1805 e 1809) e la vittoria definitiva su Napoleone nel 1814/15 Vienna aumentò d'importanza politicamente a causa del Congresso di Vienna. Quando nel 1848 scoppiò la rivoluzione contro il sistema di Metternich le truppe aprirono il fuoco contro la città. Nel 1858, tolte le fortificazioni della città, essa fu allargata e si costruì la „Ringstrasse". Nel 1891 Vienna ebbe 1.136.400 abitanti, nel 1914 ne ebbe già 2.240.000. Dopo la Prima Guerra Mondiale, la fine della Monarchia Vienna divenne capitale federale, nel 1922 ottenne lo stato di regione federale. 1938 - 1945 „Gross-Wien" fu „Reichsgau" tedesco. Dopo la Seconda Guerra Mondiale e l'occupazione da parte degli Alleati nel 1955 Vienna divenne ancora capitale d'un'Austria libera.

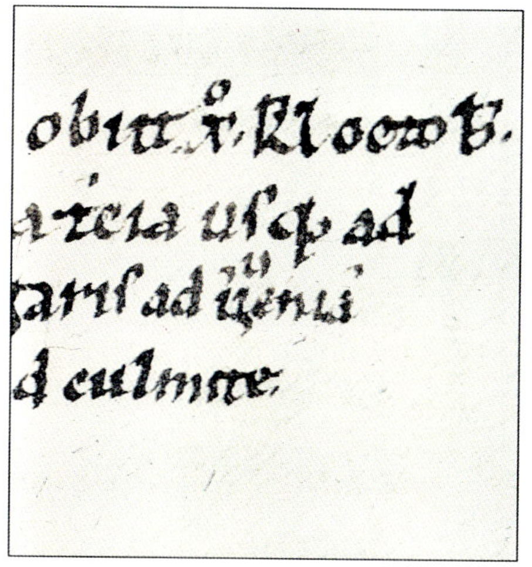

Erste Nennung des Namens Wien („ad uuenia"), 881. Salzburger Annalen, Admont.

The first mention of the name of Vienna ("ad uuenia"), 881. Salzburg Annals, Admont.

Prima citazione del nome di Vienna („ad uuenia"), 881. Annali salisburghesi, Admont.

Wappenbrief Kaiser Friedrichs III für die Stadt Wien, 1461. Ausschnitt der Urkunde.

Emperor Frederick's III letters patent, granting a coat of arms to the city of Vienna.

Lettera con stemma dell'Imperatore Federico III per la città di Vienna, 1461.

Die Belagerung Wiens durch die Türken, 1529. Plan von Niklas Meldemann, Ausschnitt.

The siege of Vienna by the Turks, 1529. Detail from the map by Nicholas Meldemann.

L'occupazione di Vienna da parte dei Turchi, 1529. Pianta di Niklas Meldemann,

2 · Blick vom Stephansdom, Türmerstube, gegen Westen

Coca-Cola
AUSTRIA VERSICHERUNGEN

3 · Blick vom Rathausturm zur Hofburg

4 · Burggarten, Kaiser Franz-Joseph-Denkmal

7 · Kunsthistorisches Museum, Treppenhaus

5 · Hofburg, Schauraum

6 · Hofburg, Hoftafel

8 · Volksgarten, Kaiserin Elisabeth-Denkmal

9 · Heldenplatz, Reiterstandbild Erzherzog Carl

10 · Hofburg, Michaelertrakt, Kuppel

11 · Blick auf Ringstraße, Parlament und Rathaus

12 · Parlament, Säulenhalle

13 · Justizpalast, Halle

14 · Parlament, Detail

15 · Volksgarten, Detail

16 · Burgtheater, Feststiege

17 · Schloß Belvedere

18 · Unteres Belvedere, Barockmuseum, Donnerbrunnen

19 · Unteres Belvedere, Barockmuseum, Prinz Eugen-Statue

20 · Palais Neupauer-Breuner

21 · Palais Schwarzenberg, Marmorgalerie

22 · Palais Kinski, Treppenhaus

23 · Schloß Schönbrunn, Schloßpark

24 · Piaristenkirche, Kuppel

25 · Schloß Schönbrunn, Rokokozimmer

26 · Schloß Schönbrunn, Schloßtheater

27 · Karlskirche

28 · Schloß Schönbrunn, Große Galerie

29 · Schloß Schönbrunn, Wagenburg

30 · Schloß Schönbrunn, Parterre des Schloßparks und Gloriette

31 · Schloß Schönbrunn, von der Gloriette aus

32 · Stephansdom, Riesentor, Detail

33 · Stephansdom, Capistrankanzel

34 · Stephansdom, Pilgramkanzel

35 · Maria am Gestade, Portal

36 · Michaelerkirche

37 · Stephansdom, Mittelschiff, Gewölbe

38 · Neue Burg, Waffensammlung

39 · Neue Burg, Waffensammlung

40 · Neue Burg, Sammlung alter Musikinstrumente

41 · Hofburg, Schatzkammer

42 · Kunsthistorisches Museum, Automatensammlung

43 · Oberes Belvedere, Österreichische Galerie

44 · Palais Liechtenstein, Museum Moderner Kunst

45 · Technisches Museum, Schreibautomat

46 · Arsenal, Heeresgeschichtliches Museum

47 · Technisches Museum, Mittelhalle

48 · Naturhistorisches Museum

49 · Historisches Museum der Stadt Wien, Uhrenmuseum, Detail

50 · Historisches Museum der Stadt Wien, Stadtmodell

51 · Josephinum, Wachsfigurensammlung

52 · Großer Konzerthaussaal

53 · Großer Musikvereinssaal

54 · Spanische Hofreitschule

55 · Oper

56 · Rathaus, Festwocheneröffnung

57 · Nationalbibliothek

58 · Palais Obizzi (Uhrenmuseum), Schulhof und Kurrentgasse

59 · Stadtpark, Kursalon

60 · Strudlhofstiege

61 · Fillgraderstiege

62 · Mölkerbastei, Liebenbergdenkmal und Universität

63 · Jugendstil-Haus am Naschmarkt

64 · Wienflußeinwölbung beim Stadtpark

66 · Kirche am Steinhof, Innenraum

67 · Wienflußeinwölbung beim Stadtpark, Detail

65 · Ankeruhr

68 · Ehemalige Stadtbahnstation Karlsplatz

69 · Biedermeierhaus, Innenhof

70 · Wotruba-Kirche

71 · Altstadthaus am Spittelberg, Detail

72 · Städtische Wohnanlage, Karl-Marx-Hof

73 · Urania, Volksbildungshaus

74 · Internationales Amtssitz- und Konferenzzentrum Wien (UNO-City)

76 · Cafe Hawelka

75 · Konditorei Demel

77 · Cafe Central

78 · Josefstadt, Grätzelfest

79 · Karmelitermarkt

80 · Fiaker beim Stephansdom

81 · Blick über den Prater zum Stephansdom

82 · Gasthausgarten

83 · Naschmarkt, Flohmarkt

84 · Naschmarkt, Gemüsemarkt

85 · Rathausplatz, Promenadenkonzert

86 · Rathausplatz, Christkindlmarkt

87 · Wienerwald am Exelberg

88 · Blick auf den Stephansdom

89 · Donaulände bei der Reichsbrücke

90 · Städtische Wohnanlage, „Hundertwasserhaus“

91 · Grinzing

ÄUTERUNGEN

Die Seiten des Erläuterungsteiles sind oben mit den Seitenzahlen des Bildteiles, zu welchem sie gehören, gekennzeichnet.
Die Texte fassen Bildgruppen und in Beziehung zu diesen stehende Einzelbilder zu Themen zusammen. Unter den Titeln stehen die Bildnummern der Abbildungen im Bildteil des entsprechenden Bundeslandes. Nicht alle Abbildungen werden besprochen.

The pages of the section containing the legends to illustrations, are on top marked with the number of the corresponding page in the picture section.
The text is a summary of the subjects relating to groups of illustrations or individual pictures in this respect.
The numbers of the illustrations in the picture section for the respective province are shown below the title. Not all illustrations are included in the explanatory notes.

Le pagine nelle quali ci sono le spiegazioni sono contraddistinte in alto con i numeri delle pagine della parte fotografica a cui si riferiscono.
I testi comprendono a loro volta gruppi di fotografie oppure sono in rapporto con fotografie singole che riassumono temi.
Sotto i titoli si trovano i numeri delle foto spiegate nella parte fotografica della rispettiva regione. Non tutte le foto sono state riassunte in gruppi o spiegate singolarmente.

Die Republik Österreich

Fläche 83.855 km², 7.812.000 Einwohner, Hauptstadt ist Wien mit 1.533.200 Einwohnern, Bevölkerungsdichte 90 pro km².
9 Bundesländer, 99 politische Bezirke, 2.304 Ortsgemeinden.
Vom Bundesgebiet sind 38,4% Wald, 21,1% Grünland, 18,1% Ackerland, 0,5% Gewässer, 18,9% Ödland. Von den 3.362.900 Berufstätigen arbeiten 9,1% in der Land- und Forstwirtschaft, 38,6% in Industrie und Gewerbe und 52,3% im Dienstleistungsbereich. Die Anzahl der Übernachtungen im Fremdenverkehr betrug 1990 123.629.478. Die wichtigsten Wirtschaftszweige sind: Eisen- und Stahlindustrie, chemische Industrie, verarbeitende Industrie, Landwirtschaft und Fremdenverkehr.
Die Anzahl der Gebäude beträgt 1.809.685, die der Wohnungen 3.380.944 (Stand 1991).
Es gibt (Stand 1990) 547 Natur- und Landschaftsschutzgebiete. Die größten Städte sind Wien, Graz, Linz, Salzburg und Innsbruck.

deshauptstadt ist Eisenstadt mit 10.100 Einwohnern, die Bevölkerungsdichte beträgt 68 pro km². Es gibt 9 politische Bezirke und 138 Ortsgemeinden. Von der Landesfläche sind 25,7% Wald, 6,7% Grünland, 43,7% Ackerland, 2,7% Gewässer und 21,2% Ödland (Stand 1983). Von den 117.000 Berufstätigen (3,5% aller österreichischen Berufstätigen) arbeiten 13,2% in der Land- und Forstwirtschaft, 43,2% in Industrie und Gewerbe und 43,6% im Dienstleistungsbereich. Von allen Berufstätigen Österreichs kommen aus dem Burgenland in der Landwirtschaft 5%, in Industrie und Gewerbe 3,9% und im Dienstleistungsbereich 2,9%. Der Anteil der Übernachtungen im österreichischen Fremdenverkehr beträgt 1,7%. Wichtigste Wirtschaftszweige sind Wein- und Obstbau und Fremdenverkehr.

hauptstadt ist Klagenfurt mit 87.300 Einwohnern, die Bevölkerungsdichte beträgt 56 pro km². Es gibt 10 politische Bezirke und 121 Ortsgemeinden. Von der Landesfläche sind 45,4% Wald, 29% Grünland, 8,3% Ackerland, 0,4% Gewässer und 16,9% Ödland (Stand 1983). Von den 225.200 Berufstätigen (6,7% aller österreichischen Berufstätigen) arbeiten 9,4% in der Land- und Forstwirtschaft, 37,5% in Industrie und Gewerbe und 53,1% im Dienstleistungsbereich. Von allen Berufstätigen Österreichs kommen aus Kärnten in der Landwirtschaft 6,9%, in Industrie und Gewerbe 6,6% und im Dienstleistungsbereich 6,8%. Der Anteil der Übernachtungen im österreichischen Fremdenverkehr beträgt 13,8%. Wichtigste Wirtschaftszweige sind Fremdenverkehr, Holzwirtschaft, Bergbau und Energiewirtschaft.

Niederösterreich. Fläche 19.172 km² (22,9% der Fläche Österreichs), 1,422.000 Einwohner (18,8% von Österreich). Seit 1986 ist St. Pölten mit 49.900 Einwohnern Landeshauptstadt. Die Bevölkerungsdichte beträgt 74 pro km². Es gibt 25 politische Bezirke und 562 Ortsgemeinden. Von der Landesfläche sind 34,5% Wald, 12,2% Grünland, 38,5% Ackerland, 0,3% Gewässer und 14,4% Ödland (Stand 1983). Von den 634.000 Berufstätigen (18,9% aller österreichischen Berufstätigen) arbeiten 13,8% in der Land- und Forstwirtschaft; 39,7% in Industrie und Gewerbe und 46,5% im Dienstleistungsbereich. Von allen Berufstätigen Österreichs kommen aus Niederösterreich in der Landwirtschaft 28,5%, in Industrie und Gewerbe 19,4% und im Dienstleistungsbereich 16,7%. Der Anteil der Übernachtungen im österreichischen Fremdenverkehr beträgt 5,4%. Wirtschaftszweige: Landwirtschaft, petrochemische Industrie, metallverarbeitende Industrie.

Oberösterreich. Fläche 11.980 km² (14,3% der Fläche Österreichs), 1,280.000 Einwohner (17% von Österreich), Landeshauptstadt ist Linz mit 199.900 Einwohnern, die Bevölkerungsdichte beträgt 109 pro km². Es gibt 18 politische Bezirke und 445 Ortsgemeinden. Von der Landesfläche sind 35,9% Wald, 24,1% Grünland, 25,1% Ackerland, 0,7% Gewässer und 14,2% Ödland (Stand 1983). Von den 582.100 Berufstätigen (17,3% aller österreichischen Berufstätigen) arbeiten 11,7% in der Land- und Forstwirtschaft, 44,2% in Industrie und Gewerbe und 44,1% im Dienstleistungsbereich. Von allen Berufstätigen Österreichs kommen aus Oberösterreich in der Landwirtschaft 22,1%, in Industrie und Gewerbe 19,8% und im Dienstleistungsbereich 14,6%. Der Anteil der Übernachtungen im österreichischen Fremdenverkehr beträgt 6,7%. Wichtigste Wirtschaftszweige sind Eisen- und Stahlindustrie, chemische Industrie, Konsumgüterindustrie und Landwirtschaft.

Salzburg. Fläche 7.154 km² (8,5% der Fläche Österreichs), 452.700 Einwohner (6% von Österreich), Landeshauptstadt ist Salzburg mit 139.400 Einwohnern, die Bevölkerungsdichte beträgt 63 pro km². Es gibt 6 politische Bezirke und 119 Ortsgemeinden. Von der Landesfläche sind 35% Wald, 48,1% Grünland, 1,9% Ackerland, 0,8% Gewässer und 14,2% Ödland (Stand 1983). Von den 209.700 Berufstätigen (6,2% aller österreichischen Berufstätigen) arbeiten 8,8% in der Land- und Forstwirtschaft, 32,9% in Industrie und Gewerbe und 58,3% im Dienstleistungsbereich. Von allen Berufstätigen Österreichs kommen aus Salzburg in der Landwirtschaft 6%, in Industrie und Gewerbe 5,3% und im Dienstleistungsbereich 7%. Der Anteil der Übernachtungen im österreichischen Fremdenverkehr beträgt 18,5%. Wichtigste Wirtschaftszweige sind Fremdenverkehr, Energiewirtschaft, holz- und metallverarbeitende Industrie.

Steiermark. Fläche 16.387 km² (19,5% der Fläche Österreichs), 1,183.300 Einwohner (15,7% von Österreich), Landeshauptstadt ist Graz mit 243.200 Einwohnern, die Bevölkerungsdichte beträgt 72 pro km². Es gibt 17 politische Bezirke und 544 Ortsgemeinden. Von der Landesfläche sind 51,1% Wald, 21,5% Grünland, 10,9% Ackerland, 0,2% Gewässer und 16,3% Ödland (Stand 1983). Von den 501.300 Berufstätigen (14,9% aller österreichischen Berufstätigen) arbeiten 13,2% in der Land- und Forstwirtschaft, 40,2% in Industrie und Gewerbe und 46,6% im Dienstleistungsbereich. Von allen Berufstätigen Österreichs kommen aus der Steiermark in der Landwirtschaft 21,5%, in Industrie und Gewerbe 15,5% und im Dienstleistungsbereich 13,3%. Der Anteil der Übernachtungen im österreichischen Fremdenverkehr beträgt 7,6%. Wichtigste Wirtschaftszweige sind Eisen- und Stahlindustrie, Bergbau, Papier- und Zellstoffindustrie, Elektroindustrie und Landwirtschaft.

Tirol. Fläche 12.647 km² (15,1% der Fläche Österreichs), 597.900 Einwohner (7,9% von Österreich), Landeshauptstadt ist Innsbruck mit 117.300 Einwohnern, die Bevölkerungsdichte beträgt 47 pro km². Es gibt 9 politische Bezirke und 278 Ortsgemeinden. Von der Landesfläche sind 33,7% Wald, 33,7% Grünland, 1,9% Ackerland, 0,1% Gewässer und 30,6% Ödland (Stand 1983). Von den 255.900 Berufstätigen (7,6% aller österreichischen Berufstätigen) arbeiten 8,2% in der Land- und Forstwirtschaft, 33,8% in Industrie und Gewerbe und 58% im Dienstleistungsbereich. Von allen Berufstätigen Österreichs kommen aus Tirol in der Landwirtschaft 6,8%, in Industrie und Gewerbe 6,7% und im Dienstleistungsbereich 8,4%. Der Anteil der Übernachtungen im österreichischen Fremdenverkehr beträgt 34,7%. Wichtigste Wirtschaftszweige sind Fremdenverkehr, Energiewirtschaft, metallverarbeitende Industrie und optische Industrie.

Vorarlberg. Fläche 2.601 km² (3,1% der Fläche Österreichs), 307.900 Einwohner (4,1% von Österreich), Landeshauptstadt ist Bregenz mit 24.600 Einwohnern, die Bevölkerungsdichte beträgt 118 pro km². Es gibt 4 politische Bezirke und 96 Ortsgemeinden. Von der Landesfläche sind 25,7% Wald, 45,7% Grünland, 0,8% Ackerland, 0,3% Gewässer und 27,5% Ödland (Stand 1983). Von den 138.800 Berufstätigen (4,1% aller österreichischen Berufstätigen) arbeiten 3,4% in der Land- und Forstwirtschaft, 52,9% in Industrie und Gewerbe und 43,7% im Dienstleistungsbereich. Von allen Berufstätigen Österreichs kommen aus Vorarlberg in der Landwirtschaft 1,5%, in Industrie und Gewerbe 5,7% und im Dienstleistungsbereich 3,5%. Der Anteil der Übernachtungen im österreichischen Fremdenverkehr beträgt 6,9%. Wichtigste Wirtschaftszweige sind Fremdenverkehr, Textilindustrie, Landwirtschaft und Energiewirtschaft.

Quelle: Statistisches Handbuch für die Republik Österreich, Zahlenangaben gerundet.

Wien. Fläche 415 km² (0,5% der Fläche Österreichs), 1,501.700 Einwohner (19,9% von Österreich), die Bevölkerungsdichte beträgt 3.619 pro km². Wien hat 23 Gemeindebezirke. Von der Landesfläche sind 34,5% Wald, 4,4% Grünland, 17,5% Ackerland, 0,8% Gewässer und 42,9% Ödland (Stand 1983). Von den 698.900 Berufstätigen (20,8% aller österreichischen Berufstätigen) arbeiten 0,7% in der Land- und Forstwirtschaft, 32% in Industrie und Gewerbe und 67,3% im Dienstleistungsbereich. Von allen Berufstätigen Österreichs kommen aus Wien in der Landwirtschaft 1,7%, in Industrie und Gewerbe 17,2% und im Dienstleistungsbereich 26,8%. Der Anteil der Übernachtungen im österreichischen Fremdenverkehr beträgt 4,7%. Wichtigste Wirtschaftszweige sind Dienstleistungen, Fremdenverkehr, metallverarbeitende und chemische Industrien und Konsumgüterindustrie.

Bildteil · Seiten 17 bis 38

Erläuterungen zu den Bildern aus dem Burgenland

Neusiedler See
Abbildungen 2, 50 und 65

Mit seinen rund 320 km² Fläche (inkl. Schilfgürtel), wovon sich 232 km² auf österreichischem Staatsgebiet befinden, ist der Neusiedler See der größte See Österreichs und der einzige Steppensee Mitteleuropas. Er hat keinen natürlichen Abfluß und ist durchschnittlich nur 1,5 m tief. Der See ist bereits einmal ganz (1867 - 1871) und mehrere Male fast ausgetrocknet. Der Neusiedler See ist (außer am Ostufer) mit einem bis zu drei Kilometer breiten Schilfgürtel umgeben. Sein Boden ist mit einer schwefelhältigen und heilkräftigen Schlammschicht bedeckt. Es gibt auch unterirdische Mineralwasser-Bekken. Der See bestimmt das Klima und damit auch die Bewirtschaftung seiner Umgebung (Weinbau, Schilfverwertung). Der breite Schilfgürtel und der Fischreichtum des Sees haben ein in Österreich einmaliges Vogelparadies entstehen lassen. Die Uferregionen sind Landschaftsschutzgebiet, die Orte rund um den See ein Fremdenverkehrsgebiet.

Landeshauptstadt Eisenstadt
Abbildungen 3 und 9 - 20

Es gibt bereits jungsteinzeitliche Siedlungsnachweise am Burgstallberg. Eine Römersiedlung lag im Gebiet der heutigen Kaserne. Die Stadt (1118 erstmals urkundlich erwähnt, seit 1373 Stadtrecht, 1648 königlich-ungarische Freistadt) stand seit dem 13. Jh. im Spannungsfeld verschiedener Mächte (mehrmals verpfändet). Eisenstadt entfaltete unter den Fürsten Esterházy (seit 1622) reges kulturelles Leben. (Joseph Haydn wirkte an ihrem Hof als Kapellmeister.) Zu den kulturhistorischen Besonderheiten der Stadt zählen u.a. die Domkirche, die Bergkirche (Haydnkirche) und das ehemalige Judenghetto. Die Haydngasse (früher Klostergasse) entstand Mitte des 14. Jh.s und ist ein gerader, geschlossen verbauter und heute noch fast einheitlich erhaltener Straßenzug mit vielen barock erbauten oder barockisierten Häusern.

Schloß Esterházy, Eisenstadt
Abbildungen 4 - 8

Das heutige Schloß war ursprünglich eine mittelalterliche Wasserburg, wahrscheinlich um 1390 von der Familie Kanizsai erbaut. 1622 übernahm Graf Nikolaus Esterházy die baufällige Burg. Die Anlage wurde zwischen 1663 und 1672 nach Plänen von C. M. Carlone barock umgestaltet, es entstand ein Schloßbau mit vier Türmen und viereckigem Hof. Im 18. Jh. wurde das Schloß mit einer klassizistischen Fassade versehen, auch die Wohnräume, die Stiege und die Schloßkapelle wurden neu gestaltet. Eine der Sehenswürdigkeiten ist der Haydn-Saal, der durch drei Geschosse des Gebäudes reicht.

Freistadt Rust
Abbildungen 25 - 27, 29 - 32 und 65

Der Weinbauort am Neusiedler See ist ein wichtiges Fremdenverkehrszentrum des Burgenlandes. Rust, schon Römersiedlung, wurde 1317 erstmals erwähnt, erhielt 1472 das Marktrecht und wurde 1681 zur königlich-ungarischen Freistadt. Die Stadt - sie lag bis 1886 direkt am Ufer des Neusiedler Sees - weist ein geschlossenes Ortsbild mit Bürgerhäusern aus der Gotik, der Renaissance und

Picture Section · Pages 17 to 38

Notes to the Illustrations on Burgenland

Lake Neusiedl
Illustrations 2, 50 and 65

With an area of abt. 320 sqkm (124 sqmi including the reed belt around it), of which 232 sqkm (90 sqmi) are in Austria, Lake Neusiedl is Austria's largest. It is the only steppe lake in Central Europe. There is no natural drain, and the average depth is only 1.5 metres (4.5 ft). The lake has already dried out completely once (1867 - 1871), and on several occasions was close to complete drought. Excepting its eastern shore, the lake is bordered by a belt of dense reeds, 1 - 3 km (0.6 - 2 mi) wide. The lake bottom is covered by a layer of sulphur-containing and curative mud. There are also subterranean pockets of mineral waters. The lake has a determining influence upon the climate, and thus also on the agriculture (wine growing, reed processing) of its surroundings. The wide reed belt and the large fish population of the lake have contributed to the existence of a bird paradise. All shore zones are protected nature preserves, and the towns and villages around are important touristic areas.

Eisenstadt, the Provincial Capital
Illustrations 3 and 9 - 20

On the Burgstallberg, traces of settlement dating back to the Younger Stone Age have been found. A Roman settlement was located at the site of today's army barracks. The city, (first named in documents in 1118, chartered in 1373, and from 1648 Royal Hungarian free city) has been the object of the contentions of various powers. Under the Esterházy princes (since 1622), cultural activities blossomed. (Joseph Haydn was orchestra director at their court). Of cultural interest in the city are the cathedral, the Bergkirche (Haydn Church) and the former Jewish ghetto. Haydn Street developed in mid-14th century and nearly all buildings are preserved, among them some Baroque houses.

The Esterházy Palace, Eisenstadt
Illustrations 4 - 8

The palace was originally a medieval moat-enclosed castle, probably built by the Kanizsai family about 1390. In 1622, Count Nicholas Esterházy took over the dilapidated castle. The edifice was reconstructed in the Baroque style after plans by C.M. Carlone, from 1663 to 1672, resulting in a palatial structure with four towers and a square courtyard. In the 18th century, a classicistic façade was applied; the rooms, staircase and chapel were also modified. One of the attractions is the Haydn Hall, extending through three storeys of the building.

The Free City of Rust
Illustrations 25 - 27, 29 - 32 and 65

The wine-growing city on Lake Neusiedl is an important touristic centre in Burgenland. Rust, already a Roman settlement, was first noted in 1317, raised to a market in 1472 and to a Royal Hungarian Free City in 1681. The city - until 1886 directly on the lakeshore - has a uniform character with Gothic buildings, also some from the Renaissance and Baroque epochs. The entire old town is a protected monument. In 1975, the Council of Europe declared Rust a model city.

Parte fotografica · Pagine 17 fino a 38

Spiegazione sulle foto del Burgenland

Neusiedler See (lago di Neusiedl)
Foto 2, 50, 65

Con una superficie di 320 Km² circa (inclusa la fascia di canneti) di cui 232 Km² si trovano sul territorio austriaco il lago di Neusiedl, è il lago più grande dell'Austria. E' l'unico lago stepposo del Mitteleuropa. Ha uno scarico naturale e in media ha una profondità di soltanto 1,5 m. Il lago si è già asciugato una volta (1867 - 1871) e più volte quasi. Il lago di Neusiedl (ad eccezione della riva orientale) è circondato da una fascia di canneti che raggiunge una larghezza da uno a tre chilometri. Il suo letto è coperto da uno strato di melma che contiene zolfo ed ha un effetto salutare. Vi sono pure bacini sotterranei di acqua minerale. Il lago determina il clima e con ciò anche le colture dei dintorni (viticoltura, lavorazione della canna). La larga cintura di canneti e la ricchezza di pesci nel lago hanno fatto nascere un paradiso di uccelli unico in Austria. Le zone lungo le rive sono zone protette ecologicamente, le località sono una importante zona per il turismo.

Capoluogo di regione: Eisenstadt
Foto 3 e 9 - 20

Vi sono già tracce di insediamenti che risalgono al primo periodo dell'età della pietra sul Burgstallberg. Ci fu un insediamento romano nella zona dell'attuale caserma. La città (nel 1118 citata in documenti per la prima volta, dal 1373 diritto civico, nel 1648 città libera reale ungherese) si trovò sin dal XIII sec. nel territorio di tensioni di diverse potenze (più volte pignorata). Sotto i principi Esterházy (dal 1622) Eisenstadt ebbe una vita culturale molto viva (Joseph Haydn fu il maestro di capella alla loro corte). Fra le particolarità storico-culturali della città si annoverano tra l'altro il duomo, la Bergkirche (la chiesa di Haydn) e l'ex ghetto degli ebrei. La stradina di Haydn (già stradina del monastero) nacque nella metà del '300 ed ancora oggi una strada diritta, chiusa e orlata da case, rimasta tale e quale, con molte case barocche o barocchizzate più tardi.

Il castello di Esterházy, Eisenstadt
Foto 4 - 8

L'attuale castello in origine fu una fortezza medievale circondata dall'acqua e probabilmente intorno al 1390 costruita dalla famiglia Kanizsai. Nel 1622 il Duca Nicolaus Esterhàzy acquistò la fortezza in rovina. L'impianto fu ricostruito fra il 1663 e il 1672, secondo i progetti di C. M. Carlone in modo barocco, nacque un castello con quattro torri e un cortile rettangolare. Nel '700 il castello fu dotato di una facciata classica, anche i vani degli appartamenti, la scala e la capella furono ricostruite. Una delle caratteristiche e bellezze artistiche è la sala di Haydn che si eleva per tre piani del palazzo.

Città libera di Rust
Foto 25 - 27, 29 - 32 e 65

La località vinicola sul lago di Neusiedl è un importante centro turistico del Burgenland e Rust, già insediamento romano venne citata per la prima volta nel 1317, ebbe il diritto di borgo nel 1472 e nel 1681 divenne città libera reale ungherese. La città - trovatasi entro il 1886 sulle sponde del lago di Neusiedl - presenta un aspetto chiuso con case di borg-

Kellergasse in Breitenbrunn. Weinbaugebiet zwischen Leithagebirge und Neusiedler See.

The cellar lane at Breitenbrunn in the wine region between Leitha range and Lake Neusiedl.

Vicolo con cantine, Breitenbrunn. Zona vinicola fra i Monti sul Leitha e il lago di Neusiedl.

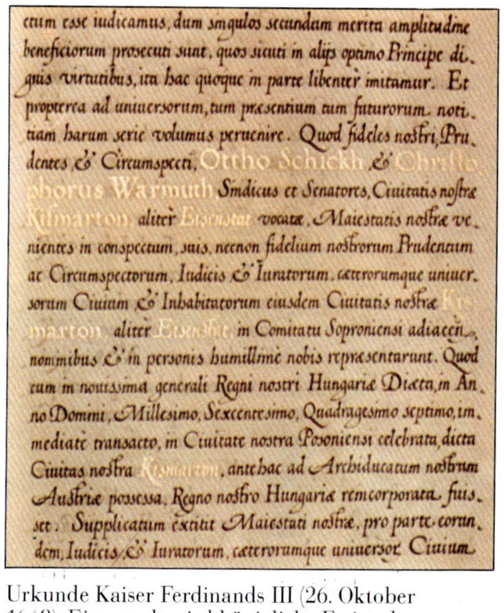

ctum esse iudicamus, dum singulos secundum merita amplitudine beneficiorum prosecuti sunt, quos sicuti in aliis optimo Principe dignis virtutibus, ita hac quoque in parte libenter imitamur. Et propterea ad universorum, tum praesentium tum futurorum notitiam harum serie volumus pervenire. Quod fideles nostri Prudentes & Circumspecti, Ottho Schickh & Christophorus Warmuth Sindicus et Senatores, Civitatis nostrae Kismarton aliter Eisenstat vocatae, Maiestatis nostrae venientes in conspectum, suis, necnon fidelium nostrorum Prudentium ac Circumspectorum, Iudicis & Iuratorum, caeterorumque universorum Civium & Inhabitatorum eiusdem Civitatis nostrae Kismarton aliter Eisenstat in Comitatu Soproniensi adiacentis nominibus & in personis humillime nobis repraesentarunt. Quod cum in novissima generali Regni nostri Hungariae Dieta, in Anno Domini, Millesimo, Sexcentesimo, Quadragesimo septimo, immediate transacto, in Civitate nostra Posoniensi celebrata, dicta Civitas nostra Kismarton, antehac ad Archiducatum nostrum Austriae possessa, Regno nostro Hungariae reincorporata fuisset. Supplicatum extitit Maiestati nostrae, pro parte eorundem, Iudicis & Iuratorum, caeterorumque universorum Civium

Urkunde Kaiser Ferdinands III (26. Oktober 1648). Eisenstadt wird königliche Freistadt.

Letters Patent granted by Emperor Ferdinand III (26 Oct. 1648) raising Eisenstadt to Royal Free City.

Documento dell'Imperatore Ferdinando III. Eisenstadt diventa città libera reale.

Eisenstadt, 1679. Aus Matthäus Merian, „Topographia Provinciarum Austr.". Ausschnitt.

Eisenstadt, in 1679. Detail from Matthew Merian's "Topographia Provinciarum Austr.".

Eisenstadt, 1679. Di Matthäus Merian, „Topografia provinciarum Austr.". Particolare.

Seewinkel bei Halbturn. Landschaft am Beginn der Ungarischen Tiefebene.

In the "Seewinkel" near Halbturn. A landscape at the gates of the Hungarian Lowlands.

Seewinkel, presso Halbturn. Paesaggio verso il bassopiano ungherese.

Storchennest, Rust am Neusiedler See. Teil des Ortsbildes der Seegemeinden.

Stork's nest at Rust on Lake Neusiedl. A typical feature of the communes around the lake.

Nido di cicogne. Rust sul lago di Neusiedl. Particolare delle località sul lago.

Burg Lockenhaus. Schauraum mittelalterlicher Waffen. „Eiserne Jungfrau" (Folterinstrument).

Lockenhaus Castle. Display room of medieval arms. "Iron maiden", (instrument of torture).

Fortezza di Lockenhaus, sala, armi medievali. „vergine di ferro" (strumento di tortura).

Bildteil · Seiten 17 bis 38

des Barock auf. Seit 1963 steht die gesamte Altstadt unter Denkmalschutz. 1975 wurde Rust vom Europarat zur Modellstadt erklärt.

Landschaftsformen
Abbildungen 22, 52, 53 und 64
Das nördliche Burgenland ist geprägt vom Neusiedler See und den ihn umgebenden Ebenen (Seewinkel, Parndorfer Platte, Wulka-Ebene), vom Leitha- und Rosaliengebirge und vom Ödenburger-Bergland. Die Wulka-Ebene gilt als Kornkammer des Burgenlandes, die Landschaft um den Neusiedler See ist Hauptgebiet des Weinbaus, der hier jahrhundertealte Tradition hat. So gab es zum Beispiel in Winden einen römischen Gutshof mit der ersten in Österreich gefundenen Weinpresse. Das mittlere Burgenland (Fortsetzung der Buckligen Welt) ist im wesentlichen, wie das südliche Burgenland (Fortsetzung des oststeirischen Hügellandes), eine Hügel- und Terrassenlandschaft, durch geschützte Tallandschaften unterbrochen.

Der Seewinkel, Frauenkirchen, Loretto
Abbildungen 21, 23, 24, 44, 47, 49, 51, 62 und 63
Mit seinen Sümpfen und rund 80 salzhaltigen „Lacken" ist der Seewinkel die westlichste Salzsteppe Europas. Hier wachsen salzliebende Pflanzen, wie sie sonst nur in den Salzsteppen Asiens zu finden sind, auch die Tierwelt ist für Österreich einmalig. Das Gebiet ist Naturschutzgebiet. Von wirtschaftlicher Bedeutung sind Wein-, Obst- und Gemüsebau sowie Fremdenverkehr. Zu den wichtigsten Orten gehört Frauenkirchen (erste urkundliche Erwähnung 1324) mit seiner Marienwallfahrtskirche. Die barocke Kirche (Fertigstellung 1702) stammt vom Baumeister der Esterházy, Francesco Martinelli, und zählt zu den schönsten Barockkirchen Österreichs. Bemerkenswert ist auch der jüdische Friedhof. Frauenkirchen ist neben Loretto (am Hang des Leithagebirges) der bekannteste Wallfahrtsort des Burgenlandes. Der Dorfplatz in Loretto ist wegen seiner Baumbepflanzung eine österreichische Besonderheit.

Burgen und Schlösser
Abbildungen 1, 4 - 8 und 54 - 61
Das Gebiet des heutigen Burgenlandes war schon immer Grenzgebiet zwischen unterschiedlichen Kulturen und Einflußbereichen und Durchzugsgebiet aus dem Osten kommender Völker. Zur Absicherung des eigenen Herrschaftsbereiches und zur Kontrolle der Handelswege errichteten die Machthaber der einzelnen Gebiete besonders ab dem 12. Jh. viele stark befestigte Burgen. Die wichtigsten sind: Güssing, mit romanischem Bergfried, erstmals erwähnt 1157, bis 1522 im Besitz der Grafen von Güssing, damals Beherrscher Westungarns; Schlaining, 1271 erstmals erwähnt, romanische Anlage, zuerst Besitz der Grafen von Güssing, ab 1574 der Grafen Batthyány; Lockenhaus, im 13. Jh. als Sperre des Günstales angelegt, zuerst Besitz der Güssinger Grafen, von 1676 bis 1971 Eigentum der Esterházy, heute öffentlich zugängliche Schauburg; Bernstein, erste Anlage 1249 erwähnt, ab 1644 im Besitz der Batthyány; Forchtenstein, um 1300 angelegt, niemals eingenommen oder zerstört, eine der bedeutendsten Burgen Österreichs, seit 1626 im Besitz der Esterházy. Die Schlösser des Burgenlandes entstanden im 16., 17. und 18. Jh. als Herrschaftssitze. Die bedeutendsten sind:

Picture Section · Pages 17 to 38

The Landscape
Illustrations 22, 52, 53 and 64
Northern Burgenland is characterized by Lake Neusiedl and the plains around it (Seewinkel, Parndorf Plain and the Wulka Plain), the Leitha and Rosalia ranges and the Ödenburg hills. The Wulka Plain is the province's granary, the region around Lake Neusiedl has a centuries-old tradition of wine-growing. Winden was the site of a Roman manor, with the first wine press found in Austria. Central Burgenland is in essence, just as Southern Burgenland, a country of hills and terraces, interspersed with sheltered valleys. It is actually a continuation of the so-called "Bucklige Welt" ("Hunchbacked World"), the hilly region in the S. E. of Lower Austria.

The Seewinkel, Frauenkirchen and Loretto
Illustrations 21, 23, 24, 44, 47, 49, 51, 62 and 63
With its swamps and about 80 saline ponds, the Seewinkel is the westernmost salt desert of Europe. Plants attracted by saline soils grow here and can otherwise be found only in the salt steppes of Asia. The fauna, too, is unique for Austria. The area is also a natural preserve. Economically important are wine, fruits and vegetables, and, of course, tourism. Among the more important localities is Frauenkirchen (first noted in documents 1342), with its pilgrimage church of St. Mary's. This church is one of the most magnificient houses of worship in Austria, completed in 1702, built by the Esterházy house architect, Francesco Martinelli. The church is renowned for the ceiling frescoes, dating from about 1700, and the high altar with a statue of mercy from the 17th century. It is an outstanding monument of Baroque architecture. Worthy of note is also the former Jewish cemetery. Besides Loretto, Frauenkirchen is Burgenland's most important place for pilgrimages.

Palaces and Castles
Illustrations 1, 4 - 8 and 54 - 61
The region of today's Burgenland has always been a border zone between different cultures and spheres of influence, as well as a route for invasions and migrations from the East. The rulers of those days built many strongly fortified castles to secure their lands and also to control the routes of commerce. The most important castles being Güssing, with its Romanesque towers (first noted in 1157), owned until 1522 by the counts of Güssing, then rulers of western Hungary, later passing to the ownership of the Batthyány house, dominant in the 16th cent., particularly in S. Burgenland; Schlaining, first noted in 1271, a Romanesque edifice, first owned by the Counts of Güssing, from 1574 by the Counts Batthyány; Lockenhaus, built in the 13th century as barrier across the Güns valley, first owned by the Güssing Counts, then, from 1676 to 1971, by the Esterházys, today a public showplace; Bernstein, first noted in 1249, rebuilt in 1617 after it's destruction, since 1644 owned by the Batthyánys. Forchtenstein, built about 1300, never conquered or destroyed, one of the most important castles of Austria, owned by the Esterházys since 1626. The palaces or country houses of Burgenland were erected in the 16th, 17th and 18th century as manors. The most important of these are Esterházy

Parte fotografica · Pagine 17 fino a 38

hesi gotiche, rinascimentali e barocche. Tutto il centro storico è sotto la protezione delle Belle Arti. nel 1975 Rust è stata dichiarata città modello dal consiglio d'Europa.

Forme del paesaggio
Foto 22, 52, 53 e 64
Il nord del Burgenland è caratterizzato dal lago di Neusiedl e dalle pianure che lo circondano (Seewinkel, piana di Parndorf, piana sul Wulka) dalle montagne sul Leitha e di Rosalia e dalla montagna di Ödenburg. La piana sul Wulka è considerata il granaio del Burgenland, il paesaggio intorno al lago di Neusiedl è considerata la zona principale della viticoltura che qui ha una tradizione secolare. Così per esempio a Winden ci fu una fattoria romana con il primo torchio trovato in Austria. Il Burgenland centrale (è considerata la continuazione del Buckligen Welt) è in sostanza come il sud del Burgenland (continuazione della zona collinare del sud della Stiria) paesaggio collinoso interrotto da valli protette.

Il Seewinkel, Frauenkirchen e Loretto
Foto 21, 23, 24, 44, 47, 49, 51, 62 e 63
Con le sue paludi e circa 80„pozzanghere" salate è la zona paludosa e stepposa più a ovest d'Europa. Qui crescono le piante che amano il sole, che altrimenti si trovano soltanto nelle steppe salate dell'Asia, ed anche la fauna è unica in Austria. Si tratta di una zona protetta. D'importanza economica sono la viti - e frutticoltura e la coltivazione della verdura nonchè il turismo. Fra le località più importanti ci sono Frauenkirchen (citata per la prima volta in un documento del 1324) con la chiesa di S. Maria dei Pellegrini. La chiesa barocca (compiuta nel 1702) è opera dell'architetto degli Esterhàzy, Francesco Martinelli e appartiene alle chiese barocche più belle in Austria. Degno di nota è anche il cimitero di Frauenkirchen degli ebrei. Frauenkirchen è oltre a Loretto, (sulle appendici dei monti sul Leitha) il centro più importante di pellegrinaggi nel Burgenland. La piazza di Loretto è una particolarità nell'Austria per la piantagione di alberi.

Fortezze e castelli
Foto 1, 4 - 8 e 54 - 61
La zona dell'attuale Burgenland fu da sempre un territorio di confine. Le varie culture e diverse influenze si manifestarono qui grazie al passaggio di vari popoli provenienti dall'Est. Per assicurare il proprio dominio e per controllare le vie commerciali, i potentati delle singole zone, in particolare dal XII sec. in poi, costruirono fortezze ben fortificate. Quelle più importanti sono: Güssing, con la torre della rocca romanica, citata per la prima volta nel 1157 e fino al 1522 in possesso dei Duchi di Güssing, allora Signori dell'Ungheria occidentale; Schlaining, citata per la prima volta nel 1271, romanica, primo possedimento dei Duchi di Güssing, dal 1574 dei Duchi Batthyàny; Lockenhaus nel '200 disposta come chiusa della valle del Güns, prima possedimento dei Duchi di Bernstein, dal 1676 fino al 1971 proprietà degli Esterhàzy oggi fortezza aperta al pubblico; Bernstein, prima costruzione citata nel 1249, dal 1644 in possesso di Batthyàny; Forchtenstein, costruita nel '200, mai conquistata o distrutta, una delle fortezze più importanti dell'Austria; dal 1626 in possesso degli Esterhàzy. I castelli del Burgenland nacquero nel

Bildteil · Seiten 17 bis 38

Schloß Esterházy in Eisenstadt (gegründet 1388); Schloß Kittsee, erwähnt 1264, 1730 - 1740 unter Fürst P. A. Esterházy barock umgebaut; Schloß Halbturn, ehemaliges kaiserliches Jagdschloß, 1683 von den Türken zerstört und von Lukas v. Hildebrandt 1709 - 1711 neu erbaut; Schloß Deutschkreutz, erstmals 1492 erwähnt (herrliche Arkaden).

Ländliche Hausformen
Abbildungen 33 und 35 - 42
Trotz der Vielfalt der Besitz- und Raumverhältnisse im Burgenland und trotz verschiedener Hofformen haben die Siedlungen im Burgenland ein grundsätzlich einheitliches Bild. Sie bestehen hauptsächlich aus eng aneinander gebauten ebenerdigen Kleingehöften. Die wichtigsten ursprünglichen Hofformen des Burgenlandes sind: Der Streckhof, der giebelseitig rechtwinkelig zur Straße steht, wobei Wohnteil, Wirtschaftsräume und Stall in einer Achse hintereinander angeordnet sind, der Hakenhof als eine Form des Streckhofes, dessen Hofraum durch ein quergestelltes Gebäude abgeschlossen wird (z.B. Scheune) und der Zwerchhof, ein Streck- bzw. Hakenhof mit straßenseitigem Quertrakt. Besonders reizvolle Häuser findet man in Breitenbrunn und Mörbisch. Es handelt sich um schmale Streckhöfe mit Stiegenlauben, die richtige Hofgäßchen bilden.

Bad Tatzmannsdorf, Freilichtmuseum
Abbildung 45
In Bad Tatzmannsdorf befindet sich das wichtigste Heilbad des Burgenlandes - es war bereits in der Römerzeit bekannt. Seit 1620 werden Trinkkuren durchgeführt, seit 1650 gibt es den Badehausbetrieb. Am Ostrand des Kurparks befindet sich ein Freilichtmuseum ländlicher Wohn- und Wirtschaftsgebäude des Burgenlandes vom 17. bis zum 20. Jh., das seit 1967 in ständigem Ausbau begriffen ist. Beispiele: Blockbauten mit Lehmverputz und Strohdächern, Weinkeller, Weinbauernhaus mit Rauchküche und viele andere landeskundlich wertvolle Objekte.

Heiligenbrunn
Abbildung 34
Der Ort am Ostrand des Güssinger Hügellandes wurde 1198 als Weinbauort erstmals erwähnt. Die Sehenswürdigkeit ist das unter Denkmal- und Landschaftsschutz stehende Kellerviertel des Ortes, eine gewachsene Kulturlandschaft, die wie eh und je ihre Funktion für die Weinwirtschaft erfüllt, aber auch eine Art Freilichtmuseum burgenländischer Weinbautradition darstellt. Bei den Kellern handelt es sich um niedrige Holzblockbauten, oft mit Strohdächern und lehmverschmierten, weißgekalkten Wänden, die sich unterhalb der Weingärten befinden.

Wirtschaft und bodenständiges Handwerk
Abbildungen 66 - 68, 70 und 72
Das Burgenland ist überwiegend Agrar- und Fremdenverkehrsland. Das Fehlen größerer Industrien sowie das Vorherrschen des Großgrundbesitzes, vor allem in früherer Zeit, veranlaßten viele Burgenländer, in Wien oder in den Industriegebieten Niederösterreichs und der Steiermark als Pendler ihr Brot zu verdienen. Beispiele für altes Handwerk sind die Keramik-Erzeugnisse aus Stoob (seit dem 16. Jh.), die Serpentin-Schleifereien und Steindrechslereien in Bernstein sowie die Schilfverarbeitung am Neusiedler See.

Picture Section · Pages 17 to 38

Palace in Eisenstadt (commenced in 1388); Kittsee House, first noted in 1264, Baroque adaptation 1730 - 1740 under Prince P.A. Esterházy; Halbturn, in 1683 destroyed and rebuilt by Lukas v. Hildebrandt 1709 - 1711; Deutschkreutz first noted in 1492, destroyed in 1621, rebuilt in 1625 (magnificent arcades).

Rural Building Styles
Illustrations 33 and 35 - 42
Despite a great variety of ownership and spatial conditions in the different farm dwellings of Burgenland, rural architecture is of a basically uniform nature, i.e. small, single-storey farmsteads standing close to each other. In the north of the province, closed agglomerations predominate, while in South Burgenland hamlets predominate, with dispersed houses or loosely spaced villages along the main roads or around the village green. The most important original dwelling types are: the "stretched house", its gable perpendicular to the street, living quarters, utility rooms and animal stables being arranged in sequence along one axis; the hooked house has its open space bounded by a building (f.i. a barn) at an angle to the main building, and the Zwerchhof which has a building in front, parallel to the street. Particularly attractive farm houses are found in Mörbisch. These are stretched houses, with arcades forming small lanes within the courtyards.

Bad Tatzmannsdorf, Open Air Museum
Illustration 45
Bad Tatzmannsdorf is the most important spa of Burgenland - known already to the Romans. Drinking cures are taken since 1620, and the bath house has been in operation since 1650. An important open air museum is located in the spa park, containing rural dwellings and utility buildings of Burgenland, from the 17th to the 20th century; steady expansion has been taking place since 1967. Examples are blockhouses with loam coverings and thatched roofs, wine cellars, a vintner's house with a smoke kitchen and many other objects of local interest.

Heiligenbrunn
Illustration 34
This single-street village at the eastern rim of the Güssing hills was first noted as wine-growing locality in 1198. The special attraction is the cellar lane, a protected monument which, however, still serves its original function for the vintners and is also a kind of open air museum of the wine-growing tradition in Burgenland. The cellars are low block houses with thatched roofs, their walls loam-coated and whitewashed. These are sited at the lower end of the sloping vineyards. There are usually two small rooms.

Trades, Native Crafts
Illustrations 66 - 68, 70 and 72
Burgenland is a predominantly agrarian region and also enjoys a high proportion of tourism. The lack of major industries, and the dominating position of large landlords particularly in former times, have forced many Burgenlanders to earn a living by commuting to Vienna or the industrial regions of Lower Austria and Styria. In some localities, traditional crafts, some very old, have been preserved. Examples are the potteries of Stoob, the serpentine cutters at Bernstein and the reed processing around Lake Neusiedl.

Parte fotografica · Pagine 17 fino a 38

'500, '600 e '700 come sedi dei signori. I più importanti sono: il castello Esterhàzy a Eisenstadt (fondato nel 1388); il castello di Kittsee, citato nel 1264, 1730 - 1740 sotto il Principe P. A. Esterhàzy barocchizzato; il castello di Halbturn, l'ex castello di caccia dell'imperatore, distrutto nel 1683 dai Turchi e nuovamente costruito dal 1709 - 1711 da Lukas v. Hildebrandt; il castello di Deutschkreutz, citato per la prima volta nel 1492, distrutto nel 1621 e nel 1625 nuovamente costruito (bellissime le arcate).

Forme di case rurali
Foto 33 e 35 - 42
Nonostante la varietà della situazione dei possedimenti e terreni nel Burgenland e nonostante le forme delle fattorie, gli insediamenti nel Burgenland hanno un aspetto omogeneo, consistono di piccole fattorie a un piano strettamente collegate fra di loro. Le forme di fattorie del Burgenland sono: una casa rettangolare che è perpendicolare alla strada, dove gli appartamenti, le stanze di economia e la stalla sono l'una dietro all'altra; una casa angolare che è come una forma speciale del primo, il cui cortile viene chiuso da una casa trasversale (per es. fienile) e una forma mista fra le due il cui lato trasversale è chiuso da un tratto. Case particolarmente affascinanti si trovano a Breitenbrunn e a Mörbisch. Sono rettangolari con scale e pergolati.

Bad Tatzmannsdorf, museo all'aperto
Foto 45
A Bad Tatzmannsdorf si trova il bagno di cura termale più importante del Burgenland, già conosciuto ai tempi degli antichi romani. Sin dal 1620 le cure sono a base di bevande, dal 1650 c'è uno stabilimento per fare i bagni. Sul margine orientale del parco di cure si trova un museo di case rurali sia come abitazioni che come magazzini del Burgenland che va dal '100 al '900. Esempi: case di blocco con l'intonaco d'argilla e tetti coperti di paglia, cantine per il vino, case dei viticoltori con la cucina con camino e tanti oggetti.

Heiligenbrunn
Foto 34
L'unico paese costruito lungo la strada sul margine orientale della collina di Güssing, venne citato per la prima volta nel 1198 come località del vino. La zona è sotto la protezione delle Belle Arti è il quartiere delle cantine, che da sempre adempie la funzione per l'attività vinicola che però costituisce pure una specie di museo all'aperto della tradizione vinicola del Burgenland. Nel caso delle cantine si tratta di costruzioni in blocco in legno, basse, spesso con tetti di paglia e pareti di argilla, con calcare bianco.

Economia e artigianato tradizionale
Foto 66 - 68, 70 e 72
Il Burgenland è una regione prevalentemente agricola e turistica. La mancanza di industrie piuttosto grandi nonchè la prevalenza di grandi proprietà anzitutto in tempi passati hanno ridotto molti abitanti del Burgenland a guadagnarsi il pane quotidiano a Vienna, come pendolari, o nelle zone industrializzate della Bassa Austria e della Stiria. In alcune zone si è conservato in parte l'artigianato antico: i prodotti in ceramica di Stoob, la molatura di serpentina e le officine del tornitore di sassi a Bernstein, la lavorazione dei canneti.

Mörbisch am Neusiedler See. Hauseingang in einer der typischen Hofgassen.

Mörbisch on Lake Neusiedl. House entrance in one of the typical lanes.

Mörbisch sul lago di Neusiedl, ingresso nella casa in una delle stradine tipiche.

Burgenländisches Freilichtmuseum, Bad Tatzmannsdorf. Alter Handradbrunnen.

The Burgenland open air museum, Bad Tatzmannsdorf. An old handwheel well.

Museo all'aperto nel Burgenland, Bad Tatzmannsdorf. Fontana storica con ruota a mano.

Klagenfurt, Lindwurmbrunnen am Neuen Platz. Wahrzeichen der Stadt, 1590–1593 geschaffen.

Klagenfurt, the Dragon Fountain in Neuer Platz. The city's landmark, erected 1590 to 1593.

Klagenfurt, Fontana del drago in „Piazza Nuova". Simbolo della città, costruito 1590–1593.

Villach, Hauptplatz. Zweitgrößte Stadt Kärntens, historisch wichtiger Drau-Übergang.

Villach, main square. Site of a historically important crossing over the river Drau.

Villaco, piazza principale. Seconda città della Carinzia, passaggio storico sul Drau.

St. Veit an der Glan, Oberer Platz. Architektonisches Ensemble von besonderer Schönheit.

St. Veit on Glan, the upper square. An architectural environment of particular beauty.

St. Veit sul Glan, Piazza Superiore. Insieme architettonico di bellezza particolare.

Bildteil · Seiten 39 bis 60

Erläuterungen zu den Bildern aus Kärnten

Kärntner Großlandschaften, ländliche Bauformen
Abbildungen 2, 31, 35, 36, 39, 42 - 47, 61 - 66 und 68

Kärnten, das südlichste Bundesland Österreichs, ist eine von Gebirgen begrenzte, geschlossene Beckenlandschaft. Der westliche Teil des Landes ist das gebirgige Oberkärnten mit dem oberen Drautal sowie dem Möll-, Lieser- und Gailtal. Der östliche Teil umfaßt das untere Drautal, das Klagenfurter Becken, das Flußgebiet der Gurk und das Lavanttal. Kärnten hat vier große und rund 200 kleine Seen, 38 Gletscher und fast 140 Moore. Das Klima weist große Gegensätze auf, im Norden und Nordwesten herrscht alpines, im Klagenfurter Becken pannonisches Klima vor. Neben dem Abbau von Bodenschätzen und Fremdenverkehr haben vor allem die Holzwirtschaft, der Ackerbau, die Rinder- und Pferdezucht (Noriker), Almwirtschaft und Obstbau Bedeutung. Die bestimmenden Hofformen sind der Haufenhof (Unterkärnten, Bergland, Nockgebiet), der Paarhof im Lesachtal und der karantanische Haufenhof in Teilen Unterkärntens. In den Karnischen Alpen gibt es die einzigen Almdörfer Österreichs.

Landeshauptstadt Klagenfurt
Abbildungen 3 - 10 und 12

Klagenfurt war bereits Kelten- und Römersiedlung. Die Stadt mit eigenem Statut wurde 1193 schon als Markt, als Stadt erstmals 1279 erwähnt. Das Motiv des Lindwurmbrunnens, heute Wahrzeichen Klagenfurts, ist seit 1287 im Stadtsiegel enthalten. 1529 erhielt die Stadt das Münzrecht, im 16. und 17. Jh. war sie Hauptfestung gegen die Türken. Der heutige Dom, erbaut zwischen 1582 und 1591, war ursprünglich der wichtigste sakrale Bau der Protestanten in Österreich. Das Landhaus entstand in der zweiten Hälfte des 16. Jh.s an der Stelle der ehemaligen Burg (erstmals erwähnt 1252). Die Fassade wurde um 1740 barockisiert, besonders interessant sind der Große und der Kleine Wappensaal (mit 665 bzw. 298 Wappen und bedeutenden Decken- und Wandmalereien von Fromiller aus dem 18. Jh.). Der Alte Platz, mit dem Alten Rathaus (um 1600, Arkadenhof aus dem 17. Jh.) und Bauten mit schönen Rokoko-Fassaden, ist bis heute Mittelpunkt des städtischen Lebens.

Typische Städte
Abbildungen 11 und 13 - 16

Beispiele für typische Kärntner Städte von historischer Bedeutung sind: St. Veit an der Glan, erstmals urkundlich erwähnt 1131, 1199 Markt- und 1224 Stadtrecht, bis 1518 Hauptstadt Kärntens und Residenz der Kärntner Herzöge, heute wichtiges Zentrum für die (Holz-)Industrie. Die bedeutendsten Bauwerke der Stadt, deren mittelalterliche Stadtmauer fast zur Gänze erhalten ist, sind die Häuser auf dem Hauptplatz. Das Rathaus, erbaut im 15. Jh., verfügt über einen dreigeschossigen Arkadenhof aus dem 16. Jh. Sehenswert sind die romanische Pfarrkirche, die vielen alten Bürgerhäuser und der romanische Karner. Gmünd, an der uralten Handelsstraße über den Katschberg gelegen (seit 1346 Stadtrecht), war schon im 15. Jh. eine blühende, stark befestigte Niederlassung. Im

Picture Section · Pages 39 to 60

Notes to the Illustrations on Carinthia

Major Landscapes of Carinthia, Rural Architecture
Illustrations 2, 31, 35, 36, 39, 42 - 47, 61 - 66 and 68

Carinthia, Austria's southernmost province, is a basin, enclosed by mountains all around. The western part is mountainous Upper Carinthia with the upper Drau valley, and the valleys of the rivers Möll, Lieser and Gail. The eastern part is formed by the lower Drau valley, the Klagenfurt Basin, and also the valleys of the Gurk and Lavant. Carinthia boasts of no less than four major and about 200 smaller lakes, 38 glaciers and nearly 140 stretches of moorland. The climate is one of great contrasts, alpine in the north and northwest, and Pannonian in the Klagenfurt Basin. Significant for the economy are, next to mining and tourism, forestry, agriculture, horse and cattle breeding (the stout Noricum horses), dairying and fruit growing. Prominent types of farmyards are the dispersed farmstead (Lower Carinthia, the hill country and Nock region), the paired house in the Lesach valley and the Carantanian dispersed farmyard in parts of Lower Carinthia. The only high-altitude cattle-grazing hamlets of Austria are located in the Carniolan Alps.

Klagenfurt, the Provincial Capital
Illustrations 3 - 10 and 12

Klagenfurt was already settled by the Celts and Romans. This city, also a county of its own, was noted as market already in 1193, city in 1279. The motif of the Dragon Fountain, the city's landmark today, has been shown in the city's seal since 1287. In 1529, the city was given the mint privilege, and during the 16th and 17th centuries it was a main bastion against the Turks. The cathedral, built between 1582 and 1591, was originally the most important Protestant house of worship in Austria. The provincial government building, on the site of the former castle, (first noted in 1252) was built in the second half of the 16th century. The façade was remodelled in the Baroque manner about 1740. Of particular interest are the great and minor hall of arms, containing, respectively, 665 and 298 coats of arms and important ceiling and wall frescoes by Fromiller (18th cent.). The Old Square, with the old city hall (built abt. 1600, arcaded courtyard since the 17th cent.) and houses with attractive Rococo façades, has remained the hub of city life until today.

Typical Towns
Illustrations 11 and 13 - 16

Examples for typical Carinthian towns of historical significance are: St. Veit on Glan, first noted in 1131, market in 1199 and chartered in 1224, Carinthian capital and ducal residence until 1518. Today, the city is an important centre of (wood processing) industry. The most important historical structures in this town, which is nearly fully enclosed by medieval ramparts, are the houses in the main square. The city hall, erected in the 15th century, has a three-storey high arcaded courtyard from the 16th century. Worth seeing are the Romanesque parish church, the numerous old burgher houses and the Romanesque "Karner". Gmünd, located at the ages-old trade route across the Katschberg-

Parte fotografica · Pagina 39 fino a 60

Spiegazioni sulle foto della Carinzia

Paesaggi della Carinzia, forme di costruzioni rurali
Foto 2, 31, 35, 36, 39, 42 - 47, 61 - 66 e 68

La Carinzia, la regione più a sud dell'Austria, è un bacino delimitato dalle montagne. La parte occidentale della Carinzia è detta Superiore montagnosa con la alta valle del Drau nonchè le valli del Möll, Lieser e Gail. La parte orientale comprende la bassa valle del Drau, il bacino di Klagenfurt, la zona del Gurk e la valle del Lavant. La Carinzia ha quattro laghi grandi e 200 piccoli, 38 ghiacciai e quasi 140 paludi. Il clima presenta contrasti, a nord e a nordovest prevale quello alpino, nel bacino di Klagenfurt quello pannonico. Oltre all'estrazione di ricchezze minerarie e al turismo sono importanti la viticoltura, l'agricoltura, l'allevamento bovino e di cavalli, (Norici), l'alpicoltura e la frutticoltura. Le case preminenti hanno delle costruzioni pluriuso, l'una vicina all'altra (la bassa Carinzia, montagne zona del Nock), la casa parallela nella valle del Lesach, il primo tipo in Carantania, in parti della Bassa Carinzia. Nelle Alpi Carniche sono gli unici paesi alpini in Austria.

Capoluogo di regione Klagenfurt
Foto 3 - 10 e 12

Klagenfurt fu già insediamento celtico e romano. La città con statuto proprio venne citata come borgo nel 1193 per la prima volta e come città nel 1279. Il motivo della „fontana del drago" oggi simbolo della città di Klagenfurt è nello stemma sin dal 1287. Nel 1529 la città ebbe il diritto di coniazione di monete, nel '500 e '600 fu la fortezza principale contro i Turchi. Il Duomo attuale costruito tra il 1582 e 1591 fu originariamente la costruzione sacrale protestante più importante dell'Austria. La Signoria nacque nella seconda metà del '500, al posto dell'ex fortezza, (citata per la prima volta nel 1252). La facciata venne barocchizzata intorno al 1740, di particolare interesse sono la Grande e la Piccola Sala degli Stemmi (con relativamente 665 e 298 stemmi e notevoli affreschi al soffitto e paretali di Fromiller del '700). La Piazza Vecchia, con il Vecchio Municipio (intorno al '500, cortile con arcate del '600) e costruzioni con belle facciate roccocò, è ancora oggi il centro della vita urbana.

Città tipiche
Foto 11 e 13 - 16

Esempi per città tipiche della Carinzia di importanza storica sono: St. Veit sul Glan, citata per la prima volta nel 1131, diritto di borgo nel 1199 e civico nel 1224, fino al 1518 capoluogo della Carinzia e residenza dei Duchi della Carinzia, oggi importante centro per l'industria del legno. I monumenti più importanti della città le cui mura medievali sono quasi interamente conservate, sono le case nella piazza principale. Il municipio costruito nel '400 possiede un cortile con arcate di tre piani del '500. Degni di essere visti sono la chiesa parrocchiale romanica, le tante case borghesi vecchie e l'ossario romanico. Gmünd, situata sulla antichissima strada commerciale del Katschberg (diritto civico dal 1346) fu già nell' 400 un grande insediamento ben protetto. Nel' 500 furono ampliate le fortificazioni (muro anulare con quattro torri). Monumenti sono il Castel Vecchio, il

16. Jh. wurden die Befestigungen (viertorige Ringmauer) ausgebaut. Baudenkmäler sind das Alte Schloß, das Neue Schloß (im 17. Jh. für Erzbischof Lodron erbaut), die gotische Pfarrkirche sowie ein Karner aus dem 14. Jh. Wolfsberg, der Hauptort des Lavanttals, erhielt 1331 das Stadtrecht und war bis etwa 1450 wichtiger Weinbauort, danach Eisenindustriestadt. Romanische Pfarrkirche.

Kirchen
Abbildungen 17 — 20
Beispiele für die sakrale Baukunst Kärntens: die Kirchen in Kötschach-Mauthen und in Thörl- Maglern. Die Pfarrkirche in Kötschach (errichtet zu Beginn des 15. Jh.s) wurde nach der Zerstörung durch die Türken Anfang des 16. Jh.s wiederaufgebaut und ist eine spätgotische Hallenkirche, deren phantasiereiches Netzrippengewölbe wegen seines Reichtums an Formen und Farben einmalig ist. Die Pfarrkirche in Thörl-Maglern, eine spätgotische Anlage, hat kunsthistorische Bedeutung wegen ihrer reichen spätgotischen Malereien an Wänden und Gewölbe (Thomas von Villach, um 1470).

Romanik
Abbildungen 1, 49 - 56, 59 und 60
Eine kulturelle Blüte erlebte Kärnten in der Zeit der Romanik. Der Herzogstuhl am Zollfeld, ein Doppelsitz aus Römersteinen aus dem 10. Jh. (bis in das 16. Jh. erfolgte hier die Einsetzung der Herzöge Kärntens), zählt zu den bekanntesten Relikten. Zu den wichtigsten romanischen Kirchenbauten Kärntens und Österreichs gehören: der Dom in Maria Saal, der älteste Kärntens, früher Wehrkirche und Ausgangspunkt der zweiten Christianisierungswelle im 8. Jh., wertvolle Fresken; die ehemalige Stiftskirche von Millstatt, ursprünglich eine romanische Pfeilerbasilika (romanisches Trichterportal), das Stift war im 12. Jh. ein Zentrum der mittelhochdeutschen geistlichen Dichtung (Millstätter Handschrift); der Gurker Dom, gegründet 1043 und bis in das 18. Jh. Sitz des Kärntner Domkapitels. Er zählt zu den bedeutendsten Bauten der Romanik in Österreich, seine 100säulige Krypta (geweiht 1174) und ursprünglich erhaltene Fresken aus dem 13. Jh. an der West-Empore vom Gurker Meister Heinrich geben ihm besondere Bedeutung.

Burgen und Schlösser
Abbildungen 21 — 30
Kärnten ist seit seiner frühesten Geschichte ein Durchzugsland von Nord nach Süd. Burgen und Burgschlösser wurden bevorzugt an wichtigen Verkehrswegen errichtet. Eine der imposantesten Burgen Österreichs ist die Burg Hochosterwitz, das Wahrzeichen Kärntens. Sie liegt auf einem Kreidefelsen östlich von St. Veit an der Glan. Die heutige Gestalt erhielt sie im 16. Jh. Sie hat 14 große Tore und eine Hochburg als selbständigen Wehrkörper. Burg Wolfsberg, 1178 erstmals erwähnt, war eine mächtige mittelalterliche Anlage, die im 16. Jh. zur Festung ausgebaut und im 19. Jh. romantisch- historistisch erneuert wurde. Von der Burg sind Reste der gotischen Ringmauern erhalten. Schloß Großkirchheim in Döllach wurde im 12. Jh. als Burg errichtet, im 16. Jh. umgebaut (heute Bergbaumuseum). Schloß Annabichl bei Klagenfurt, um 1580 unter Khevenhüller erbaut, hat einen Renaissance-Laubengang und den einzigen erhaltenen Renaissance-

pass (city charter since 1346) was already in the 15th century a flowering, strongly fortified settlement. The fortifications (a ring wall with four gates) were extended in the 16th century. Architectural monuments are the Old Palace, New Palace (built in the 17th century for the Salzburg archbishop Paris Lodron), the Gothic parish church and a "Karner" from the 14th century. Wolfsberg, main town in the Lavant Valley, was chartered in 1331 and, until 1450 a centre of wine growing. Iron works flourished later on. Noteworthy is the Romanesque church.

Churches
Illustrations 17 - 20
Examples of ecclesiastical architecture in Carinthia: the churches at Kötschach-Mauthen and Thörl-Maglern. The parish church of Kötschach (built in the early 15th cent.) was rebuilt in the 16th century after its destruction by the Turks and is a late-Gothic hall church with an imaginative ribbed-net vault, unique in its colouring and shapes. The parish church of Thörl-Maglern, a Late Gothic structure, is of historical interest due to its rich, late-Gothic murals and vaults (by Thomas of Villach, about 1470).

Romanesque Art
Illustrations 1, 49 - 56, 59 and 60
Carinthia experienced a blossoming of culture during the Romanesque period. The ducal throne on the Zollfeld plain, built from Roman-era stone blocks in the 10th century, and used until the 16th century for the installation of the Carinthian dukes, is one of the best-known relics. Among the most important Romanesque churches of Carinthia and Austria itself, are the cathedral at Maria Saal, the oldest cathedral in the province, formerly a fortified church and the base for the second wave of Christianisation in the 8th century, with valuable frescoes; the former abbey church at Millstatt, originally a Romanesque pillared basilica (Romanesque funnel-type portal). In the 12th century, the then abbey was a centre of religious writing in Middle-High German (Millstatt Manuscripts); the Gurk cathedral, founded in 1041 and see of the Carinthian cathedral chapter. The latter is also counted among the most important Romanesque structures in Austria, its crypt, supported by 100 pillars (consecrated in 1174) and frescoes from the 13th century, according its particular significance.

Castles and Palaces
Illustrations 21 - 30
Carinthia has been a site of north-south transit routes from its earliest days. Castles and fortified palaces were preferably built along the most important traffic arteries. One of the most impressive castles of Austria is Hochosterwitz, the landmark of Carinthia. It is set upon a chalk cliff east of St. Veit on Glan. It obtained its present shape in the 16th century. There are 16 large gates and an elevated section as separate point of last defence. Wolfsberg castle, first noted in 1178, was a towering medieval structure, fortified in the 16th century and refurbished in a romantic-historicistic style in the 19th century. Reminders of the former castle are the Gothic ring walls. Grosskirchheim Palace at Döllach was built in the 12th century, adapted in the 16th century and today serves as mining museum. Annabichl Palace, near

Castel Nuovo (costruito nel'600 per l'arcivescovo Lodron), la chiesa parrocchiale gotica, nonchè l'ossario del'300. Wolfsberg, località principale della valle del Lavant, ebbe il diritto civico nel 1331 e fu la località più importante per il vino fino al 1450 circa, dopo una città dell'industria del ferro. Chiesa parrocchiale romanica. Poi va citata ancora Spittal sul Drau (vedasi anche i castelli) con la chiesa parrocchiale.

Chiese
Foto 17 - 20
Esempi per l'arte sacrale in Carinzia: le chiese a Kötschach-Mauthen e a Thörl-Maglern. La chiesa parrocchiale a Kötschach (costruita all'inizio del '400) venne ricostruita dopo essere stata distrutta dai Turchi all'inizio del '500 ed è una chiesa a sala tardo gotica la cui volta a nervatura a croce è unica per la sua ricchezza di forme e colori. La chiesa parrocchiale a Thörl-Maglern, una chiesa del tardo gotico, ha importanza storico-culturale per le sue ricche pitture tardo-gotiche sulle pareti e volte. (Thomas di Villaco intorno al 1470).

Epoca romanica
Foto 1, 49 - 56, 59 e 60
La Carinzia visse una fioritura culturale nel periodo romanico. Il „Herzogstuhl" (trono del duca) nella piana dello Zollfeld, una sedia doppia di pietre romane del 1000 (fino al '500 vengono fatte le investiture dei Duchi della Carinzia) si annovera tra i monumenti più conosciuti. Alle chiese più importanti della Carinzia e dell'Austria appartengono il Duomo a Maria Saal, quello più antico della Carinzia, prima fortificato e punto di partenza per la seconda ondata di cristianizzazione nel VIII sec., preziosi affreschi; l'ex chiesa dell'abbazia di Millstatt, prima una basilica romana a pilastri (portale romanico a imbuto), l'abbazia fu nel XIII sec. un centro della poesia ecclesiastica medioevale (manoscritto di Millstatt); il Duomo di Gurk, fondato nel 1043 e fino al '700 sede del capitolo del Duomo della Carinzia. Appartiene alle costruzioni romaniche più importanti in Austria, la sua cripta a 100 colonne (consacrata nel 1174) e gli affreschi del XIII sec. lo rendono assai importante. Degni di essere visti sono pure gli affreschi romanici nell' ossario oggi barocchizzato).

Fortezze e Castelli
Foto 21 - 30
La Carinzia, già agli inizi della sua storia è stata una zona di passaggio dal nord verso il sud. Le fortezze e i castelli-fortezze più importanti furono costruite lungo le arterie principali. Una delle fortezze più imponenti dell'Austria è Hochosterwitz, il simbolo della Carinzia. Si trova sulla roccia di creta ad est di St. Veit sul Glan. La forma attuale è del '500. Ha quattro grandi portali ed è situata su un'altura, perciò una fortezza molto sicura. La fortezza di Wolfsberg citata per la prima volta nel 1178, fu un impianto imponente medievale, ampliata nel '500 e rinnovata nel '800 in stile romantico-storico. Della fortezza si sono conservati resti delle mura anulari gotiche. Il castello di Grosskirchhaim a Döllach fu ricostruito come fortezza nel XII sec., nel '500 fu ricostruito (oggi museo minerario). Il castello di Annabichl presso Klagenfurt, costruito intorno al 1580 sotto Khevenhüller ha un portico rinascimentale e l'unico giardino rinascimentale della Carinzia. Una

Wallfahrtskirche Maria Saal (751/52). Wehrkirchenanlage aus der 2. Hälfte des 15. Jh.s.

The pilgrimage church at Maria Saal (751/52). A fortified church (second half of the 15th cent.).

Chiesa dei pellegrini a Maria Saal (751/52), dal periodo delle guerre contro i Turchi.

Millstatt. Romanische Säulen und Kapitelle im ehemaligen Stiftskreuzgang (12. Jh.).

Millstatt. Romanesque pillars and capitals in the cloistered corridors of the former abbey.

Millstatt. Colonne romaniche e capitelli nell'ex chiostro dell'abbazia (XII sec.)

Friesach. Petersberg. Ältester Stadtteil, schon 860 Herrschaftssitz (Salzburger Bischöfe).

Friesach, the Petersberg. Oldest section of the town, already in 860 the manor of the local lords.

Friesach, Petersberg. Quartiere più antico della città, già nel 860 sede signorile.

Heiligenblut, Pfarrkirche. Spätgotischer Wandelaltar (1520) in der Tradition M. Pachers.

Heiligenblut. Parish church. Late Gothic convertible altar (1520) in the tradition of M. Pacher.

Heiligenblut, chiesa parrocchiale. Altare tardogotico nella tradizione di M. Pacher.

Büchsenmacher, Ferlach. Künstlerische Ausgestaltung der weltbekannten Jagdwaffen.

Gunsmith at Ferlach. Engraving the world-famous hunting weapons.

Armieri, Ferlach. Produzione artistica delle armi da caccia famosissime.

Garten in Kärnten. Eines der bedeutendsten Renaissance-Bauwerke in Österreich ist Schloß Porcia in Spittal an der Drau (erbaut im 16. Jh.). Interessant sind vor allem der Innenhof mit dreigeschossigen Arkaden.

Glocknergebiet
Abbildungen 31 - 34 und 36 - 41
Der Großglockner, mit 3797 m höchster Berg Österreichs, und eine Reihe weiterer fast ebenso hoher Berge liegen im Dreiländereck Osttirol/Salzburg/Kärnten. Die Täler dieses Gebietes wurden durch Gletscher geformt, ebenso die immer wiederkehrenden Steilstufen mit ihren Wasserfällen. In diesem Bergmassiv befindet sich die Pasterze, mit rund 24 km^2 der größte Gletscher Österreichs. Das Gebiet steht unter Naturschutz und ist besonders seit der Fertigstellung der Großglockner Hochalpenstraße ein wichtiges Fremdenverkehrsgebiet. Das Speicherkraftwerk Kaprun (auf Salzburger Gebiet) ist eines der größten alpinen Werke seiner Art. Das wichtigste Tal der Region ist das bis in eine Höhe von 1780 m besiedelte Mölltal. Im Mittelalter waren Gold- und Silberbergbau, heute sind Holz- und Textilindustrie von Bedeutung. Der bekannteste Ort ist Heiligenblut (über 1200 m Seehöhe), erstmals 1465 erwähnt, mit spätgotischer Wallfahrtskirche aus dem 15. Jh. Die Kirche hat eine Krypta mit dem Grab des hl. Briccius und einen Friedhof mit Gräbern bekannter Bergsteiger. Im 16. Jh. hatte hier der Gold- und Silberbergbau große Bedeutung. In Apriach, einem Ortsteil Heiligenbluts, ist in 1500 m Seehöhe das größte (9 Mühlen) Stockmühlen-Ensemble Österreichs erhalten.

Seen
Abbildungen 46 - 48 und 68
Kärnten ist ein Land der Seen (entstanden durch eiszeitliche Gletscherverschiebungen). Der größte, der Wörther See, ist 19,4 km^2 groß. Am Nordufer liegt eine Reihe bekannter Fremdenverkehrsorte, das Südufer ist größtenteils bewaldet. Die wenigen und kleinen Zuflüsse des Sees sind Ursache seiner relativ hohen Wassertemperatur. Hauptort ist neben Klagenfurt vor allem Velden, um 1150 erstmals erwähnt, mit alter Kurtradition (seit dem 16. Jh.). Der Millstätter See ist mit 13,3 km^2 Fläche der zweitgrößte See des Landes. Der drittgrößte See ist mit 10,6 km^2 der Ossiacher See. Hauptort ist Ossiach mit einem aufgelassenen Benediktinerstift (vor 1028 gegründet), dem ältesten in Kärnten. Ein weiterer Badesee Kärntens ist der 930 m hoch gelegene Weißensee in den Gailtaler Alpen.

Industrie und Gewerbe
Abbildungen 70, 72, 75 und 76
Seit Jahrhunderten spielt in Kärnten der Bergbau eine wichtige Rolle, früher vor allem der Abbau von Edelmetallen (Gold und Silber) und Braunkohle, heute sind die wichtigsten Bergbauprodukte Magnesit und Zinn. Kärnten ist durch die vorhandene Wasserkraft ein wichtiger Energielieferant. Die Rohstoffe und Wasser als nutzbare Energiequelle haben schon früh in vielen Orten metallverarbeitende Handwerks- und Industriebetriebe entstehen lassen, z. B. die weltbekannte, 1558 gegründete Jagdwaffenerzeugung in Ferlach (Österreichs südlichster Stadt). Von Bedeutung sind weiters Holz-, Papier-, Textil- und chemische Industrie. Viele alte Handwerkszweige haben sich ebenfalls bis heute erhalten.

Klagenfurt, was built about 1580 by the Khevenhüller house, has a Renaissance arcade and the only Renaissance garden preserved in Carinthia. One of the most important Renaissance monuments of Austria is the Porcia Palace in Spittal on Drau. Of interest here is, above all, the inner court with its three-storeyed arcades.

The Glockner Region
Illustrations 31 - 34 and 36 - 41
3797 metres (12500 ft) high, the Grossglockner is Austria's highest peak. A number of mountains of nearly the same height are located in the border triangle of Salzburg province, Carinthia and Tyrol. The valleys of the region were carved out by glaciers, also the repeated precipices with their waterfalls. Located in this massif is the Pasterze glacier, the largest of Austria, covering about 24 km^2 (abt. 9 $miles^2$). The region is a natural preserve and, particularly since the completion of the Glockner Road (1935), has become an important touristic area. The Glockner-Kaprun hydropower complex (in Salzburg province) is one of the largest alpine facilities of its kind. The foremost valley in the region is the Möll valley, inhabited up to an altitude of 1780 metres (nearly 6000 ft). In the Middle Ages, gold and silver mining were significant, today it is the lumber and textile industries. The main locality is Heiligenblut (above 1200 metres, 3600 ft), first noted in 1465, with its late-Gothic pilgrimage church from the 15th century. The church contains a crypt with the tomb of St. Briccius and a number of prominent mountaineers are buried in the cemetery. At Apriach, an outlying hamlet, a number of historic early-type water wheels have been preserved.

The Lakes
Illustrations 46 - 48 and 68
Carinthia is a country of numerous lakes among which the Wörther See of abt. 20 km^2, (abt. 8 $miles^2$) is the greatest in the aera. A number of popular summer resorts are located on the northern shore whilst the southern lakeside is mainly wooded. The few and small tributaries are the reason for the lake's relatively high summer temperature. Next to Klagenfurt, the capital, Velden was first noted in 1150, and is a resort of long tradition (since the 16th century). Lake Millstatt, covering 13 km^2 (5 $miles^2$) is the second-largest lake in the province and Lake Ossiach takes third place at 10 km^2 (4 $miles^2$). Ossiach, the principal town at the lake, contains a now-defunct Benedictine abbey, Carinthia's oldest monastery. A further bathing lake is Weissensee in the Gailtal Alps, alt. 930 metres (3000 ft).

Industry and Trades
Illustrations 70, 72, 75 and 76
Mining has been significant over many centuries. Today's main products being magnesite and tin. Abundant water resources have made Carinthia an important energy supplier. Raw materials and water as usable energy sources allowed already at an early period the creation of metal-working crafts and industries in many localities, f.i. the world-famous gun manufacture, founded in 1558, at Ferlach. Noteworthy are also the paper-, wood-, textile- and chemical industries. Many traditional crafts have also survived until today.

delle opere più importanti del Rinascimento in Austria è il castello Porcia a Spittal sul Drau (costruito nel '500). E' interessante il cortile interno con le arcate a tre piani.

La zona del Grossglockner
Foto 31 - 34 e 36 - 41
Il Grossglockner con 3797 m., il monte più alto dell'Austria e con una serie di altri monti altrettanto alti si trova nel triangolo delle regioni del Tirolo, Salisburghese, Carinzia. Le valli di questa zona come anche i gradini ripidi sempre ricoperti di cascate, vennero formati dal Grossglockner nell'era glaciale. In questo massiccio montagnoso si trova la Pasterze di circa 24 km.2, il più grande ghiacciaio dell'Austria. La zona è una riserva naturale protetta, importante per il turismo specie dopo la costruzione della strada alpina del Grossglockner. La centrale Glockner-Kaprun (nel territorio di Salisburgo) è una centrale delle maggiori di questo tipo. La valle più importante è la valle del Möll, situata ad un'altezza di 1780 m. Nel Medioevo furono importanti l'oro e l'argento che venivano estratti, oggi lo sono l'industria del legno e quella tessile. La località più nota è Heiligenblut (a più di 1200 m. d'altezza), citata per la prima volta nel 1465 con una chiesa per pellegrini tardo-gotica del '400. La chiesa ha una cripta con la tomba di San Briccius e un cimitero con tombe di famosi alpinisti ivi sepolti. Nel '500 l'estrazione dell'oro e dell'argento ebbe grande importanza. Ad Apriach, una zona di Heiligenblut, si è conservata ad un'altezza di 1500 m. l'insieme più grande di mulini in Austria, (9 mulini).

Laghi
Foto 46 - 48 e 68
La Carinzia è una regione di laghi (nati dagli spostamenti dei ghiacciai nell'era glaciale). Il lago maggiore, il Wörther See, ha un'estensione di 19,4 km.2. Sulla riva settentrionale c'è una serie di località turistiche, la riva meridionale è coperta da boschi. I piccoli affluenti del lago sono la ragione della temperatura elevata. Località principale oltre a Klagenfurt è Velden, citata per la prima volta nel 1150 con tradizione termale sin dal '500. Il lago di Millstatt con una superficie di 13.3 km.2 è il secondo lago della Carinzia. Quello di Ossiach, con una superficie di 10.6 km.2 è il terzo per estensione. Località principale è Ossiach con un convento dei benedettini abbandonato, (consacrato nel 1028), il più antico in Carinzia. Un altro lago è il Weissensee a 930 m. nelle Alpi della valle del Gail, con una temperatura dell' acqua assai bassa.

Piccola e Media Industria
Foto 70, 72, 75 e 76
Da secoli l'industria mineraria gioca un ruolo importante in Carinzia, prima soprattutto l'estrazione di metalli preziosi (oro e argento) e del carbone, oggi invece i prodotti più importanti sono magnesite e stagno. La Carinzia, grazie alla grande disponibilità d'acqua, è un una importante fornitrice di energia. Le materie grezze e l'acqua come fonte di energia da sfruttare fecero nascere presto, in molte località, aziende artigianali e industrie metal-meccaniche, per es. la famosissima fabbrica di armi, fondata nel 1558, a Ferlach (la città più a sud dell'Austria). Sono inoltre importanti l'industria del legno, della carta, tessile e chimica. Molti arnesi antichi si sono conservati fino ad oggi.

Bildteil · Seiten 61 bis 82

Erläuterungen zu den Bildern aus Niederösterreich

Wachau
Abbildungen 2, 9 und 50

Die Wachau, eine ca. 30 km lange Talenge der Donau zwischen Melk und Krems, ist uraltes Siedlungsgebiet (Venus von Willendorf). Das günstige Klima und der fruchtbare Boden des Tales begünstigen besonders den Wein- und Obstbau (Marillen). Die unzerstörte landschaftliche Schönheit, malerische Orte und zahlreiche Kulturdenkmäler machen diese Landschaft zum Fremdenverkehrsgebiet. Zu den bemerkenswertesten säkularen Bauten zählen die Burgruinen Dürnstein und Aggstein. In der von den Kuenringern Mitte des 12. Jahrhunderts erbauten Burg Dürnstein wurde der Sage nach König Richard I Löwenherz von England gefangen gehalten. In Dürnstein befindet sich auch ein 1410 gegründetes und 1788 aufgelöstes Augustiner-Chorherrenstift. Aggstein, 1231 ebenfalls von den Kuenringern gegründet, gehört wegen der Größe der Anlage und der geschichtlichen Bedeutung (Raubritter) zu den wichtigsten Burgen Österreichs.

Niederösterreichische Großlandschaften, ländliche Bauformen
Abbildungen 31 - 44, 69, 73 und 75 - 84

Niederösterreich wird in vier Regionen unterteilt: Wald- und Weinviertel (Viertel ober und unter dem Manhartsberg) nördlich der Donau, Alpenvorland und Wiener Becken mit Randzonen (Viertel ober und unter dem Wienerwald) südlich der Donau. Das Waldviertel ist ein welliges Hochland (500 bis 800 m) mit Wäldern, Mooren, Teichen, die vorherrschende Gesteinsart ist Granit. Das Weinviertel ist eine Löß-Hügellandschaft, fällt nach Osten hin zum Marchfeld ab und hat bereits Charakteristika einer Steppenlandschaft. Das Alpenvorland ist entlang der Donau durch Ebenen und durch eine gegen Süden immer schroffer werdende Hügellandschaft gekennzeichnet. Das Wiener Becken, östlich des Wiener Waldes, ist eine dichtbesiedelte Ebene, die sich östlich des Leithagebirges in der kleinen ungarischen Tiefebene fortsetzt. Bei den ländlichen Bauformen des Waldviertels, ebenso wie in weiten Teilen des Alpenvorlands, herrscht der Vierseithof vor. Dreiseithöfe gibt es vor allem im Tullner Feld und im Gebiet des Wiener Waldes, Streck- und Hakenhöfe, oft mit Laubengängen, im Weinviertel. Charakteristisch für die Weinbaugebiete des Landes sind die Weinkeller in Löß-Hohlwegen, den Kellergassen.

Kleinstädte im Bauernland
Abbildungen 1 und 72

Der nördlich der Donau gelegene Teil Niederösterreichs - das Wald- und das Weinviertel - hat vor allem landwirtschaftliche Bedeutung. Der Weinbau hat dem „Viertel unter dem Manhartsberg“ den Namen gegeben. In den Zentren der Weinregionen sind schon früh Städte entstanden, z. B. Langenlois, 1083 erstmals erwähnt, 1310 Markt und seit 1925 Stadt, ist heute eines der führenden Weinbauzentren Niederösterreichs. Die Stadt ist eine gewachsene Siedlung mit stilvollen Bürger- und Weinhauerhäusern. Ähnliches gilt auch für Retz, 1180 als Dorf erstmals erwähnt und schon 1295 zur Stadt erhoben. Der Hauptplatz der alten Weinstadt mit seinen prächtigen Bürgerhäusern gilt als einer

Picture Section · Pages 61 to 82

Notes to the Illustrations on Lower Austria

The Wachau
Illustrations 2, 9 and 50

The Wachau, a section of the Danube hemmed in by hills, extends for about 30 km (nearly 20 mi) from Melk to Krems and has been settled since early times (as witnessed by the statue of the Venus of Willendorf). A favourable climate and the fertile soil of the valley are particularly suitable for wine and fruits (apricots). The unspoiled landscape, picturesque villages and numerous cultural monuments have made this region a favourite touristic attraction. Most notable among secular edifices are the castle ruins of Dürnstein and Aggstein. Dürnstein, built by the Kuenringer house in the 12th century, served as prison for King Richard I (Coeur de Lion) of England. An Augustine monastery, founded in 1410 and dissolved in 1788, is also located at Dürnstein. Aggstein, begun in 1231, also by the Kuenringer, is one of the most important castles of Austria, due to its size and history (the barons preying on the passing trade).

The Major Regions of Lower Austria, Rural Architecture
Illustrations 31 - 44, 69, 73 and 75 - 84

Lower Austria is divided into four regions: the Weinviertel, Waldviertel (districts above and below the Manhartsberg), north of the Danube, the pre-Alpine country and the Vienna Basin (districts above and below the Vienna Woods), S. of the Danube. The Waldviertel is a rolling plain (500 - 800 metres, i.e. 1500 - 2500 ft above sea level), with forests, swamps, ponds, the predominant type of rock being granite. The Weinviertel, a country of loess hills, sloping eastward to the Marchfeld, has already the characteristics of a steppe country. The pre-Alpine region features plains along the Danube and increasingly steeper hills and mountains toward the south. The Vienna Basin, east of the Vienna Woods, is a densely populated plain, continuing E. of the Leitha range into the Minor Plain of Hungary. In the rural architecture of the Waldviertel, as in wide parts of the pre-Alpine region, the four-square farmstead is predominant. Triangular buildings are found mainly in the Tulln Plain and the Vienna Basin, while the stretched and hooked styles, often with arcades inside, are native to the Weinviertel. Characteristic for the wine-growing areas are the wine cellars in hollowed-out lanes through the loess grounds, the so-called cellar lanes.

Small Towns in the Lower Austrian Farming Region
Illustrations 1 and 72

The parts of Lower Austria north of the Danube - the Waldviertel and Weinviertel - are mainly agricultural. Viniculture has given the name to the Weinviertel, the "Wineland", below the Manhartsberg. Towns grew early in the centres of viniculture, f.i. Langenlois, first noted in 1083, market rights in 1310 and township since 1925, today one of the leading wine centres of Lower Austria. The town boasts a number of stylish burgher and vintners' houses. Retz is of similar nature, first noted as village in 1180 and raised to township already in 1295. The main square of this old wine town, with its splendid

Parte fotografica · Pagine 61 fino a 82

Spiegazione sulle foto della Bassa Austria

Wachau
Foto 2, 9 e 50

La Wachau, una gola del Danubio di 30 Km. di lunghezza fra Melk e Krems è una zona abitata già nei tempi arcaici (Venus di Willendorf). Il clima favorevole e il terreno fertile della valle favoriscono in modo particolare la coltivazione della vite e della frutta (albicocche). La bellezza intatta del paesaggio, paesini pittoreschi e numerosi monumenti culturali rendono questo paesaggio una zona adatta al turismo. Tra le costruzioni più notevoli si annoverano le rovine della fortezza di Dürnstein e Aggstein. Secondo la saga, nella fortezza di Dürnstein, costruita dai Kuenringer, nella metà del XII sec. fu tenuto prigioniero il Re Riccardo Cuor di Leone d'Inghilterra. A Dürnstein si trova pure una abbazia degli Agostini canonici fondata nel 1410 e abbandonata nel 1788. Aggstein, fondata pure dai Kuenringer nel 1231 per l'ampiezza degli impianti e l'importanza storica (fortezza dei cavalieri predoni) appartiene alle fortezze più importanti dell'Austria.

Territori della Bassa Austria
Foto 31 - 44, 69, 73 e 75 - 84

La Bassa Austria si suddivide in quattro regioni: il Waldviertel (zona dei boschi), il Weinviertel (zona dei vini) al di là e al di qua del Manhartsberg a nord del Danubio, la zona prealpina e il Bacino di Vienna a sud del Danubio, assieme alle zone marginali (la zona al di sopra e al di sotto del Bosco Viennese). Il Waldviertel è un altipiano ondulato (500 - 800 m.) con boschi, paludi, laghetti, il tipo di roccia prevalente è il granito. Il Weinviertel è un paesaggio collinoso di loess, scende ad est verso il Marchfeld ed ha già le caratteristiche di una steppa. La zona prealpina è contraddistinta lungo il Danubio da piane e paesaggi sempre più rozzi verso sud. Il Bacino di Vienna ad est del Bosco Viennese è una pianura densamente popolata che continua ad est delle montagne del Leitha, nel piccolo bassopiano ungherese. Nelle costruzioni rurali del Waldviertel come anche in buona parte della zona prealpina predomina la fattoria quadrilatera. La fattoria triangolare c'è soprattutto nel Tullner Feld e nelle zone del Bosco Viennese, fattorie spesso con pergolati nel Weinviertel. Caratteristiche per le zone vinicole della regione sono le cantine del vino nella gola del loess, le cosiddette stradine fra le cantine.

Cittadine nella zona contadina della Bassa Austria
Foto 1 e 72

La parte della Bassa Austria situata a nord del Danubio - il Waldviertel e il Weinviertel - hanno innanzitutto un'importanza agricola. La viticoltura ha dato il nome alla zona al di sotto del Manhartsberg. Nei centri delle regioni del vino sono già note ben presto delle città, per es. Langenlois, citata per la prima volta nel 1083, nel 1310 borgo e dal 1925 città, è oggi uno dei principali centri vinicoli della Bassa Austria. La città è un insediamento cresciuto con delle case borghesi e dei viticultori di stile. Una cosa simile vale anche per Retz citata per la prima volta nel 1180 quale paese e già nel 1295 elevata a città. La piazza principale della vecchia cittadina del vino con le sue bellessime case borghesi è

Joching, Wachau. Ehemaliger „St. Pöltner Hof“, wahrscheinlich das früheste Werk J. Prandtauers.

Joching in the Wachau, former "St. Pölten Court", probably earliest work by J. Prandtauer.

Joching, Wachau. Ex-„Cortile di St. Pölten“, probabilmente la prima opera di J. Prandtauer.

Weinviertel bei Hollabrunn. Weite Flächen dienen hier dem Getreide- und Zuckerrübenbau.

In the Weinviertel, nr. Hollabrunn. Wide areas used for the growing of grain and sugar beets.

Weinviertel, presso Hollabrunn. Campi di cereali e barbabietole da zucchero.

Eggenburg. Kleinstadt im Weinviertel mit fast vollständig erhaltener Stadtmauer (14. Jh.).

Eggenburg. A small town in the Weinviertel, with a nearly completely preserved city wall (14th cent.).

Eggenburg. Cittadina nel Weinviertel con mura quasi interamente conservate ('300).

St. Pölten, Rathausplatz. Dreifaltigkeitssäule. Franziskaner Pfarrkirche und Karmeliterkirche.

St. Pölten, Rathaus square. Trinity column. Franciscan parish-church and Carmelite church.

St. Pölten, piazza del Municipio. Chiesa dei Francescani, quella parrocchiale e dei Carmeliti.

Krems, Fassadendetail. Schönste Stadt Niederösterreichs (400 Bauwerke aus der Zeit vor 1800).

Krems, detail from a facade. The most beautiful city of Lower Austria. (400 structures before 1800).

Krems, particolare di facciata. Città più bella della Bassa Austria.

Stift Herzogenburg, Festsaal von J. B. Fischer v. Erlach, Deckenfresko von B. Altomonte.

Herzogenburg Abbey, grand hall by J. B. Fischer v. Erlach, ceiling frescoes by B. Altomonte.

Herzogenburg, sala per feste di J. B. Fischer v. Erlach. Affresco di B. Altomonte.

Bildteil · Seiten 61 bis 82

der schönsten Marktplätze Österreichs. Zu den Attraktionen dieser in ihren historischen Formen im wesentlichen unzerstört erhaltenen Stadt zählen auch die kilometerlangen unterirdischen Kelleranlagen, die den Boden des ganzen Ortes durchziehen.

Barockes Bauen: Bürgerhäuser
Abbildungen 22, 24 - 30, 70 und 71
Nach dem entscheidenden Sieg Österreichs über die Türken im Jahre 1683 begann eine rege Bautätigkeit im Stil der Zeit. Das barokke Bauen manifestierte sich nicht nur in Schlössern und Klöstern, sondern auch im Ortsbild vieler niederösterreichischer Kleinstädte. Besonders viele Beispiele für barocke Bürgerhäuser finden sich im Stadtkern von Krems und Stein. Auch in anderen Städten manifestieren barocke Privathäuser Geschmack und Reichtum des Bürgertums im 16., 17. und 18. Jh., z. B. die Häuser am Kornplatz, in der Kremser Straße und in der Waltergasse in Langenlois und die Bauten Jakob Prandtauers im Stadtzentrum von St. Pölten.

Sgraffito-Häuser
Abbildungen 17 - 20
Zu Beginn der Renaissance ließen viele reiche Bürger in Niederösterreich die Wände ihrer Häuser in Sgraffito-Technik (Darstellung von Bildern und Texten mittels Kratzputz) dekorieren. Einige dieser Sgraffito-Häuser sind noch heute erhalten. So das „Gemalte Haus" in Eggenburg, erbaut um 1525 (Darstellungen aus dem Alten Testament), die Sgraffito-Häuser in Horn (Passions- und Fabeldarstellungen), in Retz (Themen aus griechischen Fabeln, Sinnsprüche) und in Weitra (Bürgertugenden).

Stifte in Niederösterreich
Abbildungen 3 - 9, 11, 12, 15, 16, 87, 88, 91 und 92
Die Geschichte der meisten Klöster in Niederösterreich beginnt unter der Herrschaft der Babenberger im 11. und 12. Jahrhundert. Viele weisen noch aus der Zeit ihrer Gründung Reste von Bauteilen im romanischen Stil auf, die von dem im 17. und 18. Jh. vollzogenen Umbauten im Stil des Barock (Baumeister waren Josef Munggenast, J. Lukas v. Hildebrandt, Martino Altomonte, Jakob Prandtauer, J. B. Fischer v. Erlach) nicht erfaßt wurden. Bis in die Zeit Kaiserin Maria Theresias waren die Stifte von entscheidender Bedeutung für die Entwicklung des geistigen, kulturellen und gesellschaftlichen Lebens. Beispiele für das damalige Kunstschaffen sind die in allen Klöstern vorhandenen umfangreichen und prunkvollen Bibliotheken (Handschriftensammlungen), Kunstsammlungen und einzelne Meisterwerke wie zum Beispiel der Verduner Altar des Nikolaus von Verdun im Stift Klosterneuburg, die „Kaiserstiege" im Stift Göttweig, das Melker Kreuz in der Stiftskirche in Melk, der schönsten Barockkirche nördlich der Alpen, sowie die vielfach vorhandenen prächtigen Repräsentationsräume. Weitere Beispiele für Klosterarchitektur in Niederösterreich: Stift Zwettl (erbaut 1140 - 1180, mit ältestem Kreuzgang in Österreich, im 18. Jh. barockisiert), Stift Heiligenkreuz (1133 gegründet, romanischer Bau, erstes Zisterzienserstift in Österreich, frühestes gotisches Kreuzrippengewölbe in Österreich), Herzogenburg (Augustiner-Chorherrenstift, 1112 in St. Georgen gegründet, von Prandtauer und Munggenast

Picture Section · Pages 61 to 82

burgher houses, is one of the most beautiful market squares of Austria. One of the features of this city, essentially preserved in its historical form, are the miles-long cellar tunnels excavated under the entire town.

Baroque architecture: Burgher Houses, Town Houses
Illustrations 22, 24 - 30, 70 and 71
After the decisive Austrian victory over the Turks in 1683, brisk construction activities set in, using the style of the times. Baroque architecture manifested itself not only in palaces and abbeys but also in the appearance of many small towns in Lower Austria. The historical centres of Krems and Stein offer particularly numerous examples of Baroque burgher houses. In other places, too, taste and wealth of the burghers in the 16th, 17th and 18th century are manifested by Baroque residences, f.i. the houses in Kornplatz, Kremser Strasse and Waltergasse at Langenlois, and also the Prandtauer houses as preserved in the city centre of St. Pölten.

Graffiti Houses
Illustrations 17 - 20
At the beginning of the Renaissance, many wealthy burghers in Lower Austria had the walls of their houses decorated with graffiti (pictures and texts made by scratching the plaster finish). Some of these graffiti houses have been preserved until today, so f.i. the "Painted House" of Eggenburg, (representations from the Old Testament), also the graffiti houses at Horn (The Passion, and fables), Retz (Greek fables, mottoes). Civic virtues are lauded on a house in Weitra.

Abbeys in Lower Austria
Illustrations 3 - 9, 11, 12, 15, 16, 87, 88, 91 and 92
The history of most monasteries and abbeys in Lower Austria begins with Babenberg rule during the 11th and 12th centuries. Although adaptations were made to many monastic buildings in the Baroque era (some by famous architects such as Josef Munggenast, J. Lukas v. Hildebrandt, Martino Altomonte, Jacob Prandtauer, J.B. Fischer von Erlach), numerous building portions were not affected and still show the Romanic style of the time they were erected. Until the time of Maria Theresa, the abbeys had a decisive influence upon the intellectual, cultural and social life. Monastic life was interrupted by the reforms of her son, Joseph II, who dissolved many monasteries and deprived the Church of her privileged position. Examples for the artistic activities prevailing then, are the magnificent and well-endowed libraries (manuscript collections) of all abbeys, art collections and individual master pieces, such as the Verdun Altar, by Nicholas of Verdun, at Klosterneuburg, the "Imperial Stairs" at Göttweig, the Melk Cross in the church of Melk which is one of the most beautiful Baroque churches north of the Alps, and the numerous stately reception halls. Further examples of monastic architecture in Lower Austria are: Zwettl (built 1140 - 1180, with the oldest cloister corridor in Austria, modified to Baroque in the 18th cent.), Heiligenkreuz (founded in 1133, Romanesque, Austria's first Cistercian monastery and earliest Gothic ribbed vault), Herzogenburg (Augustines, founded 1112, adapted to the Baroque style in the 18th cent. by

Parte fotografica · Pagine 61 fino a 82

considerata una delle più belle piazze di mercato dell'Austria. Fra le attrazioni di questa città conservata in sostanza nella sua forma storica originale, ci sono anche le lunghissime cantine sotterranee che si trovano nel territorio di tutta Retz.

Le costruzioni barocche: case borghesi, case cittadine
Foto 22, 24 - 30, 70 e 71
Dopo la vittoria decisiva dell'Austria sui Turchi nell'anno 1683, iniziò una viva attività costruttiva nello stile dell'epoca. L'architettura barocca non si manifestò solo nei castelli e nei monasteri ma anche nell'aspetto di molte cittadine della Bassa Austria. Moltissimi esempi di case borghesi barocche si trovano nei centri storici di Krems e Stein. Anche in altre città case private barocche manifestavano stile e ricchezza della borghesia nel '500, '600 e '700, come per esempio le case di Kornplatz, nella Kremserstrasse e nella Waltergasse a Langenlois e le costruzioni di Jakob Prandtauer nella città di St. Pölten.

Le case con graffiti
Foto 17 - 20
Nel primo Rinascimento molti ricchi borghesi, nella Bassa Austria, fecero decorare le pareti delle loro case con la tecnica del graffito (rappresentazioni di immagini e testi tramite graffito). Alcune di queste case con graffiti sono conservate ancora oggi. Così la casa dipinta a Eggenburg costruita intorno al 1525 (rappresentazioni del Vecchio Testamento), le case con graffito a Horn (rappresentazione della Passione e di fiabe), a Retz (temi dalle favole greche, aforismi) e a Weitra (le virtù dei borghesi).

Conventi nella Bassa Austria
Foto 3 - 9, 11, 12, 15, 16, 87, 88, 91 e 92
La storia della maggior parte dei conventi della Bassa Austria, inizia sotto il dominio dei Babenberger nel XI e XII sec. Grazie alle ricostruzioni fatte in stile barocco (architetti come Josef Munggenast, J. Lukas v. Hildebrandt, Martino Altomonte, Jakob Prandtauer, J. B. Fischer v. Erlach) molte mostrano ancora chiaramente in quale periodo siano state erette, anche se le ricostruzioni del '600 e '700 non hanno completamente distrutto i resti delle costruzioni romaniche. Fin dai tempi di Maria Teresa, i conventi ebbero una importanza particolare per lo sviluppo della vita spirituale, culturale e sociale. Gli esempi per la cultura di allora sono le biblioteche presenti, molto ricche e sfarzose, (collezione di manoscritti), collezioni d'arte e singoli capolavori come ad es. l'altare di Verdun, di Nicolaus da Verdun nel convento di Klosterneuburg, la „Scala degli Imperatori" nel convento di Göttweig, la Croce di Melk nella chiesa del convento di Melk, chiesa barocca più bella a nord delle Alpi, nonché le sfarzose sale di rappresentanza in molti di essi. Ulteriori esempi per l'architettura conventuale della Bassa Austria: il convento di Zwettl (costruito 1140 - 1180, con il chiostro più antico di tutta l'Austria), barocchizzato nel '700, il convento di Heiligenkreuz (fondato nel 1133, costruzione romanica, il primo convento dei Cistercensi in Austria, la prima volta a croce con nervatura in Austria), Herzogenburg (convento degli Agostini canonici fondato nel 1112 a St. Georgen, barocchizzato da Prandtauer e Munggenast nel '700), Altenburg (fondato nel 1144, capolavoro della architet-

im 18. Jh. barockisiert), Altenburg (1144 gegründet, ein Hauptwerk der österreichischen Barockarchitektur, prächtige Fresken von Troger) und das 1202 gegründete Kloster Lilienfeld (bedeutender romanischer Bau, Kreuzgang).

Burgen in Niederösterreich
Abbildungen 50, 55, 57-59, 62-66 und 81
Niederösterreich ist ein an Burgen und Burgruinen reiches Land (rund 500 Burgen und Schlösser, 136 Ruinen). Die meisten heute noch erhaltenen Burgen wurden im Hochmittelalter erbaut. Als Beispiele: Burgschleinitz, 1074 erstmals erwähnt, im 16. Jh. neu gebaut; Rosenburg, 1175 erstmals erwähnt, auf einem steilen Felsen über dem Kamp errichtet, wiederholt vergrößert und umgebaut (großer Turnierhof, 17. Jh.), lange Zeit Stützpunkt des Protestantismus; Burg Heidenreichstein, im Waldviertel, gilt als die großartigste Wasserburg Niederösterreichs; Burg Wiener Neustadt (heute Offiziersschule, Theresianische Militärakademie) wurde im 13. Jh. von den Babenbergern erbaut, von einem Erdbeben zerstört und 100 Jahre später wieder aufgebaut, Residenz der Kaiser Friedrich III und Maximilian I im 15. und Anfang des 16. Jh.s (in der Georgskapelle ist Kaiser Maximilian I begraben); Schallaburg, ursprünglich ein Bauwerk aus dem 13. Jh., bedeutender Renaissance-Bau; Burg Greillenstein, 1371 erbaut, im 16. und 17. Jh. zu einem Schloß umgebaut, Gerichtsmuseum mit Strafrechtssammlung aus dem 16. Jh.

Schlösser in Niederösterreich
Abbildungen 10, 13, 14, 54, 56, 58, 60, 61, 67 und 68
Bis zu Beginn des 17. Jh.s residierte der Adel in befestigten Burgen. Im Barock ging man dazu über, unbefestigte, großzügig und prachtvoll angelegte Residenzen und Ansitze mit weitläufigen Parks - Schlösser - zu errichten oder frühere Burgen entsprechend umzugestalten. Die Marchfeldschlösser wurden durch den Wiener Hochadel und die Habsburger errichtet. Zu ihnen gehören u. a. Schloßhof, ein im Auftrag des Prinzen Eugen von Lukas von Hildebrandt barockisiertes Schloß mit prachtvoller, barocker Gartenanlage; Schloß Eckartsau, ein 1720 von Fischer v. Erlach und von Hildebrandt umgebautes, mittelalterliches Wasserschloß; Marchegg, im 13. Jh. erbaut, im 18. Jh. barockisiert. Weitere Beispiele für Schloßarchitektur in Niederösterreich: Pottenbrunn, Renaissance-Wasserschloß aus dem 16. Jh.; Heiligenkreuz-Gutenbrunn, im 17. Jh. erbaut; Petronell, eine ehemalige Wasserburg, im 17. Jh. umgestaltet; Schloß Laxenburg (1136 urkundlich erwähnt), im 17. Jh. vergrößert, Sommerschloß der Habsburger; Schloß Harmannsdorf am Manhartsberg, ehemals Wohnsitz der österreichischen Friedensnobelpreisträgerin Berta von Suttner („Die Waffen nieder").

Romanik in Niederösterreich
Abbildungen 85 - 91
Von der kulturellen Blütezeit Niederösterreichs zur Zeit der Babenberger zeugt noch heute die Baukunst. Der vorherrschende Baustil war die Romanik, die besonders von den Zisterziensern in ihren Klöstern realisiert wurde. Im 13. Jh., der Übergangszeit zur Gotik, kam es in den Klöstern vielfach zum Bau von reich ausgestatteten Kreuzgängen. Auch weltliche Bauten wurden im romani-

Prandtauer and Munggenast), Altenburg (founded in 1144, chef d'oeuvre of the Austrian Baroque style, magnificent frescoes by Troger) and Lilienfeld, founded in 1202, with its cloister, an important Romanesque structure.

Castles in Lower Austria
Illustrations 50, 55, 57 - 59, 62 - 66 and 81
Lower Austria is rich in castles and ruins (abt. 500 castles and palaces, 136 ruins). Most of the preserved castles were built during the High Middle Age. Examples are: Schleinitz, first noted in 1074, rebuilt in the 16th cent.; set upon a steep cliff above the river Kamp, repeatedly rebuilt and enlarged (large tournament court from the 17th cent.), for a long time a Protestant base: Heidenreichstein in the Waldviertel is considered the most splendid moated castle of Lower Austria; Wiener Neustadt Castle (now housing the Austrian military academy) was built by the Babenbergs in the 13th cent., destroyed by an earthquake and rebuilt after 100 years. It served as residence of the Emperors Frederick III and Maximilian I in the 15th and the beginning 16th centuries (Emperor Maximilian I is entombed in St. George's chapel); Schallaburg, originally an edifice from the 13th cent., a significant Renaissance structure, was rebuilt and adapted in the 16th cent. Greillenstein, built in 1371, was rebuilt into a palace during the 16th and 17th centuries. It is now home to the Judicial Museum with a large collection of law enforcement from the 16th century.

Palaces in Lower Austria
Illustrations 10, 13, 14, 54, 56, 58, 60, 61, 67 and 68
Until the beginning of the 17th century, the nobility was residing in fortified castles. During the Baroque epoch, extensive and splendid palaces and manors, no longer fortified, were built, or former castles adapted and surrounded by large gardens and parks. The Marchfeld palaces were built for the high nobility of Vienna and the Habsburgs. Included are, inter alia, Schlosshof, a Baroque palace built for Prince Eugene of Savoy by Lukas v. Hildebrandt, set in a magnificent Baroque garden; Eckartsau, a country house, adapted in 1720 by Fischer v. Erlach and Lukas v. Hildebrandt from a medieval moated castle; Marchegg, built in the 13th cent. and modified in the Baroque style during the 18th cent. Further examples of palatial architecture in Lower Austria are Pottenbrunn, a moated Renaissance castle from the 16th century; Heiligenkreuz-Gutenbrunn, built during the 17th century; Petronell, a former moated palace, adapted in the 17th century; Laxenburg (first noted in 1136), enlarged in the 17th century, a summer seat of the Habsburgs; Harmannsdorf on Manhartsberg, once the home of Bertha v. Suttner, a Nobel Peace Prize winner ("Lay down Your Arms").

Romanesque Art in Lower Austria
Illustrations 85 - 91
The cultural blossoming of Lower Austria during the Babenbergs is still borne out by memorable works of architecture. The Romanesque style predominated, and was particularly favoured by the Cistercians for their monasteries. During the transition to the Gothic epoch in the 13th cent., richly decorated cloister corridors were frequently con-

tura barocca in Austria, affreschi stupendi di Troger) e il monastero cistercense di Lilienfeld fondato nel 1202 (chiostro romanico, costruzione importante romanica).

Fortezze nella Bassa Austria
Foto 50, 55, 57 - 59, 62 - 66 e 81
La Bassa Austria è una regione ricca di fortezze e di rovine di quest'ultime (circa 500 fortezze e castelli e 136 rovine). La maggior parte delle fortezze conservate fino ad oggi furono costruite nel primo Medioevo. Esempi: Burg Schleinitz, citata per la prima volta nel 1074, nuovamente costruita nel '500. La Rosenburg citata per la prima volta nel 1175, costruita su una roccia ripida al di sopra del fiume Kamp, ripetutamente ampliata e ricostruita (grande cortile per tornei del '600), per molto tempo punto d'appoggio del protestantesimo, la fortezza di Heidenreichstein nel Waldviertel si ritiene la più bella fortezza circondata dall'acqua della Bassa Austria, la fortezza di Wiener Neustadt (oggi scuola degli ufficiali della Accademia di Maria Teresa) venne costruita nel XIII sec. dai Babenberger, poi distrutta da un tremendo terremoto ricostruita 100 anni dopo, poi residenza degli Imperatori Federico III e Massimiliano I nel XV sec. e all'inizio del XVI (nella capella di S. Giorgio è sepolto Massimiliano I); la Schallaburg in origine un monumento del XIII sec., una significativa costruzione rinascimentale della regione. L'impianto medievale venne rinnovato e ricostruito nel '500; la fortezza di Greillenstein costruita nel 1371, ricostruita come castello nel '500 e '600, un museo del Tribunale con una collezione di codici penali del '500.

Castelli della Bassa Austria
Foto 10, 13, 14, 54, 56, 58, 60, 61, 67 e 68
Fin dall'inizio del '600 la nobiltà risiedette nei castelli fortificati. Nel periodo barocco si passò a costruire residenze non fortificate, generosamente e sfarzosamente disposte e sedi con estesi parchi-castelli o a ricostruire exfortezze in modo appropriato. I castelli del Marchfeld vennero costruiti dalla nobiltà viennese e dagli Asburgo. Fra questi si annoverano tra l'altro Schlosshof, un castello barocchizzato su incarico del Principe Eugenio da Lukas v. Hildebrandt con uno sfarzoso giardino barocco, il castello di Eckartsau, un castello medievale circondato dall'acqua, ricostruito da Fischer v. Erlach e da Hildebrandt nel 1720; Marchegg costruito nel XIII sec. e barocchizzato nel XVIII sec. Ulteriori esempi per l'architettura dei castelli nella Bassa Austria: Pottenbrunn, castello rinascimentale del '500 circondato dall'acqua, Heiligenkreuz-Gutenbrunn costruito nel '600; il castello di Laxenburg (citato in un documento del 1136) ampliato nel '600, residenza estiva degli Asburgo; il castello di Harmannsdorf ai piedi del Manhartsberg, una volta la sede della vincitrice del Premio Nobel per la Pace Bertha von Suttner (giù le armi).

Periodo romanico nella Bassa Austria
Foto 85 - 91
Del periodo della fioritura culturale della Bassa Austria ai tempi dei Babenberger ancora oggi l'arte architettonica ne è testimone. Lo stile di costruzione prevalente fu quello romanico, realizzato particolarmente dai Cistercensi nei loro monasteri. Nel '200 ci fu il periodo di passaggio al gotico, i monasteri perlopiù arrichivano i loro chiostri con ab-

Rosenburg, Turnierhof (1640) mit an drei Seiten umlaufenden und bemalten Arkaden.

Rosenburg. The tournament court (1640) with painted arcades around three sides.

Rosenburg, cortile dei tornei (1640) con arcate lungo i tre lati dipinte.

Schloß Jedenspeigen (um 1600). Rudolf v. Habsburg besiegte hier 1278 Ottokar Přemysl.

Jedenspeigen Palace. Ottokar Přemysl was vanquished here by Rudolph of Habsburg in 1278.

Castello di Jedenspeigen (intorno al 1600). Rodolfo d'Asburgo qui vinse nel 1278 Ottokar Přemysl.

Schloß Eckartsau. Plastik von L. Mattielli im 1732 erbauten Festsaal.

Eckartsau Palace. A sculpture by L. Mattielli in the grand hall built in 1732.

Castello di Eckartsau, sculture di L. Mattielli nella sala per feste costruita nel 1732.

Bad Deutsch-Altenburg. Stufenportal des spätromanischen Karners (1. Hälfte 13. Jh.).

Bad Deutsch-Altenburg. The stairs and portal of the Late Romanesque "Karner" (13th century).

Bad Deutsch-Altenburg, portale a gradini dell'ossario tardoromanico (1ª metà del '200).

Wallfahrtskirche Sonntagberg, 1705–1718. Von Prandtauer begonnen, von Munggenast vollendet.

Sonntagberg pilgrimage church (1705–1718): begun by Prandtauer, completed by Munggenast.

Chiesa dei pellegrini a Sonntagberg, construita 1705–1718, iniziata da Prandtauer.

Altes Hammerwerk in Ybbsitz. 1640 arbeiteten in diesem Ort 72 Hämmer.

An old hammer works at Ybbsitz. There were 72 hammers in operation in 1640.

Vecchia ferriera a Ybbsitz. Nel 1640 qui lavoraro-no 72 ferriere.

Bildteil · Seiten 61 bis 82

schen Stil errichtet, dessen Charakteristikum wuchtiges, großflächiges Mauerwerk mit eindeutig untergeordneter Plastik ist. Einen Höhepunkt erreichte das Kunstgewerbe dieser Zeit im Verduner Altar (1181 hergestellt) in Klosterneuburg. Typisch für die Romanik sind auch die sogenannten Karner, zweigeschossige, runde oder vieleckige Friedhofskapellen mit reichlich geschmückten Portalen. Der untere Raum diente als „Beinhaus", der obere als Andachtsräumlichkeit. Beispiele für romanisches Bauen sind: die 1230 fertiggestellte Stiftskirche von Lilienfeld, die früheste Hallenkirche und eines der größten Gotteshäuser Österreichs, das „Brauttor" der Stadtpfarrkirche in Wiener Neustadt (um 1260), die Karner in Tulln (um 1260 erbaut) und in Mödling (um 1345 erbaut) sowie die Außenwand der Apsis der Pfarrkirche von Schöngrabern (13. Jh.) als Beispiel für figuralen Bauschmuck: Kreuzgänge gibt es im Stift Zwettl (erbaut um 1220, ältester Zisterzienser-Kreuzgang in Österreich) und im Stift Lilienfeld (um 1230, Hallenkirche mit einer Länge von 83 m, Glasfenster aus dem 14. Jh.).

Flügelaltar von Mauer bei Melk, Sonntagberg, Maria Taferl
Abbildungen 45, 49 und 93

Mauer bei Melk ist wegen des prächtigen spätgotischen geschnitzten Flügelaltars (Arbeit um 1520) und des Sakramenthäuschens aus hellem Sandstein mit Bildwerken (um 1506) in seiner Pfarrkirche (erstmals 1096 erwähnt), einer unvollendet gebliebenen gotischen Wallfahrtskirche, bekannt. Weitere Wallfahrtskirchen in diesem Teil Niederösterreichs sind in Sonntagberg und Maria Taferl. Die Kirche in Sonntagberg wurde Anfang des 18. Jh.s von Jakob Prandtauer und Josef Munggenast neu erbaut (Deckenfresken von Daniel Gran und Gemälde von Kremser Schmidt). Die Wallfahrtskirche Maria Taferl (1660 - 1710 errichtet) ist ein Barockbau mit einer Kuppel von Prandtauer.

Eisenwurzen
Abbildungen 100 und 101

Das Gebiet des südwestlichen Niederösterreich wird auch Eisenwurzen genannt, weil hier die Eisenverarbeitung, bedingt durch die Nähe des steirischen Erzbergs und durch reichlich vorhandene Wasserkraft jahrhundertelange Tradition hat (Hammerwerke, Schmieden und Schmelzhütten). Auch heute haben die Kleineisenindustrie und verwandte Branchen in Opponitz, Gaming und Ybbsitz noch Bedeutung. Gaming, die flächenmäßig größte Gemeinde Niederösterreichs hat durch die Gaminger Kartause historische Bedeutung. 1330 von Herzog Albrecht II gestiftet, einst größte deutsche Ordensprovinz.

Altes Handwerk
Abbildungen 97 und 99

Niederösterreich hat heute eine moderne Industrie und ein blühendes Gewerbe: Betriebe für die Verwertung oder Veredelung landwirtschaftlicher Produkte (Zuckerfabriken, Holzstoff- und Papierfabriken, Sägewerke), metallverarbeitende Unternehmen, Chemie- und Petroindustrie sowie Textilindustrie. Trotzdem ist auch sehr altes Handwerk erhalten, etwa die Glasbläsereien und -schleifereien im Waldviertel (Altnagelberg) und die Herstellung handgeschöpften Bütten-Papiers in Großpertholz im Waldviertel.

Picture Section · Pages 61 to 82

structed. But secular buildings, too, were constructed in the Romanesque style, its characteristics being massive, flat walls, with decorations taking a distinctly second place. A highlight of artisanship is the Verdun Altar (made in 1181) at Klosterneuburg Abbey. Typical for the Romanesque style are the so-called Karners, cemetery chapels, two-storied, round or polygonal and with richly decorated portals. The lower floor served as charnel house, the upper one as place of worship. Examples for Romanesque architecture are: Lilienfeld Abbey Church, completed in 1230, the earliest hall church and one of the largest houses of worship in Austria, further the "Brides' Gate" at Wiener Neustadt (about 1260), the "Karners" at Tulln (about 1260) and Mödling (about 1345), as well as the exterior of the apsis of the church at Schöngrabern (13th cent.) all displaying figurative decorations. Cloistered corridors are found at Zwettl Abbey (built abt. 1220, the oldest such construction by the Cistercians) and at Lilienfeld Abbey (abt. 1230, with stained glass windows from the 14th cent.). Most of these monuments are well preserved and easy to reach, as they are quite near to Vienna.

The Winged Altar of Mauer nr. Melk, Sonntagberg, Maria Taferl
Illustrations 45, 49 and 93

Mauer nr. Melk is known for its parochial church, first noted in 1096, with the splendid Late Gothic sculptured altar (abt. 1520) and the tabernacle of light sandstone with pictorial decorations (abt. 1506). This is an uncompleted Gothic pilgrims' church. Further places of pilgrimage in this region of Lower Austria are Sonntagberg and Maria Taferl (St. Mary's Tablet). Sonntagberg church was built anew by Jacob Prandtauer und Joseph Munggenast in the early 18th century, (ceiling frescoes by Daniel Gran and paintings by the Krems Schmidt). Maria Taferl (built 1660 - 1710), is a Baroque edifice with a cupola by Prandtauer (altar pictures by the Krems Schmidt). The church, on a hill, commands a splendid view of the Danube Valley below.

Eisenwurzen
Illustrations 100 and 101

The region of southwestern Lower Austria is also called Eisenwurzen, owing to its old tradition of ironworks, getting their raw material from the nearby Styrian ore mountain and using the amply available water power. Iron working has been traditional for centuries here (hammer works, forges and smelters), with smaller manufactures active until today, at Opponitz, Ybbsitz and Gaming. Gaming, a widespread community, is of historical importance through its Carthusian monastery, founded in 1330 by Duke Albrecht II. Once the largest German province of this order, it was dissolved in 1782.

Ancient Handicrafts
Illustrations 97 and 99

Today, modern industries and prosperous smaller enterprises are located in Lower Austria: Processors of agricultural produce (sugar mills, pulp and paper mills, sawmills), metal works, chemical and petrochemical plants and also textile factories. Yet, traditional crafts have also survived, f.i. the glass blowers and cutters in the Waldviertel (Altnagelberg) and the production of hand-made paper at Grosspertholz.

Parte fotografica · Pagine 61 fino a 82

bondanza di colonne e decorazioni. Anche le costruzioni profane furono erette nello stile romanico la cui caratteristica fu la costruzione di muri a grandi superficie con delle statue subordinate. L'artigianato artistico di quell'epoca giunse all'apice con l'altare di Verdun costruito nel 1181 a Klosterneuburg. Tipici del periodo romanico sono anche i cosiddetti ossari, a due piani, capelle cimiteriali a due piani, rotonde o pluriangolari con portali abbondantemente decorati. Il vano inferiore servì da ossario, quello superiore per le preghiere. Gli esempi di costruzioni romaniche sono: la chiesa del monastero di Lilienfeld, terminata nel 1230, la chiesa a sala, una delle più antiche e più grandi dell'Austria: il „portale della sposa" della chiesa parrocchiale a Wiener Neustadt (intorno al 1260), l'ossario a Tulln pure dello stesso periodo; a Mödling (intorno al 1345) nonchè la parete dell'apside della chiesa parrocchiale di Schöngrabern (1200) quale esempio per le decorazioni figurali; chiostri ci sono nel convento di Zwettl (costruito nel 1220, chiostro cistercense più antico in Austria) e nel convento di Lilienfeld con le vetrate del '300.

Altare a pala a Mauer presso Melk, Sonntagberg, Maria Taferl
Foto 45, 49 e 93

Mauer presso Melk è noto per il suo altare sfarzoso del tardo gotico intagliato a pala (intorno al 1520) e del tabernacolo di arenaria chiara con pitture (intorno al 1506) nella sua chiesa parrocchiale (citata per la prima volta nel 1096), una chiesa gotica meta di pellegrinaggi rimasta incompiuta. Ulteriori chiese di questo tipo nella zona della Bassa Austria sono a Sonntagberg e a Maria Taferl. La chiesa del Sonntagberg fu nuovamente costruita all'inizio del '700 da Jakob Prandtauer e Josef Munggenast (gli affreschi del soffitto di Daniel Gran e quadri di Kremser Schmidt). La chiesa meta di pellegrinaggi a Maria Taferl (costruita 1660 - 1710 è una costruzione barocca con una cupola di Prandtauer (altare di Kremser Schmidt).

Eisenwurzen
Foto 100 e 101

La zona della Bassa Austria sudoccidentale si chiama anche Eisenwurzen, poiché qui la trasformazione del ferro, condizionata dalla vicinanza dell'Erzberg (monte del ferro) nella Stiria e grazie alle forze d'acqua presenti in abbondanza, ha una tradizione secolare (ferriere, fucine e fonderie). Ancora oggi l'industria del ferro piccola e i settori affini a Opponitz, Gaming e Ybbsitz sono ancora significative. Gaming il comune per estensione più grande della Bassa Austria ha un'importanza storica per la sua certosa, fondata nel 1330 dal Duca Albrecht.

Artigianato antico
Foto 97 e 99

La Bassa Austria presenta oggi un'industria moderna e fiorente. Le aziende dedite alla lavorazione e al raffinamento di prodotti agricoli (zuccherifici, cartiere, fabbriche per la lavorazione del legno, segherie), imprese per la lavorazione di metalli, industrie chimiche e petrolchimiche nonché l'industria tessile. Nonostante queste anche l'artigianato antico si è conservato, come la soffiatura e la molatura del vetro nel Waldviertel (Altnagelberg) e la produzione della carta a mano a Grosspertholz nel Waldviertel.

Bildteil · Seiten 83 bis 104

Erläuterungen zu den Bildern aus Oberösterreich

Oberösterreichische Großlandschaften, ländliche Bauformen
Abbildungen 43 - 56, 58, 61 und 64
Oberösterreich liegt im Nordwesten Österreichs und ist heute gleichermaßen Industrie- wie Agrarland. Das Klima ist niederschlagsreich und vom „Westwetter" bestimmt. Das Landschaftsbild umfaßt Hügellandschaften (im Norden und im Alpenvorland), Ebenen (im Bereich der Donau) und Gebirge (am Südrand). Traditionell wird Oberösterreich in vier Viertel eingeteilt: in das Mühl-, Inn-, Hausruck- und das Traunviertel. Das Mühlviertel, nördlich der Donau, ist eine Urgebirgslandschaft aus Granit und gehört zur Böhmischen Masse. In 600 bis 800 m Seehöhe erstreckt sich eine sanfte Hügellandschaft, die durch teils tiefe Schluchten im Mündungsbereich der Flüsse in die Donau durchbrochen wird. Charakteristische bäuerliche Hausform ist der Dreikanthof. Das Innviertel, eine fruchtbare Hügellandschaft im Westen Oberösterreichs, ist vor allem Agrarland, verfügt aber auch über bedeutende Industrieansiedlungen (Aluminiumwerk in Ranshofen) und Bodenschätze (Braunkohle, Erdöl). Wichtigste bäuerliche Hausform im Innviertel ist der Vierseithof. Das Hausruckviertel ist eine großteils hügelige Voralpen-Landschaft, zwischen Hausruck und dem Trauntal gelegen. Der Einhof und der Vierseithof als ländliche Bauform dominieren. Hier gibt es warme, schwefelhältige Heilquellen (Bad Schallerbach). Das Traunviertel, das größte Viertel Oberösterreichs, umfaßt im wesentlichen das Einzugsgebiet der Flüsse Traun und Enns in Oberösterreich. In seinem nördlichen Teil liegt die fruchtbare Traun-Enns-Platte, gegen Süden nehmen Höhe und Schroffheit der Hügel und Gebirge zu. Den südwestlichen Teil des Traunviertels bildet das oberösterreichische Salzkammergut mit seinen landschaftlich besonders schönen Seen. Hier dominiert bei bäuerlichen Bauten der Vierkanthof.

Landeshauptstadt Linz
Abbildungen 3 - 10
Das Gebiet des heutigen Linz, der drittgrößten Stadt Österreichs und auch Standort der größten österreichischen Industrieunternehmen (Eisen-, Stahl- und chemische Industrie), war schon in der Altsteinzeit besiedelt. In der Römerzeit war „Lentia" ein bedeutendes Militärlager. 799 wurde Linz (mit der Martinskirche und dem Schloß) erstmals als „Linze" erwähnt und galt damals bereits als bedeutender Handelsplatz (Salzstraße nach Böhmen). Das Linzer Schloß war 1485 - 1493 unter Friedrich III auch Kaiserresidenz. Zu den wichtigsten historischen Bauten der durch die Donau geteilten Stadt, die eine noch gut erhaltene Altstadt hat, zählt neben dem Schloß (1599 neu erbaut) und dem Landhaus (erbaut im 16. Jh., mit dem „Steinernen Saal", dem Renaissance „Nordportal" und einem Arkadenhof mit Brunnen aus derselben Zeit, besonders sehenswert) vor allem die Martinskirche wegen karolingischer Ornamente aus dem 8. Jh., romanischer und gotischer Bauteile und der bedeutenden Fresken. Ein Wahrzeichen der Stadt ist der im Norden gelegene Pöstlingberg, ein Ausflugsziel, erreichbar mit der steilsten zahnradlosen Bergbahn Europas.

Picture Section · Pages 83 to 104

Notes to the Illustrations on Upper Austria

Major Landscapes of Upper Austria, Rural Architecture
Illustrations 43 - 56, 58, 61 and 64
Upper Austria forms the northwestern corner of Austria and today is in equal parts an agricultural and industrial country. The climate is rich in precipitation and determined by the "westerlies". The topography is comprised of hills (in the north and in the pre-Alpine region), plains (in the Danube valley) and high mountains to the south. By tradition, Upper Austria is divided into four "Viertel" or quarters, namely the Mühlviertel, Innviertel, Hausruckviertel and Traunviertel. The Mühlviertel, north of the Danube, is a landscape formed by primeval mountains of granite, and is part of the Bohemian massif. It is a landscape of gently rolling hills at an elevation of 600 to 800 m (2000 to 2500 ft), bisected through occasional deep glens where rivers flow into the Danube. The characteristic form of farm dwellings is the tri-cornered farmstead. The Innviertel, a fertile hill country to the west of Upper Austria, is mainly agricultural, with however some large industries such as the aluminium smelter at Ranshofen, and natural resources (lignite and petroleum). Here, the predominant farm house is the four-square building. The Hausruckviertel is a mainly hilly pre-Alpine landscape, between the Hausruck hills and the Traun valley. The prevailing farmstead here is again the four-square house, or the single-building farmstead. Hot sulphur springs can be found at Bad Schallerbach. The Traunviertel, the largest "quarter" of Upper Austria, consists in essence of the areas drained there by the rivers Traun and Enns. Located in its north is the fertile region of the Traun and Enns plateau, and height and steepness of the hills and mountains increase toward the south. The southwestern part of the Traunviertel is the Upper Austrian Salt Estates ("Salzkammergut") with numerous lakes. The predominant farmstead here, is the four-square house.

Linz, the Provincial Capital
Illustrations 3 - 10
The region of today's Linz, site of the largest Austrian industries (iron, steel, chemical products) was settled already in the Younger Stone Age. The "Lentia" of the Romans was an important military encampment. Linz (with its St. Martin's church and the castle) was first noted as "Linze" in 799, and already then an important commercial centre (salt trade to Bohemia). The castle of Linz was from 1485 to 1493 also the imperial residence of Frederick III. The city, divided by the Danube, has a well-preserved old section and, in addition to the castle (rebuilt in 1599), counts among its remarkable buildings the provincial diet (built in the 16th century, with the "Stone Hall", the Renaissance North Portal and an arcaded court with a fountain from that time, particularly worth seeing), and furthermore St. Martin's with Caroline-era ornaments from the 8th century, Romanesque and Gothic building components and important frescoes. A landmark of the city is the Pöstlingberg to the north, accessible by the steepest adhesion railway of Europe.

Parte fotografica · Pagine 83 fino a 104

Spiegazioni sulle foto della Alta Austria

Paesaggi dell'Alta Austria, costruzioni rurali
Foto 43 - 56, 58, 61 e 64
L'Alta Austria si trova al nordovest dell'Austria ed è in misura uguale zona industriale ed agricola. Il clima è contraddistinto da molte piogge e dal tempo che arriva dall'ovest. Il paesaggio comprende colline (al nord e nella zona prealpina), pianure (nell'ambito del Danubio) e montagne (al margine meridionale). Per tradizione si suddivide in quattro zone: il Mühl-, Inn-, Hausruck- e il Traunviertel. Il Mühlviertel è a nord del Danubio, è un paesaggio di granito ed appartiene al massiccio Boemo. Fra i 600 e i 800 m. si estende una soave collina rotta in parte delle gole profonde dei fiumi che sfociano nel Danubio. Tipica forma delle case è quella triangolare. L'Innviertel, una collina fertile ad ovest dell'Alta Austria, è innanzitutto terra agricola, con importanti insediamenti industriali, (stabilimento di alluminio a Ranshofen) e di materie prime (carbone e petrolio). La forma di casa più notevole è quella quadrilatera. Il Hausruckviertel si trova tra Hausruck e la valle del Traun. Predominano le case singole a pianta quadrilatera. Qui ci sono pure sorgenti calde solforose termali (Bad Schallerbach). Il Traunviertel, la zona più estesa dell'Alta Austria è sostanzialmente formata dal bacino idrografico dei fiumi Traun ed Enns. Nella parte settentrionale si trova la piana del Traun-Enns, mentre invece aumenta verso sud l'asprezza e la altezza delle colline. La parte sud-occidentale del Traunviertel costituisce il „Salzkammergut" della Alta Austria con i suoi laghi. Anche qui predomina la casa quadrilatera.

Capoluogo di regione Linz
Foto 3 - 10
La zona dell'odierna Linz, la terza città della Austria e quella che cresce con la massima velocità fra tutte le metropoli austriache e anche la sede delle maggiori industrie austriache (industria del ferro, dell'acciaio e chimica) fu insediamento popolato già nella prima età della pietra. Nel periodo romano „Lentia" fu un importante accampamento militare. Nel 799 Linz (con la chiesa di San Martino e il castello) venne citata per la prima volta quale „Linze" e già allora fu considerata come notevole porto commerciale (via del sale per la Boemia). Il castello di Linz fu sotto Federico III dal 1485 al 1493 anche residenza imperiale. Fra le costruzioni storiche più importanti della città divisa dal Danubio, con un nucleo ben conservato e restaurato e con bella zona pedonale dove si incontra la gioventù di Linz che è molto attiva - Linz è tra l'altro anche città universitaria dagli anni '70.-, si annoverano oltre al castello (ricostruito nel 1599) e la Signoria (costruita nel '500 con la „Sala di Pietra", il portale settentrionale rinascimentale e un cortile con arcate con fontana dello stesso periodo, degno di nota), anzitutto la chiesa di San Martino per gli ornamenti carolingi del VIII sec., parti di costruzioni romaniche e gotiche e affreschi bellissimi. Un simbolo della città è il Pöstlingberg a nord, raggiungibile con una funicolare, la più ripida in Europa. In cima si trova una mirabile chiesa barocca molto conosciuta come santuario. Di lassù si gode di una bellissima vista sulla città.

Hügellandschaft mit Bauernhof im Mühlviertel bei St. Peter, nahe Freistadt.

A hilly landscape with a farmyard in the Mühlviertel at St. Peter near Freistadt.

Collina con casa contadina nel Mühlviertel, presso St. Peter vicino a Freistadt.

Obertraun am Hallstätter See. Seilbahn ins Schigebiet Krippenstein am Dachstein.

Obertraun on Lake Hallstatt. Cable car to the Krippenstein ski area in the Dachstein massif.

Obertraun sul lago di Hallstatt, funicolare per la zona di sci sul Dachstein.

Hinterstoder. Blick von der Hutterer Höss gegen das Tote Gebirge.

Hinterstoder. View from the Hutterer Höss toward the Tote Gebirge.

Hinterstoder, panorama dallo „Höss" di Hutterer verso la „Montagna morta".

Enns. Stadtturm. In der Mitte des Hauptplatzes (1565–68 als Wacht- und Uhrturm) errichtet.

Enns. The city tower. Constructed in the main square as watch and clocktower, 1565–1568.

Enns, torre della città, construito nel centro della piazza principale (1565–68).

Freistadt, Hauptplatz. Die Stadt hat eine fast vollständig erhaltene Festungsmauer.

Freistadt. The main square. The town is enclosed by a nearly completely preserved fortified wall.

Freistadt, piazza principale. La città presenta ancora le mura di fortificazione.

Stift Kremsmünster, Sternwarte (1748–58, auch „Mathematischer Turm"), „Universalmuseum".

Kremsmünster Abbey. The observatory (called the "mathematical tower", built 1748–1758).

L'Abbazia di Kremsmünster, osservatorio astronomico (1748–58), (anche la „Torre di matematica").

Bildteil · Seiten 83 bis 104

Typische Städte
Abbildungen 1, 11 - 13, 15, 17, 18 und 36 - 41

Die meisten oberösterreichischen Städte haben ihre alten Stadtkerne erhalten oder wiederhergestellt; ihre jahrhundertealte Bedeutung für das Land und für ihr Umland haben sie ebenfalls noch heute: Steyr, 985 erstmals urkundlich erwähnt, seit Ende des 13. Jh.s Stadtrecht, bemerkenswerte gotische und Renaissance-Bürgerhäuser mit schönen Höfen, das Rathaus ist eines der schönsten profanen Rokoko-Bauwerke Österreichs, vom Mittelalter an bedeutende Eisen- und eisenverarbeitende Industrie; Enns, ältestes Stadtrecht Österreichs (1212), schon in der Römerzeit bedeutendes Militärlager, ab 900 wichtige Festung gegen die Ungarn, schöne Bürgerhäuser, der Stadtturm (erbaut 1554 - 1568) ist ein Hauptwerk der österreichischen Renaissance; Wels, in der Römerzeit Sitz der Zivilverwaltung der Provinz Norikum, heute wichtiges Industrie-, Gewerbe-, Handels- und Landwirtschaftszentrum (Messen, Märkte, Produkteverwertung); Schärding, eine mittelalterliche Burg- und Straßensiedlung, erstmals 804 erwähnt, Stadtrecht 1316, besonders bemerkenswert sind die alten Bürgerhäuser aus dem 16. bis 19. Jh., wichtiges Agrarzentrum; Obernberg am Inn, im Mittelalter Stapelplatz für die Salzschiffahrt, bemerkenswerter Hauptplatz mit alten Giebelhäusern und schönen Rokoko-Fassaden.

Klöster und Stifte
Abbildungen 19 - 26

Auch in der Entwicklung Oberösterreichs kam den Klöstern als Träger der Urbarmachung und Erschließung des Landes und als über viele Jahrhunderte bestimmende Zentren des geistigen, kulturellen und wirtschaftlichen Lebens besondere Bedeutung zu. Sie verloren diese teilweise erst in der Regierungszeit von Kaiser Joseph II. In Oberösterreich gibt es 47 Männerklöster samt Niederlassungen und 187 Frauenklöster samt Niederlassungen. Zu den bedeutendsten Orden im Land zählen die Benediktiner, die Augustiner-Chorherren und die Zisterzienser. So wie in den anderen Bundesländern waren die Klöster auch in Oberösterreich über lange Zeit Träger der kulturellen Entwicklung des Landes. Ein Beispiel ist das Benediktinerstift Kremsmünster, vom Bayernherzog Tassilo III im Jahre 777 gegründet, eines der ältesten, größten und kunsthistorisch bedeutendsten Klöster Österreichs. Neben dem Tassilo-Kelch (ältester Abendmahlkelch im bayrisch- österreichischen Raum) ist vor allem die barocke Stiftsanlage (von C. A. Carlone und J. Prandtauer) sehenswert. Das Stift beherbergt eine umfangreiche Kunstsammlung und eine Bibliothek mit etwa 100.000 Bänden und Handschriften. Der „Mathematische Turm", eine ehemalige Sternwarte mit naturkundlichen Sammlungen, ist der höchste Profanbau der österreichischen Barock-Architektur. Das Augustiner-Chorherrenstift St. Florian geht auf eine karolingische Klostergründung zurück. Die barocke Stiftskirche ist ein Hauptwerk C. A. Carlones, das Stiftsgebäude wurde von J. Prandtauer und J. und M. Steinhuber errichtet. Bemerkenswert sind der Marmorsaal, die Bibliothek, der Adlerbrunnen im Stiftshof und die Kirche. Anton Bruckner wirkte in St. Florian als Stiftsorganist. Er ist unter der nach ihm benannten „Brucknerorgel" begraben.

Picture Section · Pages 83 to 104

Typical Towns
Illustrations 1, 11 - 13, 15, 17, 18 and 36 - 41

Most towns of Upper Austria have preserved their historic centres, or restored them; these old towns have also retained their centuries-old significance for their region and the province as well: Steyr, first noted in 985, chartered since the end of the 13th century, remarkable Gothic and Renaissance burgher houses with attractive courtyards, the city hall is one of the most attractive secular Rococo edifices in Austria, the city has been since the Middle Ages the seat of important iron working industries; Enns is the oldest chartered town in Austria (1212), an important Roman military camp, from 900 on a stronghold against the Hungarians, and has a number of handsome burgher houses, the main tower (built 1554 to 1568) is a major work of the Austrian Renaissance; Wels, once the seat of the Roman civil administration for the province of Noricum is today a centre of industry, commerce and agriculture (trade fairs, markets, produce processing); Schärding is a medieval settlement, around the castle and along the main roads, first noted in 804, chartered in 1316, with particularly noteworthy burgher houses from the 16th to 19th century, an important centre of agriculture; Obernberg on Inn, in the Middle Ages a transshipment depot for salt, with a remarkable main square formed by old high-gabled houses with attractive Rococo façades.

Monasteries and Abbeys
Illustrations 19 - 26

In the development of Upper Austria, the monasteries assumed a decisive role, being for many centuries the centres of cultural, intellectual and also economic life. This role was partially lost during the reign of Emperor Joseph II. There still exist in Upper Austria 47 friaries and branches and 187 convents for nuns, some also having branches. The most prominent orders are the Benedictines, Augustines, and Cistercians. An example of the cultural importance of some abbeys is Kremsmünster, founded in 777 for the Benedictines by the Bavarian Duke Tassilo III, one of the oldest, largest and historically remarkable institutions of its kind in Austria. Worthy of note is the Tassilo Chalice (the oldest chalice used for celebrating the Eucharist preserved in the Austro-Bavarian region), and, furthermore, the Baroque abbey (by C.A. Carlone and J. Prandtauer). The abbey owns also a comprehensive art collection and a library containing about 100 000 tomes and manuscripts. The "Mathematical Tower", formerly an astronomical observatory, now housing a nature collection, is the highest secular structure of Austrian Baroque architecture. The Augustine abbey at St. Florian stems from a Caroline monastery. The Baroque abbey church is one of the main works by C.A. Carlone, the abbey itself was designed by J. Prandtauer and J. and M. Steinhuber. Also remarkable are the marbled hall, the library, the "Eagle Fountain" in the courtyard. Anton Bruckner began his career here as the abbey's organist.

Castles and Palaces
Illustrations 32 - 34

The castles and palaces still preserved in Upper Austria, are mainly from the High Middle Ages and, from the 16th century on, were

Parte fotografica · Pagine 83 fino a 104

Città tipiche
Foto 1, 11 - 13, 15, 17, 18 e 36 - 41

La maggior parte delle città austriache hanno conservato o ripristinato i nuclei antichi; ancor oggi hanno conservato la tradizionale importanza nei confronti della regione e dei dintorni. Steyr, citata per la prima volta in un documento del 983, diritto civico dal 1200, con notevoli case borghesi gotiche dai bellissimi cortili, ha nel municipio una delle più belle costruzioni roccocò profane dell'Austria, dal Medioevo già importante come industria del ferro e di lavorazione dello stesso; Enns, la città più antica dell'Austria, diritto civico nel 1212, già nel periodo romano importante accampamento militare, dal 900 fortezza significativa contro gli Ungheresi, belle case borghesi, la torre della città (costruita dal 1554 al 1568) è un'opera principale del Rinascimento austriaco; Wels, nel periodo romano sede dell'amministrazione civile della provincia Noricum, oggi restaurata con splendida piazza principale e centro della piccola e media industria, commerciale e agricolo, trasformazione e lavorazione dei prodotti); Schärding, insediamento medievale costruito lungo la strada, con fortezza, citata per la prima volta nel 804, diritto civico nel 1316, particolarmente belle sono le vecchie case borghesi del '500 fino all '800 che la rendono una delle cittadine più belle dell'Alta Austria,centro agricolo; Obernberg sull'Inn, nel Medioevo deposito navale per il sale, notevole piazza principale con case dal tetto spiovente e belle facciate roccocò.

Monasteri e Abbazie
Foto 19 - 26

Anche nello sviluppo dell'Alta Austria i monasteri furono molto importanti quali punti di partenza per la crescita storica della regione e come centri che per molti secoli determinarono la vita spirituale, culturale ed economica. Perdettero la loro importanza in parte solo sotto il dominio di Giuseppe II., conosciuto per la sua politica di secolarizzozione degli ordini contemplativi in tutto l'impero. Nell'Alta Austria ci sono 47 monasteri per frati e 187 per suore. Fra gli ordini più importanti si annoverano i Benedettini, gli Agostiniani ed i Cistercensi. Come anche in altre regioni, i monasteri dell'Alta Austria furono portatori dello sviluppo culturale del paese. Un esempio è l'Abbazia Benedettina di Kremsmünster, fondata dal Duca bavarese Tassilo III, nell'anno 777, una delle più antiche grandi ed importanti dal punto di vista storico-culturale. Oltre al calice di Tassilo (più antico calice del territorio austro-bavarese) è l'abbazia barocca di C.A. Carlone e J. Prandtauer. L'abbazia ospita una notevole collezione d'arte e una biblioteca con circa 100.000 volumi e manoscritti. La „Torre Matematica" è un ex osservatorio astronomico con raccolte di carattere scientifico, e la costruzione profana maggiore del Barocco Austriaco. L'Abbazia degli Agostiniani St. Florian risale ad una fondazione di monasteri carolingia. La chiesa barocca è un capolavoro di Carlone, l'abbazia fu costruita da J. Prandtauer e J.M. Steinhuber. Degne di nota sono le sale dei marmi, la biblioteca, la bellissima scalinata, la fontana dell'aquila nel cortile e la chiesa. Il compositore Anton Bruckner fu per molti anni l'organista dell'abbazia di St. Florian. E' sepolto nella chiesa abbaziale sotto „l'organo di Bruckner", il più grande organo dell'Austria.

Bildteil · Seiten 83 bis 104

Burgen und Schlösser
Abbildungen 32 - 34
Die heute noch erhaltenen Burgen und Schlösser Oberösterreichs stammen meist aus dem Hochmittelalter, wurden aber ab dem 16. Jh. als aufwendige Herrschaftssitze erneuert und ausgebaut. Ab diesem Zeitabschnitt dienten sie auch nicht mehr der Sicherung eines Landstrichs, sondern als prunkvolle Darstellung von Macht und Reichtum ihrer Besitzer. Die kirchliche Baukunst wurde auf diese Weise auch auf profane Bauten angewandt. Beispiele sind: die Greinburg in Grein, erbaut Ende des 15. Jh.s, schöner Arkadenhof; Schloß Aistersheim im Bezirk Grieskirchen, eines der schönsten Wasserschlösser der Spätrenaissance in Österreich, 1471 nach Zerstörung einer Burg aus dem 12. Jh. erbaut; Schloß Ort in Gmunden, erstmals erwähnt 1138, im 17. Jh. erneuert, mit zweigeschossigen Arkaden und massivem Torturm. Das Seeschloß Ort ist mit dem Landschloß Ort (erbaut im 17. Jh.) über eine Brücke verbunden.

Spätgotische Schnitzkunst
Abbildungen 28, 30 und 31
Im 15. und 16. Jh. erlebte die spätgotische Schnitzkunst in Oberösterreich eine besondere Blüte. Ein Beispiel der prächtigen Arbeiten aus der damaligen Zeit ist der Flügelaltar in der Pfarrkirche von Kefermarkt, der um 1490 in der Passauer Gegend entstanden sein dürfte. Mitte des 19. Jh.s ließ Adalbert Stifter in seiner Eigenschaft als Schul- und Kulturrat den damals von der Zerstörung bedrohten Altar renovieren. Die Charakterisierung der drei Hauptfiguren dieses Kunstwerks, der Heiligen Petrus, Wolfgang und Christophorus, ist eine Besonderheit. Der Flügelaltar von Gampern (1490) ist der nach den Altären von Kefermarkt und St. Wolfgang bedeutendste spätgotische Flügelaltar von Oberösterreich (Tafelbilder „Gamperner Hölle“). Als schönster gotischer Flügelaltar in Mitteleuropa gilt der Altar von Michael Pacher (hergestellt 1471 - 1481) in der Kirche von St. Wolfgang. Schnitzwerk, Malerei und architektonischer Aufbau verbinden sich zu einem Gesamtkunstwerk. Als Wandelaltar bietet er drei Ansichten: die Werktagsansicht (geschlossene Flügel), die Sonntagsansicht (dominierende Malerei) und die Festtagsansicht (der Schrein mit seinem Schnitzwerk).

Oberösterreichisches Salzkammergut
Abbildungen 2, 16, 45 - 48, 64 und 65
Die Alpen- und Voralpenlandschaft des Salzkammergutes liegt zu drei Viertel in Oberösterreich. Charakteristisch sind neben hohen, verkarsteten Kalkstöcken im Süden und Osten (Dachstein-Massiv, Totes Gebirge) und den Kalkvoralpen (Traunstein, Schafberg und Höllengebirge) sowie den bewaldeten Sandsteinbergen (Kolomansberg) vor allem die etwa 40 kleineren und größeren Seen. Sie liegen in den Wannen ehemaliger eiszeitlicher Gletscher. Die größten Seen des Gebiets gehören zu Oberösterreich. Der Attersee, rund 170 m tief und mit 46,8 km² der größte, ist mit den bekannten Uferorten Attersee (im 9. Jh. bereits Kaiserpfalz, im 13. Jh. Sitz des Salzburger Erzbischofs, Wallfahrtskirche) und Seewalchen (spätgotische Kirche mit bedeutenden spätgotischen Fresken aus 1481) ebenso wie der Traunsee (Fläche 25,7 km², Tiefe rund 190 m) ein beliebtes Sommerfremdenverkehrsgebiet. Die wichtigsten Ufer-

Picture Section · Pages 83 to 104

renovated and enlarged in an expansive manner as manorial mansions. There was no longer a need to control and secure an area from a fortified place, and these mansions served as an ostentatious display of the power and riches of their owners. Ecclesiastical art was thus applied also to secular edifices. Examples in this respect are: the Greinburg at Grein, erected in the late 15th century, with a handsome arcaded courtyard, Aistersheim Palace near Grieskirchen, one of the most beautiful moated palaces of late Renaissance style in Austria, built in 1471 following the destruction of a castle from the 12th century; Ort Palace at Gmunden, first noted in 1138, renovated in the 17th century, two-storeyed arcades and a massive gate tower. The section on a small island is linked by a bridge to the lakeside palace (built in the 17th century).

Late Gothic Sculpture
Illustrations 28, 30 and 31
Late Gothic sculpturing art experienced a distinctive blossoming in Upper Austria during the 15th and 16th century. An example of that epoch is the winged altar at Kefermarkt parish church, probably created about 1490 in the area around Passau. The writer Adalbert Stifter, as provincial school and cultural officer, had the altar renovated in mid-19th century, thus saving it from destruction. A special feature of this work of art is the characterization of the three main figures, i.e. the Saints Peter, Wolfgang and Christopher. The winged altar of Gampern (1490) ranks third in importance of Upper Austrian altars, after those of Kefermarkt and St. Wolfgang, as an important winged Late Gothic altar. (Tableaus with the so-called "Gampern Hell"). Considered the most prominent winged Gothic Altar of Central Europe is that created from 1471 to 1481, in the church of St. Wolfgang. Sculpture, painting and architectural construction are harmoniously joined here into a work of art. As a convertible altar, three different views can be displayed. There is a workday view (wings closed), a Sunday view (painting in dominance) and the arrangement for Holy Days (baring the shrine with its wood carving).

The Upper Austrian Salzkammergut (Salt Estates)
Illustrations 2, 16, 45 - 48, 64 and 65
The Alpine and pre-Alpine landscape of the Salzkammergut is to three quarters located within Upper Austria. Characteristic are not only the high bare limestone crags in the south and east (the Dachstein massif and the Totes Gebirge), the lower limestone alps (Traunstein, Schafberg, Höllengebirge) and the wooded sandstone hills (Kolomansberg), but, above all, the 40 smaller or larger lakes. All lakes are set within troughs carved out by former Ice Age glaciers. The largest lakes of this region are in Upper Austria. The Attersee, about 170 m (560 ft) deep and at 46.8 km² (18 mi²) in area the largest of them, is an important vacation area in summer, its main localities are Attersee, (an imperial residence already in the 9th century, in the 13th century the Salzburg archbishop's see, pilgrimage church) and Seewalchen (Late Gothic church with important Late Gothic frescoes); the Traunsee, 190 m (630 ft) deep, 25.7 km² (10 mi²) in area, a very popular summer resort district. The more important localities

Parte fotografica · Pagine 83 fino a 104

Fortezze e castelli
Foto 32 - 34
Le fortezze ed i castelli dell'Alta Austria ancor oggi esistenti, risalgono al primo Medioevo, vennero poi allargate e rinnovate nel '500 quali sfarzose sedi dei principi. Da quel momento in poi non servirono solo per difendere una zona, ma anche a rappresentare sfarzo, potenza e ricchezza dei proprietari. L'architettura sacrale quindi si applicò anche a quella profana. Esempi: Greinburg a Grein, e con il teatro più antico in Austria, costruita alla fine del '400, bel cortile con arcate, il castello di Aisterheim nel distretto di Grieskirchen, circondato dall'acqua, tardo Rinascimento austriaco, costruito nel 1471 dopo la distruzione di una fortezza del 1200; il castello di Ort a Gmunden, citato per la prima volta nel 1138, rinnovato nel '600, con arcate a due piani ed una massiccia torre con portale. Il castello di Ort sul lago, costruito sulla riva nel '600 è collegato con un ponte, dove si arriva su una passeggiata lungo il lago. Gmunden è situata in posizione favorevole sui pendii di un monte.

Intagli tardo-gotici
Foto 28, 30 e 31
Nel '400 e '500, nell'Alta Austria ci fu una brillante fioritura dell'intaglio tardo-gotico. Esempio dello splendido lavoro di allora è l'altare a pala nella chiesa parrocchiale a Kefermarkt, che sarebbe stato costruito intorno al 1490 nella zona di Passau. Nella metà dell '800 Adalbert Stifter in qualità di consigliere scolastico e culturale, fece rinnovare l'altare già molto compromesso. La caratterizzazione delle tre figure principali di tale opera, San Pietro, Volfango e Cristoforo è una particolarità. L'altare a pala di Gampern (1490), è l'altare più importante dopo quello di Kefermarkt e St. Wolfgang della Alta Austria (dipinti lignei raffiguranti „l'Inferno di Gampern“). Quale altare a pala più bello del tardo-gotico nella Mitteleuropa viene considerato quello di M. Pacher (costruito nel 1471 - 1481) della chiesa di St. Wolfgang. Intagli, pitture e architettura si uniscono per creare una opera completa. Varia nei tre aspetti principali: ali chiuse, l'aspetto feriale, in quello della domenica predomina la pittura e in quello festivo viene valorizzato lo scrigno con i suoi intagli.

Il Salzkammergut dell'Alta Austria
Foto 2, 16, 45 - 48, 64 e 65
Il paesaggio alpino e prealpino del Salzkammergut si trova per tre quarti nell'Alta Austria. Sono caratteristici oltre i massicci di calcare e carsici a sud ed a est (massiccio di Dachstein, Totes Gebirge) e la zona prealpina del calcare (Traunstein, Schafberg e Höllengebirge), nonchè i monti boscosi di arenaria (Kolomansberg), anzitutto i 40 laghi più o meno grandi. Si trovano nei bacini di ghiacciai dell'era glaciale. I laghi più grandi della zona appartengono all'Alta Austria. L'Attersee, con una profondità di 170 m. ed una superficie di 46,8 km². quello maggiore, con le sue località sulle rive, Attersee (nel nono sec. già palatinato imperiale, nel XIII sec. sede dell'arcivescovo di Salisburgo, meta dei pellegrini) e Seewalchen (chiesa tardo-gotica con affreschi importanti del 1481) come anche il Traunsee (superficie 25,7 km², profondità m. 190) è una bellissima zona turistica. Le più importanti località sulla riva del Traunsee sono Gmunden (diritto civico 1301, fino al

Kefermarkt, spätgotischer Schnitzaltar. St. Christophorus, eine der drei Hauptfiguren.

Kefermarkt. The Late Gothic sculptured altar. St. Christopher, one of the three main figures.

Kefermarkt, altare ad intagli tardo-gotico. S. Cristoforo, una delle tre figure principali.

Attersee, 20 km lang, besonders beliebt bei Wassersportlern (Segelwettbewerbe).

The Attersee, 20 km (abt. 12 mi) long, is particularly suitable for water sports (sailing contests).

Attersee, lungo 20 km, particolarmente adatto agli sport acquatici (gare di vela).

St. Wolfgang, Bürgerhaus (1528). Im Mittelalter einer der berühmtesten Wallfahrtsorte.

St. Wolfgang. A burgher house (1528). Most famous place of pilgrimage in the Middle Ages.

St. Wolfgang, casa borghese (1528). Nel medioevo uno dei centri per pellegrini più famosi.

Bad Ischl, ehemalige kaiserliche Sommerresidenz, Landschaftsgarten, Detail.

Bad Ischl. Landscaped garden on the grounds of the former imperial summer residence.

Bad Ischl, ex-residenza estiva imperiale, giardino, particolare.

Hallstatt, Fronleichnams-Prozession mit Booten auf dem Hallstätter See.

Hallstatt. The Corpus Christi procession on boats across the lake.

Hallstatt, processione con barche sul lago di Hallstatt a Corpus Domini.

orte des Traunsees sind Gmunden (Stadtrecht seit 1301, bis 1850 Salzmetropole, mit Seeschloß Ort und dem Traunstein), Traunkirchen und Ebensee (mit Solbad und Salzsudwerk und den Gassl-Tropfsteinhöhlen). Im Mondsee (14,2 km², fast 70 m tief) haben sich Reste frühgeschichtlicher Besiedlung (Pfahlbauten) erhalten. Der Hauptort ist Mondsee, in frühgeschichtlicher Zeit Kulturzentrum, mit einem 748 gegründeten und 1791 aufgelösten Benediktinerstift. Die wichtigsten Uferorte am Wolfgangsee (13,2 km², etwa 115 m tief) mit der Falkensteinwand (Echo-Wand) und dem Schafberg an seinen Ufern sind St. Wolfgang, seit 1421 Markt (Kirche mit Flügelaltar von Pacher) und St. Gilgen (in Salzburg). Hallstatt am Hallstätter See (13 km², 125 m tief, von Steilwänden umschlossen) war ein Zentrum der stein- und bronzezeitlichen Kultur (Hallstattkultur). Bad Ischl, Herz des Salzkammergutes und bedeutendstes Solebad Österreichs, war in der 2. Hälfte des 19. Jh.s kaiserliche Sommerresidenz und ein Mittelpunkt der damaligen Künstlerwelt.

Hallstatt, Hallstattkultur
Abbildungen 45 und 46

Das Gebiet um Hallstatt war die Wiege der Hallstattkultur, einer kulturgeschichtlichen Epoche der Älteren Eisenzeit (ca. 800 bis 380 v.Chr.). Dieser Zeitabschnitt war auch die erste wirtschaftliche Glanzzeit Österreichs, ihr Einfluß erstreckte sich von Frankreich über Deutschland und das Sudetengebiet bis nach Makedonien. In der älteren Hallstattkultur (bis etwa 600 v.Chr.) wurde noch hauptsächlich Bronze verwendet (bedeutendstes Fundstück aus dieser Zeit ist der Strettweger Kultwagen). Für die jüngere Hallstattkultur ist die ausschließliche Verwendung von Eisen zur Waffenerzeugung und die von Bronze für Geschirr und Schmuck charakteristisch. In dieser Epoche dominierte der Salzabbau und der Salzhandel mit vielen Gebieten Europas, der den damaligen Landesherren zu großem Reichtum verhalf (bedeutendste Fundstätte ist das Gräberfeld am Salzberg bei Hallstatt). Auch heute noch hat der Salzbergbau neben dem Fremdenverkehr Bedeutung. Da der Friedhof wegen Raummangels alle zehn Jahre erneuert werden muß, sind die im Beinhaus von Hallstatt bewahrten Gebeine und Totenschädel mit Namen versehen.
Nicht nur, weil der Ort eines der frühesten Kulturzentren der Menschheit ist, auch wegen der großartigen Bergwelt (Dachstein) und der gewaltigen Naturschauspiele der Rieseneis- und Mammuthöhle ist Hallstatt ein Anziehungspunkt im Salzkammergut.

Wirtschaft
Abbildungen 59 und 60

Schwerpunkte der Wirtschaft Oberösterreichs sind Eisen- und Stahlindustrie, Metallverarbeitung, chemische Industrie, Maschinenbau (Linz, Steyr, Ranshofen), Holzverarbeitung und Agrarindustrie. Bis vor dem Zweiten Weltkrieg war Oberösterreich aber vor allem ein Bauernland mit nur wenigen, traditionsreichen Industriebetrieben in den Städten. Trotz dieser starken Industrialisierung in den letzten Jahrzehnten hat sich traditionelles Handwerk und Brauchtum erhalten. Beispiele dafür sind die Gmundner Keramik, die Weber im Mühlviertel oder Veranstaltungen wie die „Gamsbartolympiade" in Bad Goisern.

around the lake are Gmunden (chartered since 1308, until 1850 the metropolis of salt trading, with the Ort palaces and Mt. Traunstein), Traunkirchen and Ebensee with its salt evaporating plant and brine baths, also the Gessl limestone caves. Remnants of prehistoric settlements (pile dwellings) have been preserved in the Mondsee, 14.2 km² (5.5 mi²) and nearly 70 m (230 ft) deep. The main town at the lake is Mondsee, a prehistoric centre of culture, with a Benedictine abbey, founded in 748 and dissolved in 1791. The Wolfgangsee extends for 13.2 km² (5 mi²) and is up to 115 m (380 ft) deep. The main localities on its shores are St. Wolfgang, a market town since 1421 with the Falkenstein cliff (echo cliff) and its church containing the winged altar by Pacher, and St. Gilgen (in Salzburg province). Hallstatt on Lake Hallstatt, 13 km² (5 mi²) in area, 125 m (410 ft) deep and ringed by steep cliffs, was a centre of Bronze Age (Hallstatt) culture. Bad Ischl, the most important brine spa of Austria, was the imperial summer residence from the second half of the 19th century, and also a place attracting many artists in summer, among which the composers Brahms, Bruckner, Lehar, and many stars of opera and operetta.

Hallstatt, Lake Hallstatt
Illustrations 45 and 46

The area around Hallstatt was the cradle of Hallstatt culture, an epoch of the Older Iron Age (abt. 800 to 380 BC). This period also was the time of the first economic upswing in Austria, and its influence extended from France via Germany and the Sudeten area of Bohemia all the way down to Macedonia. During the older Hallstatt period (until about 600 BC) bronze was mainly used (the most significant find of this time is the ceremonial carriage of Strettweg). Characteristic for the younger Hallstatt period is the exclusive use of iron for weapons, and bronze for utensils and ornaments. Economically dominating at that time were salt mining and the trade in salt with numerous regions in Europe, thus greatly adding to the wealth of the rulers (the most remarkable site of prehistoric finds is the burial ground on Salzberg above Hallstatt). Today still, salt mining takes its place next to tourism. Since the cemetery must be evacuated every ten years, due to its limited size, the bones and skulls of the exhumed dead are then deposited in the charnel house, and inscribed with the deceaseds' names. Hallstatt is unique, not only by its importance for the history of mankind, but also by its location between the deep lake and the sheer mountainsides.

The Economy
Illustrations 59 and 60

The main fields of economic activity in Upper Austria are the iron and steel industries, metal fabrication, chemical products, engineering works (the respective centers being Linz, Steyr and Ranshofen), wood processing and agriculture. Until the Second World War, Upper Austria was, first of all, agricultural with only some traditional industries in cities and towns. For centuries Salt has been obtained in the Salzkammergut. This strong industrialization notwithstanding, traditional crafts and customs have been preserved. Examples are ceramics from Gmunden, the weavers in Mühlviertel and events like the "Chamois Brush Olympics" at Bad Goisern.

1850 metropoli del sale, con il castello sul lago Ort e il Traunstein), Traunkirchen con pulpito barocco a forma di rete da pescatore nella chiesa parrocchiale e una processione con barche tradizionalmente decorate sul Traunsee per la festa di Corpus Domini ed Ebensee (località termale e zona di estrazione del sale e le caverne con stalattiti). Nel Mondsee si sono trovati resti di un insediamento preistorico (palafitte), lago con una superficie di 14,2 km², e profondo quasi 70 m. La località principale è Mondsee, in tempi preistorici un centro culturale con un'abbazia benedettina fondata nel 748 e abbandonata nel 1791. Le principali località sul Wolfgangsee (13,2 km², profondità m. 115) con la parete del Falkenstein (parete con eco) e lo Schafberg sono sulle rive di St. Wolfgang, borgo dal 1421 (chiesa con altare di Pacher) e St. Gilgen (nel Salisburghese). Hallstatt sul lago di Hallstatt (superficie 13 km², profondità m. 125, circondato da pareti ripide) fu un centro culturale nella età della pietra e nell'età del bronzo (Cultura di Hallstatt). Bad Ischl, il cuore del Salzkammergut, la località termale più importante dell'Austria, fu nella seconda metà del '800 la residenza estiva imperiale e centro del mondo artistico di allora e si sente ancora l'atmosfera della monarchia. E' da consigliare fare un salto alla famosissima pasticceria „Zauner" con tante specialità assai splendide.

Hallstatt, Cultura di Hallstatt
Foto 45 e 46

La zona intorno ad Hallstatt fu la culla della cultura di Hallstatt, un'epoca storico-culturale della età antica del ferro (dal 800 al 380 a.C. circa). Quest'epoca fu anche il primo periodo di splendore economico dell'Austria, il suo influsso andò dalla Francia attraverso la Germania e dal territorio dei Sudeti fino alla Macedonia. Nell'età più antica della cultura di Hallstatt (fino a circa '600 a.C.) si usò ancora prevalentemente il bronzo (il reperto più significativo di questo periodo è il carro di culto di Strettweger). Per la cultura di Hallstatt più recente è tipico l'uso esclusivo di ferro per la produzione delle armi e quello del bronzo per il vasellame e i gioielli. In quell'epoca dominavano l'estrazione del sale ed il commercio con lo stesso in vaste zone dell'Europa il che portò grandi ricchezze ai signori di allora, (zona con reperti notevoli è il campo con tombe sul Salzberg di Hallstatt). Oltre al turismo è ancora oggi molto importante l'estrazione del sale. Dato che per mancanza di spazio il cimitero va risistemato ogni dieci anni, le ossa ed i crani conservati nello ossario portano i nomi.

Economia
Foto 59 e 60

I baricentri dell'economia della Alta Austria sono l'industria del ferro, dell'acciaio, la lavorazione dei metalli, l'industria chimica, la costruzione di macchine (Linz, Steyr, Ranshofen), la lavorazione del legno e l'industria agraria. Fino a prima della Seconda Guerra Mondiale l'Alta Austria fu prevalentemente zona contadina con poche aziende industriali tradizionali nelle città. Nonostante questa forte industrializzazione negli ultimi decenni l'artigianato ed i costumi tradizionali si sono conservati. Gli esempi sono la ceramica di Gmunden, i tessitori nel Mühlviertel, oppure rappresentazioni come le Olimpiadi delle criniere dei camosci a Bad Goisern.

Bildteil · Seiten 105 bis 126

Erläuterungen zu den Bildern aus Salzburg

Großlandschaften
Abbildungen 2, 37, 41, 42, 44 und 52 - 57

Salzburg, zu über 80 Prozent Gebirgsland, erhielt seinen Namen auf Grund des Salzreichtums. Das Land hat an den Zentralalpen, den Kalkalpen, den Voralpen sowie am hügeligen Alpenvorland Anteil. Es wird in den Flachgau (Alpenvorland und Salzburger Salzkammergut), den Tennengau (Bezirk Hallein), den Pongau (Bezirk St. Johann i. P.), den Pinzgau (Bezirk Zell am See) und den Lungau (Bezirk Tamsweg) unterteilt. Das Land Salzburg hat ein niederschlagsreiches Klima, im Lungau liegt der Kältepol Österreichs (Talkessel von Tamsweg). Die wichtigsten Flüsse des Landes sind die Salzach und die Saalach, in deren Tälern es die größte Bevölkerungsdichte und wichtige Industrieansiedlungen gibt. Die Gebirgsregionen Salzburgs haben neben einer besonders artenreichen Tier- und Pflanzenwelt auch Bodenschätze, wie Salz, Kupfer, Magnesit und Marmor. In den nördlichen Kalkalpen sind geologisch bedingte unterirdische Wasserläufe und Höhlensysteme Anziehungspunkte (z.B. Eisriesenwelt im Tennengebirge).

Landeshauptstadt Salzburg
Abbildungen 1 - 10 und 15 - 27

Im Gebiet der heutigen Stadt Salzburg gibt es bereits Siedlungsnachweise aus der Jungsteinzeit und der Römerzeit. Unter ihrem heutigen Namen wurde die Stadt erstmals 755 erwähnt, sie erhielt 996 das Markt- und Münzrecht, 1287 das Stadtrecht. Bereits im 8. Jh. war Salzburg Sitz einer Diözese, unter Karl dem Großen wurde Salzburg Erzdiözese. Durch Salzabbau und Salzhandel nahm die Stadt wirtschaftlich großen Aufschwung. Ihrer Bedeutung für die Missionierung Mitteleuropas wie auch für den Nord-Süd-Handel entsprechend, ist sie schon seit über einem Jahrtausend kulturelles Zentrum der ganzen Region. In Salzburg gibt es auch eine besondere Fülle noch erhaltener Baudenkmäler, die die Bedeutung der Stadt in den vielen Epochen ihrer Geschichte erzählen. Das heutige Stadtbild ist von Renaissance und Barock geprägt, die Prachtbauten stammen vielfach von den Baumeistern J. B. Fischer v. Erlach und Lukas v. Hildebrandt, die Fresken und Malereien von Rottmayr, Troger und Altomonte. Die wichtigsten Salzburger Bauwerke im folgenden: das Benediktinerstift St. Peter, um 690 gegründet und damit das älteste auf deutschem Boden, mit der ältesten Bibliothek Österreichs (Schreib- und Malstube), der Stiftskirche St. Peter, romanisch erbaut im 12. Jh., im 17. Jh. barockisiert; auf dem Nonnberg wurde um 700 das gleichnamige Frauenkloster gegründet, es ist das älteste noch erhaltene seiner Art im deutschen Sprachraum und hat eine romanisch erbaute Stiftskirche (später barockisiert). Sehenswert ist weiters der Petersfriedhof mit seinen sieben Kapellen, der älteste des deutschen Sprachraums. Die Residenz wurde ursprünglich im 12. Jh. erbaut, um 1600 aber neu errichtet, mit vielen hervorragend gestalteten Prunkräumen, darunter auch der Carabinierisaal mit Fresken von Rottmayr. Der heutige Dom, errichtet Anfang des 17. Jh.s von S. Solari, steht auf den Grundmauern von drei mittelalterlichen Domkirchen (die älteste stammt aus dem

Picture Section · Pages 105 to 126

Notes to the Illustrations on Salzburg Province

Major Landscapes
Illustrations 2, 37, 41, 42, 44 and 52 - 57

Salzburg Province is alpine country for more than 80 percent of its area. Abundant salt deposits gave the province its name. The topography is shaped by the Central Alps, the Limestone Alps, the Lower Alps and the hilly pre-Alpine country. The province is divided into several regions, i.e. the Flachgau (pre-Alpine country and Salzkammergut - the salt mining area), Tennengau (Hallein district), Pongau (St. Johann district), Pinzgau (Zell am See district) and Lungau (Tamsweg district). The climate is rich in precipitation, and Austria's coldest point is in the Tamsweg basin in the Lungau. The more important rivers are the Salzach and Saalach, their valleys containing the highest density of population and noted centres of industry. The mountain regions of Salzburg are not only the home of a multitude of varieties in their fauna and flora, but also rich in natural resources such as salt, copper, magnesite and marble. An attraction in the northern Limestone Alps are the subterranean cave systems and creeks.

Salzburg, the Provincial Capital
Illustrations 1 - 10 and 15 - 27

The area of today's Salzburg city was settled already in the Younger Stone Age and in Roman times. The present name was first noted in documents in 755. The city obtained market and minting privileges in 998, and a charter in 1287. Salzburg was a bishop's see already in the 8th century, and elevated to an archbishopric under Charlemagne. Salt mining and the salt trade were the basis for the city's economic blossoming. The city of Salzburg had a significant role in the Christianization of Central Europe and also as a hub of north-south commerce, and has been the cultural centre for the entire region for more than thousand years. The city also contains a host of architectural monuments, all testifying to the importance of the city over various epochs. Today's city is characterized by the Renaissance and Baroque styles. Some of the grandiose edifices were designed by J.B. Fischer von Erlach or Lukas von Hildebrandt, and frescoes and murals by Rottmayr, Troger and Altomonte graced their interior. Outstanding in their architecture are: the Benedictine abbey of St. Peter's, founded about 690 and thus the oldest monastery in German-speaking Europe, the abbey contains Austria's oldest library (with its scriptorium). The abbey's church dates from the 12th century and was adapted in the Baroque style in the 17th century. About 700, the nunnery was founded on the Nonnberg, giving its name to the hill, the oldest still preserved monastery of this type in German-speaking lands, with a remarkable Romanesque church (later on adapted in the Baroque manner). Worth seeing is, furthermore St. Peter's cemetery with its seven chapels. The Residence was originally constructed in the 12th century, and rebuilt about 1600 and boasts of a number of outstandingly furnished state halls, among which the Carabinieri Hall with frescoes by Rottmayr. The cathedral, built in the early 17th century, stands on the foundations of three medieval cathedrals. The cathedral is distinguished by its impressive dome. Remarkable there are

Parte fotografica · Pagina 105 fino a 126

Spiegazioni sulle foto del Salisburghese

Paesaggi
Foto 2, 37, 41, 42, 44 e 52 - 57

Il Salisburghese zona montagnosa per l'ottanta per cento ebbe il suo nome grazie alla ricchezza di sale. Nella regione si trovano le Alpi Centrali, quelle Calcaree, le Prealpi e la zona prealpina collinosa. Si suddivide in Flachgau (zona prealpina e Salzkammergut Salisburghese), il Tennengau (distretto di Hallein), il Pongau (distretto di St. Johann im Pongau), il Pinzgau (distretto di Zell am See), e il Lungau (distretto di Tamsweg). La regione ha un clima molto piovoso, nel Lungau si trova la località più fredda dell'Austria (valle di Tamsweg). I fiumi più importanti sono il Salzach e il Saalach nelle cui valli si trovano sia la maggiore densità di popolazioni sia i principali insediamenti industriali. Le regioni montagnose del Salisburghese presentano oltre a una fauna e flora ricchissime anche ricchezze del sottosuolo come sale, rame, magnesite e marmo. I punti d'attrazione nelle Alpi sono i corsi d'acqua sotterranei e estesi sistemi di caverne.

Capoluogo di regione Salisburgo
Foto 1 - 10 e 15 - 27

Sul territorio dell'attuale città di Salisburgo ci sono tracce di insediamenti già dal neolitico e dal periodo romano. Con il suo nome odierno la città venne citata per la prima volta nel 755, nel 996 ebbe il diritto di borgo e di coniazione, nel 1287 il diritto civico. Già nell'VIII sec. Salisburgo fu sede di una diocesi, sotto Carlo Magno diviene arcidiocesi. Grazie all'estrazione e al commercio di sale la città visse un rilancio economico rilevante. La sua importanza era tale da influenzare la conversione nel Mitteleuropa come il commercio tra nord e sud ed infatti era già da oltre un millennio il centro culturale dell'intera regione. A Salisburgo c'è anche un'infinità di monumenti che raccontano l'importanza della città nelle varie epoche. L'aspetto odierno di Salisburgo è coniato dal Rinascimento e dal Barocco e le costruzioni sfarzose sono di Johann Fischer von Erlach e di Lukas von Hildebrandt, gli affreschi e le pitture di Rottmayr, Troger e Altomonte. I monumenti più notevoli di Salisburgo qui di seguito: il Convento Benedettino di San Pietro, fondato nel 690 e quindi il più vecchio in territorio tedesco con la Biblioteca più antica dell'Austria (scriptorium e studio di pittura), la chiesa conventuale di San Pietro del XII sec. romanica e barocchizzata nel '600. Sul Nonnberg nel 700 venne fondato l'omonimo monastero di suore ed è il più antico nel suo genere ancora conservatosi nell'area tedesca e presenta una chiesa conventuale originariamente romanica (poi barocchizzata). Degno di essere visto è inoltre il cimitero di San Pietro con le sue sette capelle, il più antico nell'area di lingua tedesca. La residenza fu costruita in origine nel XII sec. intorno al 1600 però nuovamente costruita e presenta molte sale sfarzose tra cui anche la Sala dei Carabinieri con affreschi di Rottmayr. L'attuale Duomo costruito all'inizio del '600 da S. Solari sta sulle fondamenta di tre duomi medievali (il più antico dell'VIII sec.) ed ha una splendida cupola. Sono inoltre notevoli il fonte battesimale i bellissimi lavori di stucco e pitture e il Tesoro del Duomo. La Chiesa dei Francescani costruita nel XIII sec. ha

Hellbrunn. Lustschloß und Lustgarten im Stil des Manierismus, eine Attraktion Salzburgs.

Hellbrunn. The pleasure palace and gardens — manneristic style — one of the city's attractions.

Hellbrunn. Residenza estiva con giardino nello stile del Manierismo.

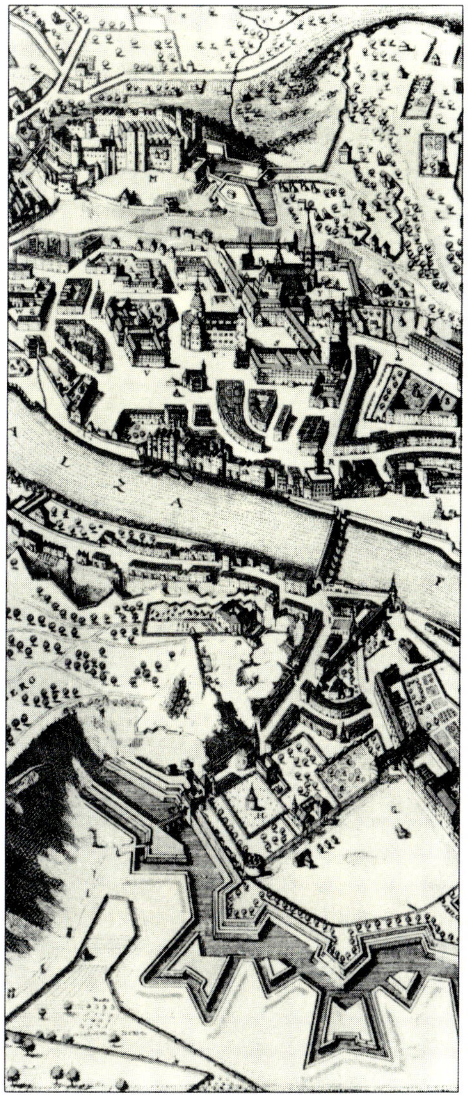

Salzburg. Darstellung aus Matthäus Merian, „Topographia Bavariae", 1644. Ausschnitt.

Salzburg. Detail from Matthew Merian's „Topographia Bavariae", 1644.

Salisburgo. Rappresentazione di Matthäus Merian, „Topographia Bavariae", 1644, particolare.

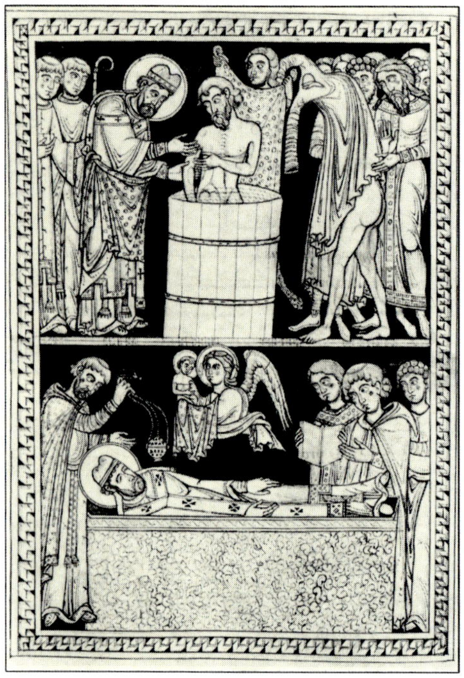

Hl. Rupert, Gründer des Salzburger Bistums. Buchmalerei, Antiphonar von St. Peter, um 1150.

St. Rupert, founder of the Salzburg bishopric. Antiphonary of St. Peter's Abbey, about 1150.

San Ruperto, fondatore del episcopato di Salisburgo. Antifonario di S. Pietro, intorno al 1150.

Hallein, ehemaliges Salinenamtsgebäude. Ausstellung über die Geschichte der Salzgewinnung.

Hallein. The former mining board building. Exhibition on the history of salt mining.

Hallein, ex-ufficio delle saline. Mostra dell'estrazione del sale.

Burg Mauterndorf im Lungau, Burghof und Bergfried mit Fresko (um 1500).

Mauterndorf Castle in Lungau. Courtyard and tower with frescoes (about 1500).

Fortezza di Mauterndorf nel Lungau, cortile e torre della rocca con affresco (intorno al 1500).

Bildteil · Seiten 105 bis 126

8. Jh.) und hat eine besonders schöne Kuppel. Ein romanisches Taufbecken, die prächtigen Stuckarbeiten und Gemälde und der Domschatz sind bemerkenswert. Die Franziskanerkirche, erbaut im 13. Jh., hat einen Hochaltar von J. B. Fischer v. Erlach und eine Madonnenstatue von Pacher. Weitere wesentliche Bauten sind unter anderen die Universität aus dem 17. Jh., die Felsenreitschule mit der „Pferdeschwemme", alte Bürgerhäuser wie etwa Mozarts Geburtshaus in der Getreidegasse und das Neue Festspielhaus. Das Wahrzeichen der Stadt ist die auf dem Mönchsberg erbaute Festung Hohensalzburg, die größte Burg Österreichs, ursprünglich im 11. Jh. erbaut, später immer wieder umgebaut, mit der „Goldenen Stube" (mit dem schönsten spätgotischen Ofen Österreichs) und der einzigen noch erhaltenen Freiorgel („Salzburger Stier" aus 1502). Schloß Mirabell, erbaut 1606 und von Lukas v. Hildebrandt im 18. Jh. erweitert und barockisiert, mit Marmorsaal und Marmorstiege und dem prächtigen Mirabellgarten ist heute Sitz des Bürgermeisters. Das Lustschloß Hellbrunn, Anfang des 17. Jh.s von S. Solari für den Erzbischof barock errichtet, ist nicht nur innen prächtig ausgestattet, sondern hat auch den ältesten Barockpark Österreichs mit Wasserspielen, Grotten und dem Felsentheater (erstes Freilichttheater nördlich der Alpen).

Hallein
Abbildungen 11 - 14
Hallein, 1198 urkundlich erwähnt, seit 1230 Stadt, war eine bedeutende Keltensiedlung und im Mittelalter Zentrum des Salzabbaus in Mitteleuropa. Das alte Stadtbild von Hallein ist fast zur Gänze erhalten geblieben. Neben alten Befestigungsanlagen sind das Schloß Wiespach aus dem 13. Jh., die Stadtpfarrkirche aus dem 12. Jh., die Peterskapelle und die Bürgerspitalskirche, beide aus dem 14. Jh., von Bedeutung. Sehenswert ist weiters das Salinenamtsgebäude (1654), in dessen „Fürstenzimmern" sich über 70 Darstellungen (1775) des historischen Salinenbetriebes befinden. Das Keltenmuseum besitzt wertvolle Funde vom Dürrnberg. In Hallein wohnte Franz Xaver Gruber, Komponist des Liedes „Stille Nacht, heilige Nacht". Zur Stadt gehört auch Dürrnberg, ein Höhenkurort mit Solebädern und der zu den ältesten Mitteleuropas zählenden Salzgrube (Tiefe bis zu 500 m) sowie der bekannten, aus Marmor errichteten Wallfahrtskirche. Hallein ist heute einer der wenigen Industrieorte Salzburgs.

Burgen und Schlösser
Abbildungen 6, 22, 23, 24, 26, 27, 28 und 31
Entlang der wichtigen Flußtäler Salzburgs wurden früher zum Teil sehr mächtige, stark befestigte Burgen errichtet. Neben der Burg Hohensalzburg ist Hohenwerfen ein wichtiges Beispiel. Diese Burg wurde 1077 erbaut und im 16. Jh. im Stil der italienischen Festungsbauten erweitert. Sie wurde im Salzburger Bauernkrieg teilweise zerstört, war Aufbewahrungsort der bayrischen Kriegskasse im Schwedenkrieg und ist heute Gendarmerieschule und Jugendherberge. Die Burg Mauterndorf liegt an einem uralten (römische Nord-Süd Verbindung) Verkehrsweg. Sie wurde im Auftrag des Salzburger Domkapitels 1253 auf den Grundmauern eines römischen Kastells errichtet. Ein Fresko auf dem Bergfried aus der Zeit um 1500 und die

Picture Section · Pages 105 to 126

also the Romanesque baptismal font, the magnificent frescoes and paintings and the works of art in the treasure vault. The Franciscan church, dating from the 13th century, features a high altar by J.B. Fischer von Erlach and a Madonna statue sculptured by Michael Pacher. Further monuments of architecture are the university building from the 17th century, the Felsenreitschule and the "Pferdeschwemme" (a former riding school between cliffs and a horse-watering fountain) and old burgher houses such as Mozart's birthplace in Getreidegasse and, of younger date, the New Festival House. The city's landmark, however, is Hohensalzburg fortress on Mönchsberg, Austria's largest castle, originally built in the 11th century, and repeatedly adapted or rebuilt in later years, containing the "Golden Chamber" (with the most beautiful Late Gothic tile stove in Austria) and the only still preserved free-standing organ ("The Salzburg Bull" from 1502). Mirabell Palace, built in 1606 and extended in the 18th century by Lukas von Hildebrandt has a marble hall and marble staircase and is surrounded by the splendid Mirabell Garden. Today, the palace is the seat of the mayor's offices. The pleasure palace of Hellbrunn, erected in the early 17th century for the archbishop by S. Solari in the Baroque style, has not only a splendid interior, but also the oldest Baroque gardens of Austria, renowned by its ingeniously arranged fountains, grottoes and the theatre in the cliffs, which is the first open-air theatre north of the Alps.

Hallein
Illustrations 11 - 14
Hallein, first noted in documents 1198, township since 1230, was an important Celtic settlement and, in the Middle Ages, the centre of salt mining in Europe. The old town has been preserved nearly complete. Remarkable are, apart from the old fortifications, Wiesbach Palace from the 13th century, the parish church from the 12th century, St. Peter's chapel and the hospital church, both from the 14th century. Worth seeing is also the former mining board building (1654), its "Princes' Rooms", containing more than 70 representations (from 1775) of salt mining history. Hallein also has a Celtic museum with many finds from the Dürrnberg. Franz Xaver Gruber, composer of "Silent night, holy night" was a native of Hallein. The Dürrnberg is a spa with curative brine baths and the site of the salt mine which is one of Europe's oldest (up to 500 m - 1650 ft - deep) and is crowned by the marble pilgrimage church. Today, Hallein is one of the few industrial towns of Salzburg.

Castles and Palaces
Illustrations 6, 22, 23, 24, 26, 27, 28 and 31
Castles, some powerful and strongly fortified, were built in former times in the more important valleys of the province. Apart from Hohensalzburg, Hohenwerfen is an impressive example of fortifications. It was built in 1077 and extended during the 16th century in the style of Italian fortresses. During the Peasant Wars it was partially destroyed, was depository for the Bavarian war chest during the Thirty Years' War, and today contains a police school and a youth hostel. Mauterndorf Castle is sited on an ages-old (Roman

Parte fotografica · Pagine 105 fino a 126

un altar maggiore di Johann B. Fischer von Erlach e una statua della Madonna del Pacher. Altre costruzioni essenziali sono l'Università del '600, la scuola d'Equitazione Invernale e la Fontana dei Cavalli, case borghesi antiche come per esempio la casa natia di Mozart nella Getreidegasse e il nuovo Palazzo del Festival. Il simbolo della città è la Fortezza di Hohensalzburg costruita sul Mönchsberg. E' la maggiore fortezza del Salisburghese, originariamente dell'XI sec., poi ampliata e trasformata, con la „Stanza d'Oro" (con la stufa più bella tardo gotica dell'Austria) e l'unico organo all'aperto ancora conservato („Toro salisburghese" del 1502). Il castello di Mirabell costruito nel 1606 ed ampliato e barocchizzato da Lukas von Hildebrandt con sala e scala di marmo e lo splendido giardino di Mirabell è la sede del Sindaco. La residenza estiva di Hellbrunn, allestita all'inizio del '600 per l'Arcivescovo da S. Solari in stile barocco non solo bella all'interno ma anche con il parco barocco più antico dell'Austria con giochi d'acqua, grotte e il teatro nella roccia (primo teatro all'aperto a nord delle Alpi). Non solo durante il periodo del Festival Salisburgo è una metropoli culturale dove gli spettacoli giungono all'apice non solo per la gran scelta del programma ma anche per i nomi più rinomati di tutti i palcoscenici del mondo. Ma anche durante tutto l'anno si può notare che l'offerta di manifestazioni culturali gode già di un'ottima fama. Va citato per es. anche il Museo Carolino-Augusteum dove la qualità delle esposizioni mantiene sempre un ottimo livello.

Hallein
Foto 11 - 14
Hallein citata in un documento del 1198, città dal 1230 fu un insediamento celtico notevole e nel Medio Evo centro dell'estrazione del sale nel Mitteleuropa. L'aspetto antico di Hallein si è quasi interamente conservato. Oltre alle fortificazioni antiche il castello Wiespach del XII sec., la chiesa parrocchiale del XII sec., la Capella di San Pietro e la Chiesa dell'Ospedale tutte e due del '300 sono importanti. Degno di essere visto è inoltre il Palazzo dell'Ufficio delle Saline (1654), nelle cui stanze „principesche" si trovano oltre settanta rappresentazioni (del 1775) delle saline storiche. Qui c'è pure un museo dei Celti con molti scavi del Dürrnberg. Ad Hallein abitò anche Franz Xaver Gruber il compositore della canzone „Astro del Ciel". Fa parte della città il Dürrnberg una stazione climatica e termale e una delle saline più antiche della Mitteleuropa (profondità fino a 500 m.) nonché la chiesa dei Pellegrini di marmo ben conosciuta. Oggi Hallein è una delle poche località industriali del Salisburghese.

Castelli e Fortezze
Foto 6, 22, 23, 24, 26, 27, 28 e 31
Lungo le valli più importanti del Salisburghese si costruirono fortezze imponenti e ben fortificate. Oltre alla fortezza di Hohensalzburg un esempio notevole è Hohenwerfen. Questa fortezza ben eretta nel 1077 e ampliata nel XVI sec. nello stile delle costruzioni fortificate italiane. In parte fu distrutta nella guerra dei contadini salisburghesi e fu pure qui custodito l'erario di cassa bavarese nella guerra contro gli Svedesi e oggi è una scuola per carabinieri ed un ostello per la gioventù. Anche la fortezza di Mauterndorf si

Bildteil · Seiten 105 bis 126

Schloßkapelle mit gotischem Flügelaltar und gotischen Fresken sind besonders sehenswert. Der Ort war die erste bekannte Mautstelle des Ostalpenbereiches. Zu den wichtigsten Salzburger Schlössern zählen Mirabell, Hellbrunn und Kleßheim in der Stadt Salzburg selbst. Im Land Salzburg entstanden Schlösser hauptsächlich im Tal der Salzach zwischen den Städten Salzburg und Hallein, im Becken von Tamsweg, im oberen Pinzgau und nördlich von Zell am See.

Orte im Lungau
Abbildungen 29 - 31 und 33 - 37
Zu den wichtigsten Orten im Lungau zählen Tamsweg, Mauterndorf und Mariapfarr. Tamsweg, im 13. Jh. gegründet und seit 1558 Markt, ist wirtschaftlicher Mittelpunkt des Lungaus. Bemerkenswerte Bauwerke sind die Dekanatskirche, das Mesnerhaus, das Rathaus, die alten Bürgerhäuser und die Wallfahrtskirche St. Leonhard, eine spätgotische Wehrkirche mit wertvollen Glasgemälden und prächtiger Innenausstattung. Mariapfarr, sonnenreichster Ort Österreichs, ist unter anderem wegen seiner gotischen Pfarrkirche aus dem 15. Jh. und der dort freigelegten romanischen und gotischen Fresken bekannt. Mauterndorf, seit 1217 Markt, ist eine der ältesten Siedlungen des Lungaus. Neben der Burg sind vor allem die Pfarrkirche aus dem 14. Jh., die Gertraud- Kirche im Friedhof (mit den frühesten Renaissance-Altären in Salzburg und der bemalten Holzdecke) sowie die schönen Bürgerhäuser des Ortes aus dem 14. bis 18. Jh. sehenswert.

Großglocknergebiet
Abbildungen 38, 39, 42, 43, 51 und 52
Im südwestlichen Teil Salzburgs liegt das Massiv der Zentralalpen mit der Großglockner- und Großvenedigergruppe, deren Gipfel die höchsten Österreichs sind. Auf Salzburger Seite charakteristisch sind die von eiszeitlichen Gletschern geformten Täler, von Süden nach Norden führend, die durch schroffe Bergrücken getrennt sind. Im gesamten Gebiet ist der Fremdenverkehr von großer wirtschaftlicher Bedeutung. Bekannt ist vor allem die Großglockner Hochalpenstraße, die von Bruck im Salzachtal über das Hochtor (2505 m) nach Heiligenblut und ins Kärntner Mölltal führt. Diese Mautstraße (zwischen Juni und Oktober befahrbar) wurde 1930 - 1935 erbaut. Östlich davon sind Badgastein (mit den bedeutendsten Thermalquellen Österreichs), Bad Hofgastein (im 15. und 16. Jh. vor allem Goldgräberort, heute Kur- und Wintersportort, mit schönen Gewerkenhäusern) und Dorfgastein bekannte Fremdenverkehrszentren. Westlich des Glocknermassivs sind unter anderem die Krimmler Wasserfälle (Fallhöhe insgesamt 380 m), die größten Österreichs, sehenswert. Das Glocknergebiet hat auch durch sein Speicherkraftwerk Kaprun große Bedeutung für die Elektrizitätsgewinnung in Österreichs.

Umgebung von Dienten
Abbildungen 40, 46, 48 und 54 - 56
Das Gebiet der Dientner Berge (Salzburger Schieferalpen) mit ihren almenreichen „Grasbergen" und der Hochkönig liegen im Zentrum des Landes, ihre Bedeutung liegt im Fremdenverkehr und in den Kupfer-, Magnesit- und Graphitlagerstätten. Der Hochkönig, ein bekanntes Schigebiet, ist der einzi-

Picture Section · Pages 105 to 126

north-south route) traffic artery. It was erected in 1253 by order of the Salzburg cathedral chapter on the foundations of a Roman fort. Its keep is decorated with a noted fresco, and especially worth seeing are also the chapel with a winged Gothic altar and Gothic frescoes. Mauterndorf Castle was the first known toll-collecting place in the eastern Alps. In Salzburg city, note should also be taken of the third palace, apart from Hellbrunn and Mirabell, i.e. the Klessheim Palace, built by J.B. Fischer v. Erlach.

Towns and Villages in the Lungau
Illustrations 29 - 31 and 33 - 37
Among the more significant places in the Lungau are Tamsweg, Mauterndorf and Mariapfarr. Tamsweg, founded in the 13th century, market since 1558, is the district's economic centre. Of architectural interest are the Deacon's Church, the sexton's house, the city hall, old burgher houses and the pilgrimage church of St. Leonhard's, a Late Gothic fortified church with valuable glass paintings and grandiose interior furnishings. Mariapfarr, the place with the most sunshine hours in Austria, is known for its Gothic church from the 15th century, and the Romanesque and Gothic frescoes discovered there. Mauterndorf, market since 1217, is one of the oldest settlements in the Lungau. After the castle, its attractions are the parish church from the 14th century, the St. Gertraud's cemetery church (with the earliest Renaissance altars in Salzburg, and the painted ceiling) and the pretty burgher houses from the 14th to the 18th century.

The Glockner Region
Illustrations 38, 39, 42, 43, 51 and 52
The south-western corner of Salzburg contains the massif of the Central Alps with the Grossglockner and Grossvenediger range, with the highest peaks of Austria. Characteristic on the Salzburg side are the valleys carved out by the Ice Age glaciers, running from south to north, and separated from each other by high mountain ridges. The entire region is economically dependent upon tourism. Best known is the alpine Glockner Road from Bruck in the Salzach Valley via the Hochtor (2505 m - 8260 ft) to Heiligenblut in the Möll Valley of Carinthia. This toll road, open from June to October, was built between 1930 and 1935. East of it are Badgastein (with Austria's most important hot springs), Bad Hofgastein (a gold mining village in the 15th and 16th centuries, today a spa and winter sports centre, with attractive mine owners' mansions) and Dorfgastein, all well-known touristic centres. Worth seeing west of the Glockner massif are, inter alia, the Krimml Falls (total height 380 m - 1250 ft), the largest waterfalls of Austria. The Glockner region is also an important factor in the electricity generation of Austria, as it is the site of the pumped-storage power system centred at Kaprun.

Dienten and Environs
Illustrations 40, 46, 48 and 54 - 56
The Dienten Mountains (Salzburg Shale Alps) with their "grass hills" rich in grazing grounds, and the peak of the Hochkönig, are located in the centre of the province. Factors in the economy are tourism, and the deposits of copper, magnesite and graphite. The Hochkönig with its popular skiing area is the

Parte fotografica · Pagine 105 fino a 126

trova lungo una strada antica (passaggio romano tra nord e sud). Su incarico del Capitolo del Duomo di Salisburgo fu eretta sulle fondamenta di un castello romano. Degni di essere visti sono un affresco sulla torre principale della fortezza del 1500 e la Capella del castello con un'altare a pala gotico. E fu la prima località dove si pagava il pedaggio nelle Alpi Orientali. Fra i castelli più importanti salisburghesi si annoverano Mirabell, Hellbrunn e Klessheim nella città di Salisburgo.

Località nel Lungau
Foto 29 - 31 e 33 - 37
Fra le località più importanti del Lungau si annoverano Tamsweg, Mauterndorf e Mariapfarr. Tamsweg fondata nel XIII sec. e borgo dal 1558 è il centro commerciale del Lungau. Monumenti notevoli sono la Chiesa del Decanato, la casa del sacrestano, il Municipio e case borghesi antiche e la chiesa dei Pellegrini di San Leonardo, una chiesa fortificata tardo gotica con pitture preziose su vetro e un allestimento interno sfarzoso. Mariapfarr località più soleggiata dell'Austria è conosciuta tra l'altro per la Chiesa parrocchiale gotica del '400 e gli affreschi romanici e gotici ivi trovati. Mauterndorf, borgo dal 1217 è uno degli insediamenti più antichi del Lungau. Oltre al castello sono degne di essere viste la Chiesa Parrocchiale del 300 la Gertraudkirche nel cimitero (con gli altari rinascimentali più antichi nel Salisburghese ed un soffitto di legno dipinto) nonchè belle case borghesi della località dal '300 al '700.

La zona del Grossglockner
Foto 38, 39, 42, 43, 51 e 52
Nella parte sud occidentale del Salisburghese si trova il Massiccio delle Alpi Centrali con il gruppo del Grossglockner e il Grossvenediger le cui vette sono quelle più alte in Austria. Dalla parte del Salisburghese sono caratteristiche le valli formate dai ghiacciai con direzione nord sud e separate da monti ripidi. In tutta la zona il turismo è di importanza primaria. Ben nota è la strada panoramica del Grossglockner che porta da Bruck nella valle del Salzach attraverso il Hochtor (2505 m.) a Heiligenblut e nella del Möll in Carinzia. Questa strada a pedaggio (percorribile da giugno ad ottobre) fu costruita dal 1930 - 1935. Ad est si trovano Badgastein (con le sorgenti termali più importanti dell'Austria), Badhofgastein (nel '400 e '500 anzitutto località della ricerca dell'oro oggi località di cura e di sport invernali con bellissime case delle corporazioni) e Dorfgastein quali centri turistici. Ad ovest del massiccio del Grossglockner ci sono le cascate di Krimml (dislivello 380 m.) le più grandi dell'Austria e degne di essere viste. La zona del Grossglockner grazie alla sua centrale a serbatoio a Kaprun che fortunamente non ha compromesso il paesaggio nel suo bellissimo aspetto ha grandissima importanza per l'approvigionamento di energia elettrica.

I dintorni di Dienten
Foto 40, 46, 48 e 54 - 56
La zona dei monti di Dienten (le Alpi salisburghesi di scisto) con i suoi „monti ricoperti di verde" e il Hochkönig si trovano nel centro della regione e la loro importanza sta nel turismo e nei giacimenti di rame, magnesite e grafite. Il Hochkönig è un famoso centro sciistico, è l'unico massiccio con ghiacciai

Wallfahrtskirche St. Leonhard bei Tamsweg, Löwenkopf am Südtor (um 1440).

St. Leonhard pilgrimage church near Tamsweg. Lion's head at the southern gate (about 1440).

Chiesa dei pellegrini di S. Leonardo presso Tamsweg, testa di leone sul portale.

Römischer Meilenstein, um 200 n. Chr., Mauterndorf (Straße über die Tauern), Lungau.

A Roman milestone at Mauterndorf in Lungau, on the pass route across the Tauern range.

Miglio romano, intorno al 200 d.C., Mauterndorf/ sulla strada dei Tauri, Lungau.

Blick von der Großglockner-Hochalpenstraße über das Fuscher Tal zur Glockner Gruppe.

View from the Grossglockner road across the Fusch valley toward the Glockner range.

Vista dalla strada panoramica del Grossglockner sulla Valle del Fusch verso il Glockner.

Maria Alm, am Steinernen Meer, Pinzgau. Sommerfrische- und Wintersportzentrum.

Maria Alm on the Steinerne Meer, Pinzgau region. Summer resort and winter sports centre.

Maria Alm, ai piedi del „Mare dei sassi", Pinzgau. Villeggiatura e centro sciistico.

Bad Hofgastein. Bedeutendes Heilbad mit radioaktiven Thermalquellen.

Bad Hofgastein. An important spa with radioactive thermal springs.

Bad Hofgastein. Importante stazione termale con sorgenti radioattive.

ge vergletscherte Bergstock der Salzburger Kalkalpen. Wichtige Orte der Region sind Bischofshofen (erstmals um 700 erwähnt, mit bemerkenswerten romanischen Bauwerken, heute Verkehrsknoten), St. Johann im Pongau (Hauptort des Pongaus, erstmals 1290 erwähnt) und Dienten (vor allem Fremdenverkehr). Das Steinerne Meer nördlich des Hochkönigs ist ein stark verkarstetes Kalkplateau mit zahlreichen Höhlen und ausschließlich unterirdischen Abflüssen und deshalb Naturschutzgebiet.

Bäuerliche Hofformen
Abbildungen 45, 47, 49, 50 und 61
Zu den typischen Salzburger Hausformen zählen im Voralpenland das Ein- oder Haupthaus, im Gebirge der Haufen- oder Paarhof. Im nördlichsten Landesteil gibt es den Innviertler Vierseithof. Für Dorfsiedlungen im Salzburger Land sind weiters zweigeschossige Häuser mit holzverzierten Söllern und Glockentürmchen charakteristisch.

Saalach- und Lofergebiet
Abbildungen 41 und 44
Dieses Gebiet östlich der Tiroler Grenze ist charakterisiert durch die Loferer- und Leoganger Steinberge und durch das Saalachtal. Hauptorte sind Saalfelden (mit alter Pfarrkirche, um 1000 erbaut, schönem Krippenmuseum und drei Schlössern aus dem 16. Jh.), Zell am See (um 740 als Klostersiedlung gegründet, mit alten Bürgerhäusern und Renaissance-Schloß Rosenberg aus dem 16. Jh.), Leogang (mit einer mit Ketten umspannten, barocken Kirche mit gotischem Turm) sowie Lofer (seit 1232 Markt). Das Gebiet wird durch die Gebirgsstöcke der Loferer und Leoganger Steinberge an der Grenze zwischen Salzburg und Tirol gegliedert. Die gesamte Region mit dem 4,7 km² großen Zeller See, den Schigebieten Maria Alm-Hintermoos östlich der Salzach und Saalbach-Hinterglemm westlich davon ist sowohl Sommer- wie auch Winter-Fremdenverkehrsgebiet.

Wirtschaft, Handwerk und Brauchtum
Abbildungen 58, 60 und 62 - 64
In Salzburg haben neben der Land- und Forstwirtschaft schon immer der Bergbau und der Verkehr (Verbindung nach Süden über die Tauernpässe) große Bedeutung. Landwirtschaftlich sind die Almwirtschaft und die Viehzucht (Pinzgauer Rind, Pinzgauer Pferd, Noriker) wesentliche Erwerbszweige. Tradition haben ferner die Salzgewinnung, die Baustoffindustrie (Marmor, Kalk, Gips, Ziegel) und die metallverarbeitende Industrie. Salzburg ist auch ein wichtiger Energielieferant Österreichs. Mit zahlreichen Naturschönheiten, wie den Krimmler Wasserfällen, der Eisriesenwelt im Tennengebirge (größte erschlossene Eishöhle der Erde), der Lichtensteinklamm, den weltbekannten Heilquellen sowie mit der Kunst- und Kulturmetropole Salzburg ist das Land ein Fremdenverkehrsgebiet ersten Ranges. Salzburg ist für die Vielfalt seines ländlichen Brauchtums bekannt. Auch die bodenständige Art, die kirchlichen Feste zu feiern (Palmbuschen und Palmesel, Prangstangen und der vor allem für den Lungau typische Samson-Umzug zu Fronleichnam), wird gepflegt. Die bei diesen Anlässen getragenen und regional eigenständigen Trachten sind besonders kleidsam und ein Begriff.

only glacier-covered peak in the Salzburg Limestone Alps. Noted places are Bischofshofen (first noted in 700, rail and highway junction today) with remarkable Romanesque edifices, St. Johann im Pongau (centre of the Pongau district, first noted in 1290) and Dienten (touristic centre). The "Steinerne Meer" ("stony sea") north of the Hochkönig is a barren limestone plateau (62 mi²) with numerous caves (about 30) and its waters drain only below ground. It is a natural preserve due to this phenomenon.

Rural Architecture
Illustrations 45, 47, 49, 50 and 61
Typical for the rural buildings in Salzburg are the single, or main house in the pre-Alpine region, the dispersed or paired farmstead in the mountains. In the province's North, the four-square farmyard of neighbouring Upper Austria (Innviertel) can also be found. The villages feature also two-storeyed houses with decorated wooden balconies and a further characteristic are the small belfrys on the roof.

The Saalach and Lofer Region
Illustrations 41 and 44
This area east of the Tyrolean border, is characterized by the Lofer and Leogang Stone Hills and the Saalach Valley. Main places are Saalfelden (old parish church from about 1000, interesting manger museum and three palaces from the 16th century), Zell am See (a monastic settlement founded about 740, with old burgher houses and the Renaissance-style Rosenberg House from the 16th century), Leogang with its chain-engirdled Baroque church with a Gothic tower, and Lofer (market since 1232). The entire region, including Lake Zell, (4.7 km² - 1.8 mi²) is an area of intensive touristic activities.Zell am See is the foremost touristic centre of the region, offering many pleasant walks on the mountains over the town, and a network of interconnecting cable cars and chairlifts leading to numerous ski trails that allow gliding down from alpine heights right into the centre of the town.

The Economy and Traditional Customs
Illustrations 58, 60 and 62 - 64
In addition to agriculture and forestry, mining and transport (the southern route across the Tauern passes) have always played an important role in Salzburg province. Agriculture obtains its income from alpine grazing, dairying and livestock raising (Pinzgau cattle, Noricum horses). Traditional are also salt mining, building materials (marble, lime, gypsum, bricks) and the metal working industry. Salzburg is also an important energy supplier for Austria. Numerous natural attractions, such as the Krimml Falls, the giant caves in the Tennengebirge (largest continuous ice caves of the world), the Liechtenstein gorge, world-renowned curative springs, and the city of Salzburg, that metropolis of the arts and culture, have made Salzburg province a top-ranking hub of tourism. This may, perhaps, also be a reason for the careful preservation of old folklore, such as the Perchten parades (with masked and costummed participants), stylish dances, wrestling games and such displaying physical strength, and the continued cultivation of native ways to celebrate religious festivals.

nelle Alpi salisburghesi calcaree. Località importanti sono Bischofshofen (citata per la prima volta intorno al 700 con monumenti notevoli romanici oggi centro di passaggio); St. Johann im Pongau (località principale del Pongau citata per la prima volta nel 1290) e Dienten (anzitutto turistica). Il „Mare dei Sassi" a Nord del Hochkönig è un piano calcareo carsico con numerose caverne, con dei corsi d'acqua sotteranei e perciò una zona che si trova sotto la protezione dell'ambiente.

Forme di case rurali
Foto 45, 47, 49, 50 e 61
Fra le forme delle case tipiche del Salisburghese nella zona prealpina si annovera la casa centrale, in montagna la casa sparsa o parallela. Nella parte più settentrionale c'è anche la casa quadrilatera dell'Innviertel. Sono caratteristiche per i paesi salisburghesi case a due piani con poggioli decorati con legno e con campane sul tetto. Tali case conferiscono a molti paesi un aspetto chiuso.

Zona del Saalach e di Lofer
Foto 41 e 44
Questa zona ad est del Tirolo è caratterizzata dai „monti sassosi" di Lofer e di Leogang dalla Valle del Saalach. Le località principali sono Saalfelden (con antica Chiesa Parrocchiale del 1000, bel Museo dei Presepi e tre castelli del '500), Zell am See (fondata nel 740 come insediamento con monastero, con antiche case borghesi e castello rinascimentale di Rosenberg del '500), Leogang (una chiesa circondata da catene, barocca con campanile gotico), nonché Lofer (borgo dal 1232). Tutta la zona viene articolata dai massicci dei monti di Lofer e di Leogang lungo il confine fra Salisburghese e il Tirolo. Tutta la regione con il lago di Zell di una superficie di 4,7 km², delle zone sciistiche di Maria Alm Hintermoos ad est del Saalach e Saalbach-Hinterglemm ad ovest è contraddistinta da molti turisti che ci arrivano per la villeggiatura o per sciare.

Economia, artigianato ed usanze
Foto 58, 60, e 62 - 64
Nel Salisburghese oltre all'agricoltura e silvicoltura l'industria mineraria e il turismo (verso sud attraverso i passi dei Tauri) hanno grande importanza. Fonti di guadagno notevoli sono l'alpicoltura e l'allevamento del bestiame (buoi e cavalli del Pinzgau, norici). Tradizionali sono inoltre l'estrazione del sale, l'industria e materiali da costruzione (marmo, calcare, gesso, mattoni) e l'industria della lavorazione dei metalli. E' anche un importante fornitore energetico. Con numerose ricchezze naturali come le cascate di Krimml, il mondo dei „Giganti del Ghiaccio" nel Tennengebirge (maggiore caverna di ghiaccio del mondo) la gola di Liechtenstein, con le famosissime sorgenti minerali nonchè la metropoli d'arte e cultura Salisburgo è la regione di turismo di primo rango. Il Salisburghese è anche noto per una grande varietà delle sue usanze rurali. Qui sono altrettanto tradizionali le corse con le maschere con danze di interi gruppi come anche un gran numero di balli figurati, di giochi di dimostrazione di forza e il modo tradizionale di celebrare feste ecclesiastiche vengono mantenuti in maniera particolare. Sono molto belle da vedere le processioni di Corpus Domini dove si gira con palme e asini decorati.

Bildteil · Seiten 127 bis 148

Erläuterungen zu den Bildern aus der Steiermark

Steirische Großlandschaften
Abbildungen 1, 2, 49, 52 - 54 und 70
Die Steiermark wird wegen der Eisenvorkommen (Erzberg) und der eisenverarbeitenden Industrien „Eherne Mark", als waldreichstes Bundesland aber auch „Grüne Mark" genannt. Man unterscheidet die Ober-, Mittel- und Oststeiermark und das Weststeirische Hügelland. Die Obersteiermark umfaßt das steirische Salzkammergut, das obere und mittlere Ennstal, die Mur/Mürz-Furche, die nördlichen Kalkalpen, die steirischen Zentralalpen, die Niederen Tauern und die Eisenerzer Alpen. Die Mittelsteiermark, ein Berg- und Hügelland, besteht aus dem mittleren Murtal und dem Grazer Becken, das Weststeirische Hügelland aus dem Gebiet westlich von Graz und Mur. Die Oststeiermark, auch oststeirisches Hügelland genannt, fällt nach Südosten hin ab und zählt zu den klimatisch begünstigsten Gebieten Österreichs.

Landeshauptstadt Graz
Abbildungen 3 - 15
Graz, heute die zweitgrößte Stadt Österreichs, wurde 1115 erstmals urkundlich erwähnt und erhielt 1281 das Stadtrecht. Einen bedeutenden Aufschwung nahm die Stadt ab 1397 und abermals ab 1564, als sie Residenzstadt der innerösterreichischen Linie der Habsburger war. In der zweiten Hälfte des 16. Jh.s wurde sie befestigt und durch die Heranziehung italienischer Baumeister zum Zentrum der italienischen Renaissance in Österreich. 1586 erhielt die Stadt eine eigene Universität, ab Mitte des 17. Jh.s setzte eine große Barockisierungswelle ein. Die heute bedeutende Industrie-, Handels-, Bildungs- und Kulturmetropole ist seit etwa 1840 Großstadt. Das Wahrzeichen von Graz ist der Uhrturm (erbaut 1561), Bestandteil einer früheren Befestigungsanlage auf dem Schloßberg. Zu den wichtigsten Baudenkmälern zählen der Dom und das sich neben ihm befindliche Mausoleum Kaiser Ferdinands II. Letzteres enthält einen prächtigen Hochaltar von Fischer von Erlach. Eine der wichtigsten frühgotischen Plastiken Österreichs ist die Madonna im Tympanon der Leechkirche. Bemerkenswert sind weiters das Renaissance-Landhaus mit seinem Arkadenhof, das benachbarte Zeughaus (Waffensammlung, ca. 30.000 Stück) sowie die Burg aus dem 15. Jh. (gotische Doppelwendeltreppe), ferner Schloß Eggenberg und die Altstadt, die in ihrem historischen Charakter weitgehend erhalten ist.

Typische Städte
Abbildungen 22, 25 - 27, 54, 55, 57 und 58
Zu den wichtigsten Städten der Steiermark neben Graz zählen heute die Industriestädte der Obersteiermark, deren Bedeutung schon seit Jahrhunderten vor allem im Eisenabbau, in der Eisengewinnung und -verarbeitung liegt. Bruck an der Mur, 860 urkundlich erstmals erwähnt und seit 1277 Stadt, war bereits im Mittelalter ein wichtiges Industrie-, Handels- und Verkehrszentrum. Aus der Romanik und der Spätgotik haben sich bedeutende Baudenkmäler erhalten, z.B. das „Kornmeßhaus" am Hauptplatz (ein um 1500 erbautes, spätgotisches Bürgerhaus) so-

Picture Section · Pages 127 to 148

Notes to the Illustrations on Styria

Major Landscapes of Styria
Illustrations 1, 2, 49, 52 - 54 and 70
Owing to its iron ore deposits at the Erzberg ("Ore Mountain") and the iron-working industries, Styria is also called the "Iron March", and the rich forests have given this province also the name of "Green March". It is divided into Upper, Central and East Styria and the Western Hill Country. Upper Styria comprises the Styrian Salzkammergut ("Salt Estates"), the upper and lower Enns valley, the "furrow" formed by the rivers Mur and Mürz, the northern Limestone Alps, the Styrian Central Alps, the Lower Tauern and the Eisenerz Alps. Central Styria, a country of mountains and hills, comprises the central Mur valley and the Graz Basin, the Western Hill Country extends to the west of Graz and the river Mur. Eastern Styria, also called the East Styrian Hill Country, slopes toward the southeast and has one of the most favourable climates of Austria.

Graz, the Provincial Capital
Illustrations 3 - 15
Graz, the second-largest city of Austria, was first noted in documents in 1115 and was chartered in 1281. The city began to develop significantly after 1397, and even more after 1564, when it became the residence of the Habsburg line of Austria Interior. Fortification began in the second half of the 16th century, and the work of Italian architects made it a centre of the Italian Renaissance style in Austria. The university was established in 1586. A wave of Baroque adaptations or building began from the middle of the 17th century. Today, the city is an important centre of industry, commerce, education and culture. The landmark of Graz is the Clock Tower, built in 1561, and formerly part of the fortifications on the Schlossberg. Notable among the important buildings are the cathedral and the mausoleum of Emperor Ferdinand II. The latter also contains a splendid high altar by Fischer von Erlach. One of the most significant sculptures of Austria is the portal of the Leech church, with its Madonna in the tympanum. Notable are also the provincial government house with its arcaded courtyard, the adjacent armoury (arms collection) and the castle, dating from the 15th century (Gothic double spiral staircase), furthermore Eggenberg Palace and the old city with its mainly preserved character.

Typical Cities
Illustrations 22, 25 - 27, 54, 55, 57 and 58
Next to Graz, the more important towns of Styria are the industrial agglomerations of Upper Styria, notable since centuries for iron mining, smelting and manufacturing. Bruck on Mur, first noted in 860, city since 1277, was, already in the Middle Ages, a hub of industry, commerce and transportation. Significant architectural monuments have been preserved from the Romanesque and Late Gothic periods, e.g. the "Kornmesshaus" in the main square (Late-Gothic house, built about 1500) and the "Iron Well" with its wrought iron trellis. Leoben, first noted in 982, rebuilt in 1263, city since the late 13th century, is today a centre of heavy industry.

Parte fotografica · Pagine 127 fino a 148

Spiegazioni sulle foto della Stiria

Paesaggi della Stiria
Foto 1, 2, 49, 52—54 e 70
Per i giacimenti di ferro („Monte del Ferro") e le industrie della lavorazione del ferro, la Stiria si chiama „Marca del ferro", come regione più boscosa anche „Marca verde". Si distinguono la Stiria Superiore, Media, Inferiore e Orientale e la Collina della Stiria occidentale. La Stiria Superiore comprende il Salzkammergut stiriano, l'alta e bassa valle dell'Enns, il solco Mur/Mürz, le Alpi calcaree settentrionali, le Alpi centrali stiriane, i Bassi Tauri e le Alpi di Eisenerz. La Stiria Media, una montagna e collina consiste nella valle media del Mur e nel Bacino di Graz, la collina della Stiria occidentale della zona ad ovest di Graz e del Mur. La Stiria orientale chiamata anche la Collina della Stiria orientale, scende verso sudest e si annovera fra le zone climatiche più favorevoli dell'Austria. A causa del bellissimo paesaggio tanto vario la regione è molto adatta al turismo.

Capoluogo della regione Graz
Foto 3—15
Graz, oggi la seconda città per abitanti in Austria venne citata per la prima volta nel 1115 in un documento ed ebbe il diritto civico nel 1281. La città visse un rilancio notevole dal 1397 e di nuovo dal 1564, quando divenne città di residenza della linea dello stato interno degli Asburgo. Nella seconda metà del '500 venne fortificata e grazie agli architetti italiani è il centro del Rinascimento in Austria. Nel 1586 la città ottenne una propria Università, alla metà del '600 ci fu un'ondata di barocchizzazione. L'attuale metropoli industriale, commerciale, scolastica e culturale è una grande città dal 1840. Il simbolo di Graz è la torre dell'orologio (costruita nel 1361), parte integrale di una ex fortificazione sullo Schlossberg („Monte del Castello"). Fra i monumenti più notevoli si annovera il Duomo e il Mausoleo dell'Imperatore Ferdinando II ivi accanto. Quest'ultimo ha anche uno sfarzoso altar maggiore di Fischer von Erlach. Una delle plastiche del primo gotico più importanti la presenta il portale della Leechkirche con la sua Madonna nel timpano. Degne di nota sono inoltre la Signoria rinascimentale con il cortile ad arcate il vicino arsenale (collezione di armi circa 30.000 pezzi), nonchè la fortezza del '400 (doppia scala a chiocciola) inoltre il castello di Eggenberg e il nucleo antico conservato piuttosto nel suo carattere storico. La città di Graz è inoltre un notevole centro del mondo letterario dell'Austria.

Città tipiche
Foto 22, 25—27, 54, 55, 57 e 58
Alle città più importanti della Stiria eccetto Graz, appartengono oggi le città industriali della Stiria Superiore, la cui importanza sta da secoli nell'estrazione del ferro e nella sua lavorazione. Bruck sul Mur, citata per la prima volta nell '860 e città industriale, commerciale e di passaggio. Dal periodo gotico e romanico si sono conservati monumenti notevoli per esempio la „Kornmesserhaus" nella piazza principale (una casa borghese tardo gotica costruita nel 1500) nonchè la „Fontana di Ferro" con un portico in ferro battuto. Leoben, citata per la prima volta nel 982, ricostruita nel 1263 e città dalla fine del '200

Hügelland bei Voitsberg, dem Hauptort im weststeirischen Kohle-Revier.

The hill country near Voitsberg, the centre of the West Styrian coal mining region.

Collina presso Voitsberg, la località principale nella zona del carbone della Stiria occ.

Graz, Darstellung von Laurentius van de Sype und Wenzel Hollar, 1657, Ausschnitt.

Graz, Representation by Laurentius van de Sype and Wenzel Hollar, 1657, detail.

Graz, Rappresentazione di Laurentius van de Sype e Wenzel Hollar, 1657, particolare.

Eisenerz, Platz mit dem ehemaligen Rathaus (1548) und dem Rathausturm.

Eisenerz. The square in front of the former city hall (1548) and the city tower.

Eisenerz. Piazza con l'ex-municipio (1548) e con la sua torre.

Stift Vorau. Dreigeschossiger Arkadengang in einem der aus dem 17. Jh. stammenden Stiftshöfe.

Vorau Abbey. The three-storey arcaded corridor in one of the courtyards (17th century).

Abbazia di Vorau. Arcate per tre piani in uno dei cortili del '600.

Stift (Schloß) Stainz. Ehemalige Stiftskirche, stuckverziertes Tonnengewölbe, 1680.

The abbey at Stainz. A stucco-decorated barrel vault in the former abbey church, 1680.

Abbazia (castello) di Stainz. Ex-chiesa con volta a botte con stucchi, 1680.

Burg Thalberg. Eine der besterhaltenen mittelalterlichen Wehranlagen der Steiermark.

Thalberg Castle. One of the best-preserved medieval fortifications in Styria.

Fortezza di Thalberg. Una delle fortificazioni meglio conservate medievali della Stiria.

wie der „Eiserne Brunnen" mit schmiedeeiserner Laube. Leoben, 982 erstmals urkundlich erwähnt, 1263 neu erbaut und seit Ende des 13. Jh.s Stadt, ist heute Zentrum der obersteirischen Schwerindustrie, bemerkenswert ist der Hauptplatz mit Bürgerhäusern aus Renaissance und Barock („Hacklhaus", 16. Jh.). Alte Bürgerhäuser, meist aus dem 17. Jh., ein Marktbrunnen mit schmiedeeiserner Laube sowie Reste alter Eisenindustrieanlagen haben sich auch in Vordernberg erhalten, einem Hauptort der steirischen Eisengewinnung. In Eisenerz, einem alten Bergwerksort am Erzberg, befindet sich mit der befestigten gotischen Pfarrkirche die größte Kirchenburg der Steiermark.

Klöster und Stifte
Abbildungen 32, 37, 41 und 43
Das Benediktinerstift Admont im Ennstal wurde 1074 gegründet und im romanischen Stil erbaut. Im 12. und 13. Jh. wurde das Stift zu einem der größten und reichsten in ganz Österreich. 1615 - 1625 erfolgte eine vollständige Barockisierung der Kirche. 1865 wurde das Stift bis auf die Bibliothek durch einen Brand fast gänzlich zerstört. Der kunsthistorisch wichtigste Teil des Stiftes, der prunkvolle Saal der Bibliothek, ist 72 m lang und reicht durch zwei Geschoße. Sie ist eine der größten barocken Bibliotheken der Welt mit rund 130.000 Bänden, 1100 Handschriften und 900 Frühdrucken. Eine ebenfalls großartige Bibliothek mit bedeutenden Handschriften ist auch Attraktion des 1163 gegründeten Augustiner-Chorherren Stiftes Vorau bei Hartberg, in dem im Mittelalter eine der wichtigsten Schreibstuben Österreichs bestand. Das Augustiner-Chorherren Stift Pöllau wurde im 12. Jh. gegründet und ist seit 1785 Schloß, die große Kuppel und der reiche Freskenschmuck der ehemaligen Stiftskirche sind sehenswert. Das Augustiner-Chorherren Stift Stainz, um 1229 gegründet und seit 1785 Schloß, hat eine Barockkirche mit frühgotischen Türmen und wertvollem Freskenschmuck. 1840 wurde das Schloß von Erzherzog Johann (damals Bürgermeister von Stainz) erworben, es befindet sich noch heute im Besitz seiner Nachfahren.

Burgen und Schlösser
Abbildungen 33 - 40
Die meisten Burgen der Steiermark wurden in den Tälern der Mur, Mürz und Enns entlang der frühen Hauptverkehrswege errichtet. Im 16. und 17. Jh. wurden viele bis dahin gut erhaltene Burgen zu Schlössern umgebaut. Burg Ehrenhausen in der Südsteiermark, als Burg im 11. Jh. erbaut, von den Eggenbergern erweitert, ist dem berühmten frühbarocken Mausoleum der Eggenberger benachbart. Die Originalität dieses Mausoleums besteht in der manieristisch-grotesken Architektur und Plastik. Die übergroßen Grabwächterplastiken zu beiden Seiten der Front stehen zu den übrigen Ausmaßen des Gebäudes in unübersehbarem Gegensatz. Schloß Trautenfels im obersteirischen Ennstal, erbaut im 13. Jh., im Mittelalter wichtige Talsperre, ist vor allem wegen seiner Fresken in Schloß und Schloßkirche bekannt. Schloß Hollenegg bei Deutschlandsberg, erbaut im 12. Jh., ist seit dem Umbau im 16. Jh. eine bedeutende Anlage der Hochrenaissance. Die Riegersburg, auf einem mächtigen Basalt-Tuffkegel im gleichnamigen Ort gelegen, war Römerkastell, wurde im 12. Jh. erstmals als

Remarkable is the main square with Renaissance and Baroque burgher houses. Vordernberg has also preserved burgher houses, mainly from the 17th century, a well with wrought iron trellis and remains of old iron-processing facilities. Eisenerz, the historic mining town at the foot of the Erzberg, boasts of the largest fortified church in the entire province, a proud, Gothic edifice.

Monasteries and Abbeys
Illustrations 32, 37, 41 and 43
The Benedictine abbey Admont in the Enns valley was founded in 1074, and is of Romanesque style. During the 12th and 13th centuries it became one of the largest and richest abbeys of Austria. From 1615 - 1625, the church was remodelled in the Baroque style. A fire in 1865 destroyed the abbey nearly completely, only sparing the library. The historically most important room is the magnificent grand hall of the library, 72 metres (nearly 240 ft) in length and extending through two storeys. It is one of the largest Baroque libraries of the world, containing abt. 130000 tomes, 1100 manuscripts and 900 early prints. A similarly magnificent library with important manuscripts, is also an attraction of the Augustine abbey Vorau, founded in 1163. During the Middle Ages, it housed one of the most important scriptoriums in Austria. Pöllau, also an Augustine abbey, was founded in the 12th century, but has been used as palace since 1785. Notable are the large dome and the rich frescoes in the former church. Stainz, an Augustine abbey founded about 1229, has been a palace since 1785 and contains a Baroque church with Early Gothic spires and valuable frescoes. Archduke John (then mayor of Stainz) bought the palace in 1840, and it has been owned by his descendants until today.

Castles and Palaces
Illustrations 33 - 40
Most castles of Upper Styria were located in the valleys of the Mur, Mürz and Enns, along the former main traffic arteries. Many of these castles, well preserved until then, were converted into palaces during the 16th and 17th centuries. Ehrenhausen Castle, in southern Styria, built as fortification in the 11th century, and enlarged by the Eggenberg house, is adjacent to the famous early Baroque mausoleum of that family. The originality of this mausoleum is manifested by its manneristic-grotesque architecture and sculptures. The oversize figures of the grave guardians in front are in distinct contrast to the dimensions of the building. Trautenfels palace in the upper Styrian Enns valley, built in the 13th century, is primarily noted for the frescoes in the buildings as well as in the palace church. Hollenegg palace, near Deutschlandsberg, built in the 12th century, has been an important monument of the high Renaissance style, ever since it was so adapted in the 16th century. The Riegersburg, set upon a giant basaltic rock near the village of the same name, was originally a Roman fortification, first named as such in the 12th century, and enlarged in the 17th century to become one of the most important border fortifications of eastern Styria (11 bastions and 6 barbicans). Particularly noticeable are the grand staterooms. The castle was once the Protestant centre of Austria Interior, cultural and educational.

è oggi un centro della industria pesante nella Stiria Superiore, da notare è la piazza principale con case borghesi rinascimentali e barocche („Hacklhaus", '500). A Vordernberg, una località principale dell'estrazione del ferro, si sono conservate case borghesi del '600, una fontana del mercato con portici in ferro battuto. A Eisenerz, una vecchia località di miniere ai piedi del „Monte del Ferro" si trova la maggiore fortezza con chiesa della Stiria che ha una chiesa parrocchiale gotica fortificata.

Monasteri e abbazie
Foto 32, 37, 41 e 43
L'abbazia dei Benedettini di Admont nella valle dell'Enns fu fondata nel 1074 e costruita in stile romanico nel XII e XIII sec. divenne una delle maggiori e più ricche abbazie in tutta l'Austria. Dal 1615 al 1625 la chiesa venne completamente barocchizzata, nel 1865 l'abbazia fu quasi del tutto distrutta da un incendio. La parte storico-culturale più importante dell'abbazia, la sala sfarzosa della biblioteca, è lunga 72 m. e si eleva per due piani. E' una delle biblioteche barocche più grandi del mondo con circa 130.000 volumi, 1100 manoscritti e 900 incunaboli. Una biblioteca altrettanto magnifica con manoscritti notevoli è anche l'attrazione dell'abbazia degli Agostini a Vorau vicino a Hartberg, fondata nel 1163 dove nel Medio Evo esistette uno degli scriptoria più significativi dell'Austria. L'abbazia degli Agostini a Pöllau venne fondata nel XII sec. ed è castello dal 1785 la grande cupola e le ricche decorazioni di affreschi dell'ex chiesa dell'abbazia sono degni di essere visti. L'abbazia degli Agostini di Stainz fondata nel 1229 e castello dal 1785 ha una chiesa barocca con guglie del primo gotico e affreschi preziosi. Nel 1840 il castello fu acquistato dall'Arciduca Giovanni (allora sindaco di Stainz) e si trova ancora oggi nel possesso di suoi eredi. Nelle vicinanze del castello si trova una villeggiatura in bellissima posizione: Gams.

Fortezze e Castelli
Foto 33—40
La maggior parte delle fortezze della Stiria venne costruita lungo le arterie nelle valli del Mur/Mürz ed Enns. Nel '500 e '600 molte fortezze ben conservate furono trasformate in castelli. La fortezza di Ehrenhausen nella Stiria meridionale del XI sec. ampliata dagli Eggenberg è vicino al Mausoleo famoso del primo barocco degli Eggenberg. L'originalità del Mausoleo sta nell'architettura manieristico-grottesca e nella plastica. Le plastiche stragrandi dei custodi delle tombe da ambedue i lati del fronte sono in contrasto vistoso con le dimensioni della costruzione. Il castello di Trautenfels nella valle dell'Enns della Stiria Superiore costruito nel XIII sec. chiusa importante nel Medio Evo e famoso per gli affreschi nel castello e nella chiesa del castello. Il castello di Hollenegg presso Deutschlandsberg costruito nel XII sec. e dalla ricostruzione nel '500 è un esempio notevole dell'alto Rinascimento. La Riegersburg, situata su un'altura di basalto e tufo nella omonima località fu castello romano e fu citata per la prima volta nel XII sec. e nel XVII sec. e fu ampliata diventando una delle fortezze più importanti di confine nella Stiria orientale (11 bastioni e 6 portali fortificati). Il castello di Eggenberg del 1630 è il castello barocco più grande del Rinascimento della

Bildteil · Seiten 127 bis 148

solche erwähnt und im 17. Jh. zu einer der bedeutendsten Grenzfestungen der Oststeiermark ausgebaut (11 Basteien und 6 Wehrtore). Schloß Eggenberg in Graz wurde um 1630 erbaut und ist das größte Renaissance-Barockschloß der Steiermark. Besonders bemerkenswert sind die prachtvollen Repräsentationsräume. Das Schloß war Zentrum der innerösterreichischen Protestanten.

Romanik in der Steiermark
Abbildungen 29 und 30
Die Romanik hat sich in der Steiermark in kirchlichen und weltlichen Bauwerken, besonders aber in Wandmalereien erhalten, z. B. in Freskenzyklen aus der Zeit um 1160 in Chor und Schiff der St. Johannes-Kapelle und im Läuthaus der Pfarrkirche in Pürgg (Ennstal). Ein Bauwerk der Romanik ist auch die Filialkirche St. Ruprecht in Bruck an der Mur (Ostturm und Teile des Kirchenschiffs sind erhalten). Bemerkenswert sind zwei romanische Kirchenfenster, das prächtige Kreuzrippengewölbe, die Fresken („Weltgerichtsdarstellung“ aus der Zeit um 1420) und der romanische Karner.

Das Ausseer Land
Abbildungen 61 - 65
Das steirische Salzkammergut, auch Ausseer Land genannt, ist vom Toten Gebirge, vom Grimming, vom Kammergebirge sowie von der Dachsteingruppe umschlossen. Vier Seen, Altausseer See, Grundlsee, Toplitzsee und der kleine Kammersee bereichern diese besonders schöne Landschaft. Früher waren die Salzvorkommen und der Holzreichtum von wirtschaftlicher Bedeutung, seit dem 19. Jh. ist es der Fremdenverkehr. Charakteristisch für diese Gegend sind unter anderem die Sommerfrische-Häuser mit Glasveranden und Holzbalkonen in den traditionsreichen Erholungsorten. Bedeutendster Ort ist Bad Aussee. Unter Erzherzog Johann war das Gebiet auch geistiges und kulturelles Zentrum.

Ennstal und Gesäuse
Abbildungen 1 und 2
Die Tallandschaft entlang der Enns war schon immer einer der wichtigsten Verkehrswege der Obersteiermark. Im oberen Teil ist das Tal breiter, die angrenzenden Berge sind nicht so schroff wie im unteren Teil, dem Gesäuse (zwischen Admont und Hieflau), einem hochalpinen Durchbruchstal. Hauptwirtschaftszweige neben der Land- und Forstwirtschaft sind Fremdenverkehr, Gewerbe und metall- sowie holzverarbeitende Industrie. Zu den Hauptorten zählen: Schladming, 1186 erstmals urkundlich erwähnt, im Mittelalter Silber-, Kupfer- und Eisenerzabbau, Zentrum des steirischen Protestantismus seit dem 16. Jh.; Irdning, urkundlich erstmals 1145 erwähnt, bedeutender Verkehrsknotenpunkt; Liezen, 1047 urkundlich erwähnt, ehemalige römische Siedlung auf dem Brunnfeld, Eisen- und Keramikindustrie, und Hieflau, alter Industrieort mit Resten der im 16. Jh. bedeutenden Eisenindustrie.

Oststeirisches und Weststeirisches Hügelland
Abbildungen 16, 17, 19, 56, 60, 67, 68 und 70 - 74
Ihres milden Klimas wegen gilt diese Region als „Obstgarten“ Österreichs. Die wichtigsten landwirtschaftlichen Produkte neben Obst sind Wein, Tabak, Hopfen, Zuckerrüben,

Picture Section · Pages 127 to 148

Romanesque Art
Illustrations 29 and 30
Romanesque art has been preserved in Styria in ecclesiastical and mundane structures, particularly, however, in murals, f.i. fresco cycles from the time about 1160 in the choir and nave of St. John's chapel and belfry of Pürgg (Enns valley). A Romanesque edifice is also St. Ruprecht's church in Bruck on Mur (east tower and parts of the nave have been preserved). Notable are two Romanesque windows, the magnificent rib vault, the frescoes ("Judgment Day" from abt. 1420) and the Romanesque graveyard chapel ("Karner"), well preserved until today.

The Aussee Country
Illustrations 61 - 65
The Styrian Salt Estates, also called the Aussee country, is encircled by the Totengebirge, Mt. Grimming, the Kammergebirge and the Dachstein range. Four lakes, Altausseer-See, Grundlsee, Toplitzsee and Kammersee enhance the beauty of this landscape. In former days, the salt mines and rich forests were of economical significance, but from the 19th century on, tourism has taken their place. Characteristic for this region are the summer houses with glassed-in verandahs and wooden balconies in the various traditional vacation spots. Most important is the spa of Bad Aussee. At the time of Archduke John, the region was also a centre of intellectual and cultural life. Archduke John had given up his rank in the imperial succession when marrying the Aussee postmaster's daughter. One of the more enlightened members of the Habsburg house, he was instrumental in fostering the arts and sciences. After a visit to the iron and steel industry in England he set about to raise the Styrian steel industry to a competitive level and was also the founder of the School of Mining and Metallurgy at Leoben.

The Enns Valley and Gesäuse
Illustrations 1 and 2
The Enns valley has always been an important traffic artery of Upper Styria. In its upper section, the valley bottom is wider and the mountains not as precipitous as in the lower part, called "Gesäuse". Between Admont and Hieflau, the river cut a deep gorge through towering rocks. The region lives on forestry and tourism, metal and wood working. Among the main towns are Schladming, first noted in 1186, once a medieval mining (silver, copper and iron ores) site, and a centre of Styrian Protestantism since the 16th century; Irdning, first noted in 1145, important traffic hub; Liezen, first noted in 1047, a former Roman settlement, site of important iron and ceramics industries, and Hieflau, an old industrial town with remnants of an iron industry that was thriving in the 16th century. The jagged peaks at both sides of the gorge are also favourite targets for experienced rock climbers, with routes of various degrees of difficulty challenging the mountaineer. Iron mining at Radmer became uneconomical and had to be discontinued.

The Hill Country of Eastern and Western Styria
Illustrations 16, 17, 19, 56, 60, 67, 68 and 70 - 74
Due to its mild climate, the region is known as "Austria's orchard". After fruits, the most important agricultural produce are wine, to-

Parte fotografica · Pagine 127 fino a 148

Stiria. Degne di nota sono le sale di rappresentanza. Il castello fu una volta il centro dei protestanti dello Stato interno dell'Austria. Inoltre va accennato ancora al castello di Festenburg presso Lafnitz del Medioevo, con una chiesa parrocchiale del Barocco con bellissimi affreschi e capelle del 1720.

Periodo romanico in Stiria
Foto 29 e 30
Il periodo romanico lascia nella Stiria monumenti sacrali e profani in particolare nelle pitture paretali per es. nei cicli di affreschi del 1160 nel coro e nella navata della Capella di San Giovanni e nel campanile della chiesa parrocchiale a Pürgg (valle dell'Enns). Un monumento romanico è la chiesa filiale a Bruck sul Mur (Torre orientale e parti della navata sono conservati). Degni di nota sono due vetrate romaniche, la bellissima volta a nervatura a croce, gli affreschi (rappresentazione del „Giudizio Universale“ del 1420) e l'ossario romanico.

La zona dell'Aussee
Foto 61—65
Il Salzkammergut chiamato anche la zona di Aussee era chiuso dal Totes Gebirge, dal Grimming, dal Kammergebirge nonchè dal Massiccio del Dachstein. Quattro laghi, il lago di Altaussee, il Grundlsee, il Toplitzsee e il piccolo Kammersee arrichiscono questo bellissimo paesaggio. Prima il sale e il legno abbondavano, mentre dal '800 il turismo diventa significativo. Sono caratteristiche per questa zone le case con veranda e balconi in legno nelle località turistiche tradizionali. Località principale è Bad Aussee. Sotto l'Arciduca Giovanni la zona fu un centro spirituale e culturale.

La valle dell'Enns e il Gesäuse
Foto 1 e 2
Il paesaggio lungo l'Enns fu da sempre una delle arterie principali della Stiria Superiore. Nella parte superiore la valle è larga, i monti attigui non sono così ripidi come nella parte inferiore, nel Gesäuse (fra Admont e Hieflau) una valle che si apre nelle Alpi. Le attività economiche principali sono oltre all'agricoltura e alla silvicoltura, il turismo, la piccola industria e quella metalmeccanica nonchè della lavorazione del legno. Fra le località principali si annovera: Schladming, citata per la prima volta nel 1186, nel Medio Evo, estrazione dell'argento rame e ferro, centro del protestantesimo sin dal '500; Irdning, citata per la prima volta nel 1145, punto di passaggio notevole; Liezen citata per la prima volta nel 1074, ex insediamento romano sul „Brunnenfeld“, e con una bella chiesa parrocchiale con sull'altar maggiore un quadro di Kremser-Schmidt. Industria importante del ferro e delle ceramiche a Hieflau, vecchia localitá industriale con tracce dell'industria del ferro importante nel '500.

Collina della Stiria Orientale ed Occidentale
Foto 16, 17, 19, 56, 60, 67, 68 e 70—74
Per il suo clima mite la regione si chiama il „frutteto dell'Austria“. I prodotti agricoli accanto alla frutta sono il vino, il tabacco, il luppolo, le barbabietole da zucchero, il mais e la zucca. Le località principali della Stiria orientale sono: Hartberg (del 1125, ossario tardo romanico); Weiz (fondata prima del

Typische Holzveranda eines Ausseer Hauses. Alt Aussee. Fischerdorf.

A typical wooden verandah in an Aussee house. Fishing village. Alt Aussee.

Veranda tipica in legno di una casa dell'Aussee. Alt Aussee, paese dei pescatori.

Schladming. Blick über den Ort und das Ennstal zum Dachsteinmassiv.

Schladming. View across the town and the Enns valley toward the Dachstein massif.

Schladming. Vista sulla località a la valle dell'Enns verso il Dachstein.

Bergbauernhof bei Fleiß, unteres Sölktal, zwischen Schladminger- und Wölzer Tauern.

An alpine farmstead near Fleiss in the lower Sölk Valley between Schladminger and Wölzer Tauern.

Casa dei contadini in montagna presso Fleiß, bassa valle del Sölk fra i Tauri.

Ehrenhausen. Pfarrkirche. Barockbau mit gelungener Verbindung von Turm und Fassade.

The parish church at Ehrenhausen. A Baroque edifice with skillful blending of tower and facade.

Ehrenhausen, chiesa parrocchiale. Costruzione barrocca.

Mais und Kürbisse. Hauptorte in der Oststeiermark sind: Hartberg (1125 planmäßig angelegt, spätromanischer Karner); Weiz (vor 1188 gegründet, wichtiger Industrieort, viele Renaissance- und Barockbauten, Wallfahrtskirche, Schloß); Gleisdorf (1229 erstmals urkundlich erwähnt, Mittelpunkt des steirischen Obst- und Getreidehandels); Fürstenfeld (1170 erbaut, 1215 Stadtrecht) und Radkersburg (im 12. Jh. angelegt, viele Häuser aus der Zeit zwischen 16. und 18. Jh.). Orte im Weststeirischen Hügelland: Leibnitz, 860 erstmals erwähnt, ehemalige keltische, dann römische Siedlung, und Deutschlandsberg, seit 1322 Markt; die Burg, 1230 errichtet, war Kern der salzburgischen Besitzungen in diesem Landesteil. Reizvoll ist der durch die südsteirische Weinstraße erschlossene Landstrich zwischen Ehrenhausen und Leutschach.

Bäuerliche Hausformen
Abbildungen 47, 48, 50, 66, 69 und 79
Bei Bauernhäusern dominiert in der Obersteiermark neben dem Paarhof der innerösterreichische Haufenhof (besonders im Enns- und Mürztal), in der Mittel- und Weststeiermark das Einheitshaus (Einhof), im oststeirischen Hügelland der Drei- oder Vierseithof. Bemerkenswert sind weiters die sogenannten Erzherzog-Johann-Häuser, die vor allem das Bild der oststeirischen Orte und jener in der Umgebung von Graz prägen. Typisch für diese Häuser sind die klassizistischen Gestaltungselemente an den Fassaden und der überdachte, von Säulen getragene Stiegenaufgang bei den Eingängen.

Wallfahrtsorte und Kirchen
Abbildungen 28, 31, 42, 45, 82 und 83
Der größte Wallfahrtsort Österreichs und einer der bedeutendsten in Mitteleuropa ist Mariazell in der Obersteiermark. Eine erste, romanische Kirche wurde um 1200 erbaut (schon 1330 Wallfahrtskirche) und in den folgenden Jahrhunderten ausgebaut. Mitte des 17. Jh.s wurde die Kirche barockisiert und zur größten Kirche der Steiermark erweitert. Der „Silberne Altar", auf dem das Gnadenbild (Marienstatue aus dem 13. Jh.) steht, stammt von Fischer v. Erlach. In der Schatzkammer befinden sich viele kulturhistorisch wertvolle, aber auch kuriose Votivgaben aus den vergangenen Jahrhunderten. Ein weiterer bekannter Wallfahrtsort ist Frauenberg im Ennstal mit einer Kirche des steirischen Barock (die ursprüngliche Kirche wurde 1410 erbaut). Als Beispiel für viele ist die Kirche in Schöder wegen ihres gotischen Kreuzrippengewölbes und eines Freskenzyklus mit Passionsszenen (um 1500) zu nennen.

Industrie und Gewerbe
Abbildungen 75 - 78
Das Erz des steirischen Erzbergs in der Obersteiermark war schon den Kelten bekannt und wurde seit der Römerzeit abgebaut. Eisen und Eisenindustrie sowie Braunkohle haben auch heute noch große wirtschaftliche Bedeutung. Die Steiermark ist ein Zentrum der Maschinen-, Elektro- und Papierindustrie, der Holzwirtschaft, des Obstbaus und des Fremdenverkehrs. Trotz vieler moderner Industriebetriebe hat sich altes, bodenständiges Handwerk erhalten. So zum Beispiel die Lederhosennäher in Bad Aussee, ein Lodenwalker oder ein Latschenkiefernöl-Erzeuger in Donnersbach.

bacco, hops, sugar beet, maize and pumpkins. Main towns in eastern Styria are Hartberg (built to a plan, in 1125, late Romanesque "Karner"); Weiz (begun before 1188, important industrial centre, numerous Renaissance and Baroque buildings, pilgrimage church, palace); Gleisdorf, first noted in 1229, the centre of Styrian fruit and grain trade; Fürstenfeld, built 1170, chartered in 1215, and Radkersburg, built in the 12th century, many houses from the 16th to 18th century. Localities in the hill country of western Styria are Leibnitz, first noted in 860, originally a Celtic, later a Roman settlement, and Deutschlandsberg, market since 1322, castle built in 1230, once the heart of the Salzburg holdings in this part of Austria. Particularly charming is the countryside along the Styrian "Wine Trail", between Ehrenhausen and Leutschach. Remarkable in the vineyards are the wind-driven clappers as scarecrows, not found elsewhere in Austria.

Rural Architecture
Illustrations 47, 48, 50, 66, 69 and 79
Dominating among the farm houses in Upper Styria is, next to the paired yard ("Paarhof") the dispersed farmstead ("Haufenhof") of Austria Interior, also the unit house in central and western Styria, and the triangular or four-square house in the Hill Country. Notable are, furthermore, the so-called Archduke John Houses, particularly in the villages and towns of eastern Styria and the vicinity of Graz. Typical for these houses are the classicistic elements on the facades and the roofed pillared porticos.

Places of Pilgrimage and Churches
Illustrations 28, 31, 42, 45, 82 and 83
The largest place of pilgrimage in Austria, and one of the most important in Central Europe, is Mariazell in Upper Styria. An originally Romanesque church was built in 1200, (pilgrimages since 1330) and extended in later years. In the middle of the 17th century, the church was adapted in the Baroque style and enlarged to become the largest house of worship in Styria. The "Silver Altar" with the Icon, (statue of St. Mary from the 13th cent.) was designed by Fischer v. Erlach. The treasury contains many works of art of historical value, but also a number of curious votary gifts from past centuries. Also noted for pilgrimages is Frauenberg in the Enns valley with a church in Styrian Baroque (the original church having been built in 1410). Exemplary for many other churches is that at Schöder, due to its Gothic rib vault and frescoes with scenes from The Passion (abt. 1500). These are but a few places of note.

Industry and Trades
Illustrations 75 - 78
The iron ore of the Styrian Ore Mountain was already known to the Celts, and mined by the Romans. Iron and iron working, but also lignite, are still of great economic importance. Styria is also a centre of engineering, electrical and paper industries, forestry, fruit growing and tourism. Yet, despite many modern industries, old native crafts, some already rare today, have survived, such as the leather breeches makers in Bad Aussee, the Loden cloth manufacturers and a pine-cone oil producer at Donnersbach.

1188, importante posto industriale, costruzioni rinascimentali e barocche, chiesa per pellegrini, castello); Gleisdorf (citata per la prima volta nel 1229, centro del commercio della frutta e dei cereali); Fürstenfeld (del 1170, 1215 diritto civico) e Radkersburg (fondata nel XII sec. case del '500 fino al '700). Località nella Collina della Stiria Occidentale: Leibnitz, citata per la prima volta nel 1860, ex insediamento celtico, poi romano e Deutschlandsberg, borgo dal 1322, fortezza costruita nel 1230, fu il nucleo dei possedimenti salisburghesi. Di un fascino particolare è la zona fra Ehrenhausen con una chiesa parrocchiale barocca con decorazioni di stemmi imponenti e una pietà gotica nell'interno e Leutschach nata grazie alla strada del vino nella Stiria meridionale.

Forme di case contadine
Foto 47, 48, 50, 66, 69 e 79
Nelle case contadine nella Stiria Superiore predomina oltre alla casa parallela la casa sparsa della zona interna dell'Austria (in particolare nella valle dell'Enns e del Mürz), nella Stiria centrale e occidentale la casa in un unico complesso nella collina la casa triangolare e quella quadrilatera. Degne di nota sono le cosidette case dell'Arciduca Giovanni che danno l'impronta all'aspetto delle località dell Stiria orientale e ai dintorni di Graz. Tipici per queste case sono gli elementi classici facciate che hanno scale sorrette da colonne che portano all'ingresso. Da notare nell'ambito delle case dell'Arciduca Giovami è il suo „Brandhof" sul Seebergalm.

Mete di pellegrinaggi e chiese
Foto 28, 31, 42, 45, 82 e 83
La maggiore località di pellegrinaggio in Austria e una delle più note nella Mitteleuropa è Mariazell nella Stiria Superiore. La chiesa prima romanica venne costruita nel 1200 (già nel 1330 fu chiesa per pellegrini) e ampliata nei secoli seguenti. Nella metà del '600 la chiesa fu barocchizzata e ampliata diventando la chiesa più grande della Stiria. Nell' „Altare d'argento" si trova l'immagine della Grazia (statua di Maria del '200) l'altar maggiore assai prezioso appoggiato su otto colonne è di Fischer von Erlach. Nel tesoro si trovano ex-voto preziosi dal punto di vista storico-culturale. Un'ulteriore meta di pellegrinaggio nota è Frauenberg nella valle dell'Enns con una chiesa barocca (originariamente la chiesa fu costruita nel 1410). Come esempio per molte altre chiese va citata quella di Schöder per la sua volta a nervatura a croce gotica e un ciclo di affreschi con scene della passione (intorno al 1500).

Piccola e Media Industria
Foto 75—78
Il metallo ferroso del „Monto del ferro" stiriano nella Stiria superiore fu noto già ai celti e venne estratto sin dal periodo romano. Il ferro e l'industria del ferro, nonchè il carbone sono importanti ancora oggi. La Stiria è anche un centro della industria delle macchine, elettrica e della carta, della silvicoltura, della frutticoltura e del turismo. Nonostante molte imprese industriali si è conservato ancora oggi un artigianato antico tradizionale, già assai raro. Così ad esempio sarti di pantaloni di cuoio a Bad Aussee, un produttore di giacche di lana o di mugolio a Donnersbach. Degna di essere citata è anche la produzione dei cappelli stiriani.

Bildteil · Seiten 149 bis 170

Erläuterungen zu den Bildern aus Tirol

Tiroler Großlandschaften
Abbildungen 1, 2, 39, 42, 45, 61 und 62
Das Bundesland Tirol besteht aus den Landesteilen Nord- und Osttirol. Südtirol ist seit dem Friedensvertrag von St. Germain (1919) italienische Provinz. Nordtirol umfaßt das Inntal bis Kufstein, die nördlich davon liegenden Nordtiroler Kalkalpen und ihre Täler, die südlich liegenden Gebirge der Zentralalpen mit ihren Tälern sowie das Kaisergebirge und die Kitzbühler Alpen östlich des Inntals. Osttirol besteht aus dem Lienzer Becken, das im Norden von den Hohen Tauern und dem Defereggengebirge, im Süden von den Lienzer Dolomiten und den Karnischen Alpen begrenzt wird. Tirol war schon immer ein wichtiger Verkehrsweg von Mitteleuropa in den Mittelmeerraum und über Jahrhunderte Brücke zwischen den westlichen und östlichen habsburgischen Erbländern. In den Gebirgsregionen herrscht alpines, in den Niederungen gemäßigtes Klima vor. Charakteristisch für die Gebirgstäler Tirols ist der Föhn, ein häufig auftretender, warmer Fallwind aus dem Süden. Über ein Viertel der Landesfläche ist Ödland, je rund ein Drittel sind Wald und Grünland, der Rest Ackerland, Siedlungs- und Industrieregionen. Tirol ist das bedeutendste Fremdenverkehrsland Österreichs.

Landeshauptstadt Innsbruck
Abbildungen 2 - 8, 10, 14 und 15 - 17
Innsbruck, Siedlungsgebiet seit der Jungsteinzeit, wurde 1187 erstmals urkundlich erwähnt, erhielt 1239 das Stadtrecht, wurde 1420 zur Landeshauptstadt und war zeitweise Residenzstadt Kaiser Maximilians I. Heute ist die Universitätsstadt (seit 1572), die 1964 und 1976 Schauplatz Olympischer Winterspiele war, ein wichtiges Fremdenverkehrs-, Kongreß-, Schul- und Verkehrszentrum. Das Stadtbild ist von einem Sonderstil zwischen Gotik und Renaissance sowie vom Barock- und Rokokostil geprägt und weist viele kulturhistorische Kostbarkeiten auf. Beispiele sind: das Goldene Dachl, ein spätgotischer Prunkerker, um 1500 erbaut (das Wahrzeichen der Stadt); das Alte Landhaus, errichtet Anfang des 18. Jh.s, eines der schönsten Profanbauwerke Tirols; die Hofkirche mit dem Grabdenkmal Maximilians, erbaut Mitte des 16. Jh.s (das Kaisergrab wurde 1584 fertiggestellt und ist von einer Reihe von Ritterstatuen flankiert), hier befindet sich auch das Grabmal Andreas Hofers; die Hofburg, um 1453 erbaut, im 18. Jh. Umbau, mit Rokoko-Dekorationen im Inneren, durch zwei Geschosse reichender Riesensaal; das Helblinghaus mit prächtiger Rokoko-Fassade.

Typische Städte
Abbildungen 9, 11 - 13 und 20
Das Tiroler Inntal ist sehr dicht besiedelt, schon vor Jahrhunderten entstanden Städte mit Handwerks-, Gewerbe- und Industriebetrieben. Beispiele dafür sind: Solbad Hall, Stadtrecht seit 1303, zwischen 1466 und 1809 Münzstätte, seit dem 13. Jh. bis 1967 Salzgewinnung, schönes, altes Stadtbild und großteils erhaltene mittelalterliche Befestigungsanlage, bemerkenswerte Bauten sind die Pfarrkirche (1281 erbaut, das Innere 1752 barockisiert, älteste spätgotische Kirche Tirols), das Rathaus (nach 1447 erbaut, mit

Picture Section · Pages 149 to 170

Notes to the Illustrations on Tyrol

Major Landscapes of Tyrol
Illustrations 1, 2, 39, 42, 45, 61 and 62
Tyrol province is divided into North and East Tyrol. By the Treaty of St. Germain (1919), South Tyrol became a province of Italy. North Tyrol comprises the Inn valley down to Kufstein, the North Tyrolean Limestone Alps north of the valley, the Central Alps to the south as well as the Kaiser range and the Kitzbühel Alps. East Tyrol is composed of the Lienz basin, bordered to the north by the High Tauern and the Defereggen ranges, to the south by the Lienz Dolomites and the Carniolan Alps. Tyrol has always been the site of important traffic arteries from central Europe to the Mediterranean region and, for centuries, also the bridge between the western and eastern lands of the Habsburg patrimony. An alpine climate prevails in the mountain regions, the lowlands enjoy a moderate climate. Characteristic for the mountain valleys of Tyrol is the Föhn, a frequent warm southern wind blowing down from the mountains. Nearly a quarter of Tyrol's area is wasteland, one third each are, respectively, forests or pastures, and the rest is occupied by agriculture or by settlements and industry. Tyrol is the foremost touristic region of Austria.

Innsbruck, the Provincial Capital
Illustrations 2 - 8, 10, 14 and 15 - 17
Innsbruck, settled already during the Younger Stone Age, first noted in 1187 and chartered in 1239, became the provincial capital in 1420 and, at times, also served as residence for Emperor Maximilian I. The city has had a university since 1572, was host to the Olympic Winter Games of 1964 and 1976, and is an important centre of tourism, congresses and education as well as a busy road and rail junction. The urban landscape is expressed by a particular style, transitional between Gothic and Renaissance architecture, and also by Baroque and Rococo buildings, with numerous jewels of cultural significance. Examples are: the Goldene Dachl (golden roof), a Late Gothic balcony, built about 1500, the city's landmark; the Old Provincial Hall, erected in the early 18th century, is one of the most beautiful secular buildings of Tyrol; the Court Cathedral, containing the tomb of Maximilian I, built in mid-16th century (the Emperor's tomb completed in 1584 and flanked by a number of statues of knights in armour), and Andreas Hofer is also buried there; the Court Palace (Hofburg), built about 1453, adapted in the 18th century, Rococo interior decorations, and a hall of state extending through two storeys; and, furthermore, the Helblinghaus with a splendid Rococo facade.

Typical Medium-Sized Towns
Illustrations 9, 11 - 13 and 20
The Inn valley of Tyrol is very densely populated and towns existed already centuries ago, housing craftsmen, merchants and industries. Examples are: Solbad Hall, chartered in 1303, the mint operating from 1466 to 1809, salt mining from the 13th century until 1967, a historic city of beauty and with a largely preserved medieval fortification. Remarkable are the parish church (built 1281, the interior adapted in 1752 in the Ba-

Parte fotografica · Pagine 149 fino a 170

Spiegazioni sulle foto del Tirolo

Paesaggi del Tirolo
Foto 1, 2, 39, 42, 45, 61 e 62
La regione del Tirolo si divide in Tirolo del Nord e dell'Est. Il Sud Tirolo sin dal Trattato di Pace di St. Germain (1919) è provincia italiana. Il Tirolo del Nord comprende la valle dell'Inn fino a Kufstein, le Alpi Nord tirolesi di calcare e le loro valli, le montagne situate a sud delle Alpi Centrali con le loro valli, nonchè il Kaisergebirge (le montagne dell'imperatore) e le Alpi di Kitzbühel ad est dell'Inn. Il Tirolo dell'Est comprende il Bacino di Lienz, delineato a nord dagli Alti Tauri e dalle montagne di Deffereggen, a sud dalle Dolomiti di Lienz e dalle Alpi Carniche. Il Tirolo fu da sempre una importante arteria della Mitteleuropa verso la zona del Mediterraneo e per dei secoli il ponte fra le terre ereditarie orientali degli Asburgo. Nelle zone montagnose prevale il clima alpino, nelle zone pianeggianti quello mite. Caratteristica delle valli nelle montagne tirolesi è il Föhn, un vento caldo che soffia spesso nella zona. Circa un quarto della superficie della regione non è coltivabile, circa un terzo sono boschi e terre verdi, il resto campi, insediamenti abitati e zone industriali. Il Tirolo è la regione turistica più importante dell'Austria.

Innsbruck, capoluogo di regione
Foto 2 - 8, 10, 14 e 15 - 17
Innsbruck, insediata già nella prima metà dell'era della pietra, fu citata per la prima volta in un documento nel 1187, diritto civico nel 1239, nel 1420 divenne capoluogo di regione e per qualche tempo vi risiedette Massimiliano I. Oggi è città universitaria (sin dal 1572) nel 1964 e nel 1976 fu teatro dei Giochi Olimpici Invernali, importante centro di congressi, scolastico e di passaggio. L'aspetto della città è coniato da uno stile particolare fra il gotico e il rinascimentale, nonchè da quello barocco e roccocò e presenta molti gioielli storico-culturali. Gli esempi sono: „il Goldenes Dachl" („Tetto d'oro"), un angolo sfarzoso del tardo-gotico e costruito intorno al 1500 (il simbolo della città); la vecchia Signoria costruita all'inizio del XVIII sec., una delle costruzioni profane più belle del Tirolo; la chiesa di Corte con la tomba di Massimiliano, costruita nella metà del XVI sec. (la tomba venne terminata nel 1584 ed è fiancheggiata da una serie di statue equestri), qui si trova anche il monumento di Andreas Hofer; il palazzo imperiale costruito intorno al 1453, ricostruito nel XVIII sec., con decorazioni roccocò all'interno, con una sala gigantesca che si eleva per due piani; la casa di Helbling con una sfarzosa facciata roccocò.

Città tipiche
Foto 9, 11 - 13 e 20
La valle tirolese dell'Inn è molto densamente popolata, già secoli fa nacquero città con aziende di artigianato e della piccola e media industria. Gli esempi sono: Solbad Hall, diritto civico dal 1303, luogo di coniazione di monete fra il 1466 e il 1803, dal XIII sec. fino al 1967 estrazione del sale, città antica di bell'aspetto e fortificazioni per lo più originali medievali, costruzioni notevoli sono: la chiesa parrocchiale (costruita nel 1281, l'interno è stato barocchizzato nel 1752, chiesa tardo-gotica più antica del Tirolo), il munici-

Silvretta-Hochalpenstraße, Mautstraße zwischen Montafon (Vorarlberg) und Paznaun (Tirol).

The Silvretta alpine road. A toll road between the Montafon (Vorarlberg) and Paznaun (Tyrol).

Strada sulla Silvretta. Strada a pedaggio fra Montafon (Vorarlberg) e Paznaun (Tirolo).

Innsbruck, Hofgasse. Altstadtgasse zwischen der Hofburg und dem mittelalterlichen Marktplatz.

Innsbruck. Hofgasse in the old quarter between the palace and the medieval market square.

Innsbruck, stradina fra il Palazzo Imperiale e la Piazza del Mercato medievale.

Hall in Tirol, Rathaus (1447) am mittelalterlichen „Oberen Stadtplatz". Steinportal.

Hall in Tyrol. The stone portal of the city hall (1447), in the medieval "Upper city square".

Hall nel Tirolo, Municipio (1447), nella „Piazza Superiore della città" medievale, portale di pietra.

Strassen bei Sillian (Osttirol), Pfarrkirche. Kuppel des achteckigen Zentralbaues (um 1763).

Strassen nr. Sillian. The cupola of the octagonal central section in the parish church (abt. 1763).

Strassen presso Sillian (Tirolo dell'Est), chiesa parrocchiale. Cupola della costruzione ottagonale.

Schloß Ambras bei Innsbruck. Aus Matthäus Merian, „Topographia Austriae". 1649.

Ambras palace near Innsbruck. Detail from Matthew Merian's "Topographia Austriae". 1649.

Castello di Ambras presso Innsbruck. Di Matthäus Merian, „Topographia Austriae". 1649.

Festung Kufstein. Von Maximilian I erobert und 1505—22 als Grenzfestung ausgebaut.

Kufstein Fortress, conquered by Maximilian I, improved as border fortification (1505—1522).

La Fortezza di Kufstein. Conquistata da Massimiliano I, ampliata 1505—22 a fortezza di confine.

Balkendecke im Ratssaal, gotischem Dach und wappengezierten Zinnen) und die Burg Hasegg (um 1280 erbaut), mit dem Münzertor und dem Münzerturm von 1480 (der heute Wahrzeichen der Stadt ist), spätgotischer Burgkapelle und spätgotischem Burghof; Rattenberg, Stadtrecht 1393, bis in das 17. Jh. Bergbauzentrum, gut erhaltenes, geschlossenes altes Stadtbild mit vielen Bürgerhäusern aus Spätgotik und Renaissance, die Burg wurde erstmals 1074 erwähnt und 1782 teilweise abgebrochen; Schwaz, 930 erstmals erwähnt, nach der Entdeckung von Erz (um ca. 1400) wirtschaftlicher Aufschwung, 1502 geweihte dreischiffige Hallenkirche.

Kirchen in Tirol
Abbildungen 15 - 23

In Tirol gibt es bedeutende Kirchenbauten aller Stilepochen, besonders aber der Spätgotik, Renaissance und des Rokoko. Hervorragende Beispiele sind unter anderem: die Pfarrkirche von Schwaz, die größte spätgotische Hallenkirche Tirols, ursprünglich aus der Zeit um 1300, mit großer gotischer Glokke und beachtenswertem Dach aus 15.000 Kupferplatten; die Pfarrkirche im Innsbrukker Stadtteil Wilten aus dem 18. Jh., eine der bedeutendsten Rokoko-Kirchen Tirols, schon seit dem 12. Jh. als Wallfahrtskirche bekannt, mit prächtigen Fresken, Altarbildern und Stukkaturen; die Kirche zum Hl. Karl Borromäus in Volders, erbaut im 17. Jh., mit bedeutender Rokoko-Ausstattung und schönen Schmiedeeisengittern; der Dom zu Innsbruck, um 1180 erbaut, barocker Neubau im 18. Jh., erster hochbarocker Kirchenbau Tirols, mit Rokoko-Stukkatur im Innenraum, barocker Kanzel und barockem Hochaltar (Cranach).

Schloß Ambras
Abbildungen 24, 25 und 28 - 31

Schloß Ambras, im Innsbrucker Stadtteil Amras gelegen und schon im 10. Jh. erwähnt, wurde unter Ferdinand II von Tirol in der 2. Hälfte des 16. Jh.s im Renaissance-Stil umgebaut und erhielt in der Folge große Bedeutung für das Land (Sitz des Landesfürsten). Besonders bemerkenswert sind: der „Spanische Saal", der damals größte Renaissance-Saal Mitteleuropas, mit Kassettendecke, Intarsientüren und Freskodarstellungen der Tiroler Landesfürsten; die von Ferdinand II eigens angelegten Museumstrakte (Unterschloß) für die „Ambraser Sammlung", die eines der ersten Museen der Neuzeit darstellten (Harnische, Waffen, Bilder, Bücher, Handschriften, Münzen etc.). Die Sammlung enthielt auch das Ambraser Heldenbuch, eine von Kaiser Maximilian I angelegte mittelalterliche Epensammlung - unter anderem die einzige handschriftliche Aufzeichnung des Gudrunliedes (heute in der österreichischen Nationalbibliothek, Wien). Die Ambraser Sammlung untersteht heute dem Kunsthistorischen Museum in Wien.

Schlösser und Stifte
Abbildungen 26 und 27

Zu den wichtigsten Trägern mittelalterlicher Kultur in Tirol gehören: Burg Kufstein, Grenzfestung, urkundlich erstmals 1205 erwähnt, mit dem Kaiserturm als Wahrzeichen der Stadt und der weltbekannten Heldenorgel sowie einem bedeutenden Heimatmuseum; Schloß Tratzberg, 1295 erbaut, im 16. Jh. zuerst spätgotisch, dann im Renaissance-Stil ausgebaut, mit hervorragenden Täfelun-

roque manner, the oldest Late Gothic church of Tyrol), the city hall (built after 1447, raftered ceiling in the council room and a Gothic roof featuring merlons adorned with coats of arms); Hasegg Castle (built about 1280) with its Mint Gate and Mint Tower of 1480 (today the town's landmark), and its Late Gothic chapel and also Late Gothic castle courtyard. Rattenberg, chartered in 1393, a mining centre until into the 17th century with a well-preserved, uninterrupted cityscape and numerous burgher houses from Late Gothic and Renaissance epochs. The castle was first noted in 1704, but partly demolished in 1782. Schwaz, first noted in 930, enjoyed a boom after the discovery of ore deposits (about 1400), features a triple-nave hall church, consecrated in 1502.

Churches in Tyrol
Illustrations 15 - 23

A number of significant church buildings in the style of various epochs can be found in Tyrol, particularly of Late Gothic, Renaissance and Rococo architecture. Outstanding examples are, inter alia, the parish church of Schwaz, the largest Late Gothic hall church in Tyrol, originating from around 1300, with a great Gothic bell and a noteworthy roof covered with 15000 pieces of copper sheet; the church in the Wilten quarter of Innsbruck, dating from the 18th century, one of the most important Rococo churches in the province, already in the 12th century a place of pilgrimage, with magnificent frescoes, altar paintings and stucco decorations; St. Charles Borromaeus at Volders, built in the 17th century, endowed with important Rococo furnishings and handsome wrought iron lattice work; furthermore Innsbruck Cathedral, built about 1180, rebuilt in the Baroque style in the 18th century, the first High Baroque church of Tyrol, Rococo stucco decorations inside, Baroque pulpit and Baroque high altar (by Cranach).

Ambras Palace
Illustrations 24, 25 and 28 - 31

Ambras Palace, in the Ambras section of Innsbruck and noted already in the 10th century, was rebuilt under Duke Ferdinand II of Tyrol in the Renaissance style during the second half of the 16th century. It would become important for the land later on (residence of the ruling princes). Particularly noteworthy are the "Spanish Hall", then the largest Renaissance hall of state in central Europe, with a cassette ceiling, inlaid doors and fresco representations of the princes of Tyrol; the museum wings, especially ordered by Ferdinand II in the lower palace for the "Ambras Collection", one of the first museums in the Modern Age, contain suits of armor, weapons, pictures, books, manuscripts, coins, etc. The collection once also contained the Ambras Book of Heroes, a medieval collection of epics - including the only hand-written copy of the Gudrun Saga (kept today at the Austrian National Library in Vienna). The Ambras Collection is now a branch of the Arts Museum of Vienna.

Castles, Palaces and Abbeys
Illustrations 26 and 27

Kufstein Castle, a border fortress, first documentary notice in 1205, is one of the more important manifestations of medieval culture in Tyrol. Its Kaiserturm tower is a land-

pio (costruito dopo il 1447 con un soffitto a palchi nella sala dei consiglieri con decorazioni merlate raffiguranti stemmi), e il castello di Hassegg (costruito intorno al 1280) con la porta dei coniatori e la torre dei coniatori dal 1480, (che è oggi il simbolo della città), con una capella della fortezza del tardo-gotico e un cortile della stessa epoca; Rattenberg, diritto civico del 1393, fino al '600 centro di estrazione di minerali; aspetto vecchio della città ben conservato e chiuso con molte case borghesi del tardo gotico e del Rinascimento, la fortezza fu citata per la prima volta nel 930, dopo la scoperta del ferro (circa intorno al 1400), rilancio economico, chiesa a sala a tre navate consacrata nel 1502.

Chiese in Tirolo
Foto 15 - 23

Nel Tirolo ci sono costruzioni di chiese importanti in tutte le epoche e in tutti gli stili, una particolarmente del tardo gotico, del Rinascimento e del Roccocò. Esempi straordinari sono tra l'altro: la chiesa parrocchiale di Schwaz, la più grande chiesa a sala tardo gotica del Tirolo, originariamente del periodo intorno al 1300, con una grande campana gotica e il tetto degno di nota fatto di 15.000 lastre di rame; la chiesa parrocchiale del quartiere residenziale di Innsbruck Wilten del XVIII sec. una delle più importanti chiese roccocò del Tirolo nota già dal XII sec. come meta di pellegrini con affreschi sfarzosi, retabli e stucchi; la chiesa di San Carlo Borromeo a Volders, costruita nel '600, con un allestimento famoso in stile roccocò e bei cancelli in ferro battuto; il duomo di Innsbruck costruito nel 1180 una nuova costruzione del XVIII sec., la prima chiesa del primo barocco in Tirolo, con stucchi roccocò all'interno, con un pulpito barocco e l'altar maggiore pure barocco (Cranach).

Castello di Ambras
Foto 24, 25 e 28 - 31

Il castello di Ambras, situato nel quartiere di Innsbruck Ambras, è citato già nel X sec. Venne ricostruito sotto Federico II del Tirolo nella seconda metà del XVI sec. in stile rinascimentale ed ebbe in seguito grande importanza per la regione (sede del principe del territorio). In particolare degni di nota sono: „Sala Spagnola", l'allora più grande sala rinascimentale della Mitteleuropa, con soffitto a cassettoni, parte con intarsi e affreschi di Principi Tirolesi, i tratti di musei appositamente addobati da Federico II (castello inferiore) per la collezione di Ambras, che costituirono uno dei primi musei dell'età moderna, (corazze, armi, quadri, libri, manoscritti, monete ecc.). La collezione contiene pure il libro degli eroi di Ambras, una raccolta epica fatta dall'imperatore Massimiliano I. - Fra l'altro l'unica registrazione manoscritta del Canto di Gudrun. La collezione di Ambras è oggi sotto la direzione del Museo di Storia dell'Arte di Vienna.

Castelli ed abbazie
Foto 26 e 27

Fra i portatori più importanti della cultura medievale nel Tirolo si annoverano la fortezza di Kufstein fortezza di frontiera citata per la prima volta nel 1205 in un documento, con la torre dell'Imperatore come simbolo della città e con il famosissimo organo degli eroi nonchè un importante museo della patria: il castello di Tratzberg, costruito nel

gen und Holzdecken in vielen Räumen sowie dem ältesten gemalten Habsburger-Stammbaum und einer Rüstkammer mit bedeutender Waffensammlung. Eines der wichtigsten Tiroler Stifte ist das der Zisterzienser in Stams, 1273 erbaut, bis in das 16. Jh. Begräbnisstätte der Tiroler Landesfürsten, vorerst romanische, dann barockisierte Stiftskirche mit romanischem Chor und achteckigen Türmen sowie bedeutenden Fresken und Stukkaturen, vor allem im Rokoko-Stil.

Der Wilde Kaiser
Abbildung 45
Das Kaisergebirge, im Nordosten Tirols gelegen, besteht aus dem Zahmen Kaiser (nördlicher Teil) und dem Wilden Kaiser (südlicher Teil). Das Massiv des Wilden Kaiser, charakterisiert von felsig-schroffen, steil aufragenden, zinnenreichen Bergen, ist ein wichtiges, gut erreichbares Fremdenverkehrsgebiet und gilt als Kletterparadies.

Ländliche Bauformen
Abbildungen 32, 34, 37, 38 und 46 - 55
Die in Tirol vorherrschende Form der Bauernhäuser ist der Einhof, in den Seitentälern des oberen Inntals ist auch der Paarhof verbreitet. Die Höfe der einzelnen Gebiete unterscheiden sich durch eine Vielzahl von Details, vor allem in der Fassadendekoration. Sie besteht häufig aus Wandmalereien, Sgraffiti oder geschnitzten Balkon- und Erkerverzierungen. Die Häuser in den Niederungen haben meist ein gemauertes Erdgeschoß, jene in den Bergen bestehen hauptsächlich aus Holz. Die alten Tiroler Bauernhäuser passen sich an die sie umgebenden Landschaften in hervorragender Weise an.

Osttirol
Abbildungen 56 - 65
Osttirol (Hauptstadt Lienz) ist ein bedeutendes Forstwirtschafts- und Fremdenverkehrsgebiet. Lienz, im fruchtbaren Lienzer Becken gelegen und bereits Siedlung der Illyrer, wurde 1022 erstmals urkundlich erwähnt, erhielt 1242 das Stadtrecht und beherbergt zahlreiche Kulturdenkmäler, u.a. Schloß Bruck (erbaut um 1280) mit seiner doppelgeschossigen Burgkapelle, die ein bemerkenswertes Kreuzrippengewölbe sowie schöne, zum Teil noch romanische Fresken enthält sowie eine gotische Pfarrkirche mit gotischer Krypta und romanischen Bauresten. Schloß Heimfels bei Sillian ist eine mächtige mittelalterliche Wehrburg aus dem 13. Jh., um 1500 ausgebaut (Kapelle mit zahlreichen Fresken). Die „Panzendorfer Brücke" ist eine 61 m lange und 4 m breite Hängebrücke aus Holz über den Villgratenbach und hat als solche Seltenheitswert.

Wirtschaft und Brauchtum
Abbildungen 66 - 69 und 71 - 74
Tirol ist vor allem Österreichs wichtigstes Fremdenverkehrsland. Darüber hinaus haben aber auch die metallverarbeitende und chemische Industrie (besonders im unteren Inntal), die Textilindustrie sowie die Land- und Forstwirtschaft (vor allem die Almwirtschaft) Bedeutung. In den Talschaften hat sich zum Teil noch uraltes Brauchtum erhalten, so zum Beispiel die Perchtenläufe und das Widderstoßen. In ganz Tirol wird das Schützenwesen besonders gepflegt, auch alte Handwerkskunst wie Schützenscheibenmalen und Holzschnitzen wird noch ausgeübt.

mark and it also contains the "Heldenorgel", a large instrument dedicated to the fallen of past wars, and a remarkable local museum. Tratzberg Palace, built in 1295, extended during the 16th century, first in a Late Gothic manner, then in the Renaissance style, is known for splendid wood panelling and ceilings in many rooms, and also the oldest painted Habsburg family tree. The armoury has a remarkable collection of weapons. One of the most noteworthy Tyrolean abbeys is that of the Cistercians at Stams, built in 1273. The abbey church, first Romanesque, later adapted to the Baroque style, retained its Romanesque choir, and is conspicuous by the octagonal towers, frescoes and stucco decorations, mainly from the Rococo epoch.

The Wilde Kaiser Range
Illustrations 45
The Kaiser range, in the northeastern corner of Tyrol, consists of the Zahmen Kaiser (north) and the Wilden Kaiser (south). The Kaiser Massif is characterized by towering rocky crags, the region is a popular and accessible touristic area and also a mountain-climbing paradise.

Rural Architecture
Illustrations 32, 34, 37, 38 and 46 - 55
The predominant style of the Tyrolean farm house is the single farmstead, but in the branches of the upper Inn valley, the paired house can also be found. The farm houses of various regions are also different in a multitude of details, particularly in the facade decoration. These decorations are frequently murals, graffiti or patterns carved into the woodwork of balconies or oriels. Houses in the lowlands usually have a brickwork ground floor, those in the mountains are mainly of wood. The Tyrolean farm houses blend well into the surrounding landscape.

East Tyrol
Illustrations 56 - 65
East Tyrol (Lienz being the main town) is an important region of forestry and tourism. Set in a fertile basin, Lienz was already the site of an Illyrian settlement, first noted in documents in 1022, chartered in 1242, and contains many cultural monuments, such as Bruck Palace (built about 1280) with its two-storeyed chapel, notable for a splendid rib vault and attractive frescoes, some still Romanesque. The parish church is Gothic, with a Gothic crypt and Romanesque remnants in the construction. Heimfels near Sillian is an imposing medieval fortification from the 13th century, extended about 1500. (The chapel with numerous frescoes). The "Panzendorf Bridge" is a suspension bridge, a wooden construction across the Villgraten creek, and a valuable rarity.

The Economy and Traditional Customs
Illustrations 66 - 69 and 71 - 74
Tyrol is the foremost touristic region of Austria. Next in importance are the metal processing and chemical industries (especially in the lower Inn valley), textiles and agriculture (dairying in particular) and forestry. Ages-old customs have been preserved to some extent in various valleys, f.i. the masked and costumed "Perchten" parades, or "ram thrusting". Numerous rifle companies are maintaining an old tradition, such as the decoration of rifle targets, or wood carving.

1295 ampliato nel XVI sec. in stile tardo gotico e poi in quello rinascimentale con rivestimenti alle pareti eccezionali e soffitti in legno in molte stanze nonchè il più antico albero genealogico degli Asburgo dipinto e una collezione di armi di grande valore. Una delle abbazie più notevoli del Tirolo quella dei Cistercensi a Stams costruita nel 1273 fino al XVI sec. luogo di sepoltura dei Principi del Tirolo, una famosa chiesa di abbazia prima romanica poi barocchizzata con coro romanico e torri ottagonali, nonchè affreschi bellissimi e stucchi piuttosto in stile roccocò.

Il „Wilder Kaiser" (l'imperatore selvaggio)
Foto 45
La montagna dell'imperatore selvaggio situata nel nordest del Tirolo consiste dello Zahmer Kaiser (parte settentrionale) e il Wilder Kaiser (parte meridionale). Il massiccio del Wilder Kaiser caratterizzato da monti rocciosi e ripidi e pieno di picchi è una zona turistica centrale ed è un paradiso per alpinisti.

Forme di costruzioni rurali
Foto 32, 34, 37, 38 e 46 - 55
La forma delle case contadine predominante nel Tirolo è la casa comprendente gli appartementi e le stalle, nelle valli laterali invece la casa contadina viene ingrandita in quanto la parte abitata viene divisa dalle stalle. Le fattorie delle singole zone si distinguono da una pluralità di dettagli anzitutto nella decorazione delle facciate. Consiste spesso in pitture paretali, graffiti o di balconi intagliati ed angoli decorati. Le case nei bassi piani hanno per lo più il pianterreno in muratura quelle nelle montagne sono fatte piuttosto di legno. Le vecchie case contadine del Tirolo si integrano nel paesaggio circostante.

Tirolo dell'Est
Foto 56 - 65
Il Tirolo dell'Est (capoluogo Lienz) è una zona importante per la silvicoltura e il turismo. Lienz situata nel fertile Bacino di Lienz e già insediamento ai tempi degli Illiri venne citata per la prima volta in un documento del 1022, ebbe il diritto civico nel 1242 e ospita numerosi monumenti culturali tra l'altro il castello di Bruck (costruito intorno al 1280) con la sua capella di fortezza a due piani che possiede una volta a nervatura a croce degna di nota nonchè begli affreschi in parte ancora romanici, nonchè una chiesa con una cripta gotica e resti di construzione romanici. Il castello di Heimfels presso Sillian è una fortezza medievale maestosa del XIII sec. ampliata intorno al 1500 (capella con numerosi affreschi). Il „Ponte di Panzendorf" è un ponte di legno lungo 61 m. e largo 4 m. sopra il fiumicello Villgraten e come tale una rarità.

Economia e usanze
Foto 66 - 69 e 71 - 74
Il Tirolo è innanzitutto la prima regione austriaca del turismo. Oltre a ciò anche l'industria metalmeccanica e chimica (specie nella bassa valle dell'Inn) l'industria tessile nonchè l'agricoltura e la silvicoltura (in particolare la alpicoltura) sono importanti. Nelle diverse valli si sono conservati costumi per esempio le Perchtenläufe (corse degli spiriti vaganti dei morti tra Natale e l'Epifania) e la lotta con gli arieti. In tutta l'Austria viene curato in particolar modo il tiro al piattello e il vecchio artigianato dove si dipingevano i piattelli e l'intaglio in legno.

Der Gebirgsstock des Wilden Kaiser, von Kirchdorf in Tirol aus gesehen.

The massif of the Wilde Kaiser, as seen from Kirchdorf in Tyrol.

Le montagne dell „Imperatore selvaggio", viste da Kirchdorf nel Tirolo.

Teil eines alten Tiroler Erbhöfes, bei Matrei im Iseltal, Osttirol.

Portion of an old Tyrolean hereditary farmstead, near Matrei in the Isel valley, East Tyrol.

Parte di un podere tirolese ereditario, presso Matrei nella valle dell'Isel.

Matrei in Osttirol, Talbecken an der Mündung des Virgentales (Felbertauernstraße).

Matrei in East Tyrol. The basin at the estuary of the Virgen valley. (Felbertauernstraße).

Matrei nel Tirolo dell'Est, bacino alla foce della valle del Virgen (Felbertauernstraße).

Silvretta. Hochalpines Schigebiet an der Grenze Vorarlbergs und Tirols zur Schweiz.

Silvretta range. Ski area at the border between Vorarlberg, Tyrol and Switzerland.

Silvretta. Zona di sci alpina al confine del Vorarlberg e del Tirolo verso la Svizzera.

Bregenz. Ansicht aus Matthäus Merian, „Topographia Sueviae", 1643. Ausschnitt.

Bregenz. Detail from Matthew Merian's "Topographia Sueviae", 1643.

Bregenz. Veduta di Matthäus Merian, "Topographia Sueviae", 1643, particolare.

Bildteil · Seiten 171 bis 192

Erläuterungen zu den Bildern aus Vorarlberg

Großlandschaften
Abbildungen 1, 2, 4, 10, 26, 34 - 37, 44, 56 und 57
Vorarlberg ist das westlichste und nach Wien kleinste Bundesland Österreichs. Im Osten wird es vom Arlberg, im Westen vom Flußlauf des Rheins begrenzt. Trotz seiner kleinen Fläche weist das Land eine erstaunliche Vielfalt an Landschaftsformen auf, See- und Flußniederungen ebenso wie Hochgebirge mit Gletscherregionen. Die wichtigsten Landesteile sind das Rheintal, das Illtal mit dem Walgau und Montafon, das Arlberggebiet, der Bregenzer Wald und das Kleine und Große Walsertal. Das Klima ist niederschlagsreich, es gibt geringere Temperaturgegensätze zwischen den einzelnen Jahreszeiten als in den anderen österreichischen Bundesländern. Die wärmsten Gebiete sind das Rheintal und das Bodenseegebiet; charakteristisch ist häufig auftretender Föhn. Vorarlberg ist das einzige Bundesland Österreichs, in dem alemannischer Dialekt vorherrscht.

Landeshauptstadt Bregenz
Abbildungen 3 - 15
Bregenz, am Ostufer des Bodensees gelegen, war schon keltische, später römische Siedlung und wurde um 800 erstmals, 1249 als Stadt erwähnt. 1523 kam Bregenz durch Kauf an die Habsburger. Heute ist die Landeshauptstadt ein wichtiges Fremdenverkehrs-, Handels-, Bildungs- und vor allem Kulturzentrum. Auf Grund der bewegten Geschichte gibt es viele alte Kulturdenkmäler, die großteils heute noch gut erhalten sind, vor allem in der auf einer Terrasse gelegenen Altstadt (Oberstadt). Beispiele sind: Reste der alten Stadtmauer mit einem Stadtturm aus dem 13. Jh., der Martinsturm - heute Wahrzeichen der Stadt - mit der Martinskapelle aus dem 14. Jh. und das Alte Rathaus, erbaut 1511. Bemerkenswerte Bauten in der neueren Unterstadt sind das Neue Rathaus (1686), die ursprünglich 1408 erbaute und 1698 neu errichtete Seekapelle und das ehemalige Kornmarkthaus aus dem Jahre 1838, das 1955 zum „Theater für Vorarlberg" umgebaut wurde. Weitere vor allem kulturhistorisch wichtige Bauten sind die Burgruine Hohenbregenz aus dem 11. Jh. sowie die zahlreichen Kirchen und die fünf zum Teil aufgelösten Klöster der Stadt. Zu den Sehenswürdigkeiten gehören auch die Seestraße, der Strandweg und die Seeanlagen mit dem Bregenzer Festspielhaus.

Typische Städte
Abbildungen 16 - 20 und 30
Die größten Siedlungen Vorarlbergs sind neben Bregenz die Städte Dornbirn und Feldkirch. Dornbirn, erstmals 895 erwähnt, ist die jüngste, aber größte Stadt des Landes (Stadtrecht 1901) und Zentrum der österreichischen Textilindustrie sowie bedeutende Handels- und Messestadt. Historische Bauwerke sind die Stadtpfarrkirche mit freistehendem Glockenturm (1493 erbaut) und das „Rote Haus", ein typisches Rheintalhaus aus dem Jahre 1639 (kreuzgiebeliger Holzbau mit rotem Wandanstrich) sowie weitere Rheintalhäuser. Feldkirch, erstmals im 9. Jh. erwähnt, seit 1218 Stadt, ist wichtiges Verkehrs-, Schul- und Handelszentrum und besitzt neben zahlreichen kulturhistorisch

Picture Section · Pages 171 to 192

Notes to the Illustrations on Vorarlberg

Major Landscapes
Illustrations 1, 2, 4, 10, 26, 34 - 37, 44, 56 and 57
Vorarlberg is the westernmost province of Austria and, except Vienna, also the smallest. The Arlberg massif forms its eastern border, the Rhine is the western boundary. But despite the small area, the country is endowed with a multitude of varying landscapes, lakeside and riverine lowlands as well as high alpine regions with glaciers. The most important areas are the valley of the Rhine and the Ill valley with its Walgau and Montafon sections, the Arlberg region, the Bregenz Forest and, finally, the Great and Little Walsertal. The climate is rich in precipitation and the temperature difference between the seasons is not as great as in the other provinces of Austria. The warmest areas are the Rhine valley and the region around Lake Constance. Characteristical is also the frequently occurring Föhn, a warm wind blowing down from the mountains. Vorarlberg is the only province of Austria where the Alemannic dialect is predominant.

Bregenz, the Provincial Capital
Illustrations 3 - 15
Bregenz, on the eastern shore of Lake Constance, was already a Celtic, and later Roman, settlement, noted first about 800, and in 1249 as city. In 1523 the city became Habsburgian by purchase. The provincial metropolis is today a centre of trade, education, and, above all, culture. The vicissitudes of history have left many cultural monuments, most of which preserved until today and mainly located in the old (upper) town. Examples are the remains of the former city wall with a tower from the 13th century, the Martin's Tower - today a landmark - with the St. Martin's chapel from the 14th century, and the old town hall, built in 1511. Remarkable edifices in the newer lower town are the new city hall (1686), the lakeside chapel, originally built in 1408 and rebuilt in 1698 and the former grain hall from 1838, which was converted in 1955 to serve as the provincial theatre. Further historically important structures are the ruins of Hohenbregenz Castle from the 11th cent. and the five monasteries, some of which now dissolved. Also well-known are the lakeside road, the beach promenade and the various lakeside facilities including the new festival house.

Typical Towns
Illustrations 16 - 20 and 30
Next to Bregenz, the largest towns of Vorarlberg are Dornbirn and Feldkirch. Dornbirn, first noted in 895, is the largest, and also youngest, municipality (chartered in 1901), the centre of the Austrian textiles industry and important for commerce and known for the trade fair. Historical edifices are the city church with its freestanding belfry (the latter built in 1493) and the "Red House", a typical Rhine Valley building from 1639 (a cross-gabled wooden structure, painted red), and other Rhine Valley houses. Feldkirch, first noted in the 9th cent., is an important traffic hub and a town of many schools and active commerce. The town has many historically important buildings, and Schattenburg castle is one of the best-preserved castles of cen-

Parte fotografica · Pagine 171 fino a 192

Spiegazioni sulle foto del Vorarlberg

Paesaggi
Foto 1, 2, 4, 10, 26, 34 - 37, 44, 56 e 57
Vorarlberg è la regione più occidentale e eccetto Vienna, quella più piccola dell'Austria. Ad est è delimitata dall'Arlberg, ad ovest dal corso del Reno. Nonostante la sua superficie ristretta la regione presenta una varietà di paesaggi, bassipiani con laghi e fiumi come anche montagne con ghiacciai che risalgono ancora all'era glaciale. Le zone più importanti sono la valle del Reno, dell'Ill con il Walgau e il Montafon, la zona dell'Arlberg, il Bosco di Bregenz e la piccola e la grande valle del Wals. Il clima presenta molte piogge, meno sbalzi di temperatura fra le singole stagioni che nelle altre regioni. Le zone più calde sono la valle del Reno e il lago di Costanza, caratteristico è il Föhn che proprio nella valle del Reno si manifesta spesso. Il Vorarlberg è l'unica regione dove prevale il dialetto alemanno e viene ancora coltivato con molto orgoglio ed è difficilmente comprensibile per il resto della popolazione.

Capoluogo di regione Bregenz
Foto 3 - 15
Bregenz situata sulla riva orientale del lago di Costanza fu già insediamento romano e venne citata per la prima volta nell'800 e come città nel 1249. Nel 1523 Bregenz venne acquistata dagli Asburgo. Oggi la metropoli del Vorarlberg è un importante centro turistico, commerciale, scolastico e anzitutto culturale. A causa della storia movimentata vi sono molti monumenti culturali antichi, ancora oggi conservati, per lo più nel centro storico (città bassa) situata su un'altura a terrazza. Gli esempi sono: resti di mura antiche della città con una torre della città del '200, la torre di San Martino, oggi simbolo della città, con la Capella di San Martino del '300 e il Municipio antico costruito nel 1511. Costruzioni notevoli nella città bassa sono il Municipio nuovo (1686), la Capella del lago costruita nel 1408 e nuovamente eretta nel 1698 e l'ex casa del mercato di cereali del 1838, trasformata nel 1955 nel „Teatro del Vorarlberg". Ulteriori costruzioni importanti storico-culturali sono la rovina della fortezza „Hohenbregenz" del XI sec. nonchè numerose chiese e i cinque monasteri della città in parte abbandonati. Famosa è anche la strada lungo il lago, la via lungo la spiaggia e gli impianti sul lago con il nuovo Palazzo del Festival di Bregenz.

Città tipiche
Foto 16 - 20 e 30
I maggiori insediamenti del Vorarlberg sono oltre a Bregenz le città di Dornbirn e Feldkirch. Dornbirn citata per la prima volta nell'895 è la città maggiore ma più giovane della regione (diritto civico 1901) e centro dell'industria tessile austriaca nonchè città commerciale e fieristica. Monumenti storici sono la chiesa parrocchiale con il campanile staccato (quest'ultimo del 1493) e la „casa rossa" una tipica casa della valle del Reno del 1639 (croce in legno dal tetto spiovente), nonchè altre case della valle del Reno. Feldkirch citata per la prima volta nel IX sec., dal 1218 città è un importante centro di passaggio, scolastico e culturale, commerciale e possiede oltre alle numerose costruzioni storiche nel „Schattenburg" una delle fortezze

wertvollen Bauwerken in der Schattenburg eine der am besten erhaltenen Burgen Mitteleuropas. Sie war einst Sitz der Grafen von Montfort, von welchen die Habsburger 1375 die Grafschaft Feldkirch (mit dem inneren Bregenzerwald) kauften.

Kirchen
Abbildungen 21 - 25
Da Vorarlberg nie bischöfliches Zentrum war, wurde die kirchliche Baukunst meist von der bürgerlichen Kultur der Städte oder von Einflüssen aus Chur, Konstanz und schwäbischen Gebieten bestimmt. Aus der Romanik sind Kunstwerke wie zum Beispiel das „Vortragskreuz" (Bartholomäberg) und das „Wundertätige Kreuz" (in Rankweil) erhalten. Eines der bedeutendsten Werke der Gotik in Vorarlberg ist die „Erbärmde-Gruppe" in Tosters. Gotische Flügelaltäre gibt es in vielen Kirchen, unter anderem in Frommengersch, Röns und Bludesch: wertvolle gotische Wandmalereien finden sich zum Beispiel in der Bregenzer Martinskapelle. Bemerkenswert ist ferner die gotische Kirche im 1430 m über dem Meer gelegenen Damüls mit ihrer Holzkassettendecke von 1693 und den im Jahre 1952 freigelegten spätgotischen Fresken (Bilderzyklen) aus dem 15. Jh.

Burgen und Schlösser
Abbildungen 27 - 33
Vorarlberg hat relativ viele Burgen. Im Rheintal wurden sie, stark befestigt, zur Kontrolle des Tals errichtet, im Walgau dienten sie vor allem Wohnzwecken und waren auch Sitz der Gerichtsbarkeit. Zu den wichtigsten Burgen und Schlössern des Landes gehören: die Schattenburg in Feldkirch, im 12. Jh. errichtet, im 15. und 17. Jh. ausgebaut, einst im Besitz der Grafen von Montfort, die Burgkapelle enthält Fresken aus dem 16. Jh., in den teils gotisch getäfelten Räumen ist heute ein Heimatmuseum untergebracht: Burg Glopper im Hohenemser Teil Neuems, ursprünglich im 14. Jh. erbaut, im 15. Jh. auf steiler Felskuppe neu errichtet, mit Holztreppe zur Hochburg und stark befestigt, die Burg ist noch heute bewohnt; der Palast in Hohenems, im Renaissance-Stil Mitte des 16. Jh.s erbaut, mit bergseitiger Blendmauer (hervorragende Scheinmalerei) und Arkadengängen mit Renaissancedecken: hier wurden im 18. Jh. in der Palastbibliothek zwei Handschriften des Nibelungenliedes gefunden.

Der Bregenzerwald
Abbildungen 41, 44 und 56
Der Bregenzerwald ist eine Großlandschaft im Norden Vorarlbergs und wird in Vorderwald (im Nordwesten) und Hinterwald (im Südosten) gegliedert. Der Vorderwald ist eine sanftwellige Mittelgebirgslandschaft mit vorherrschenden Grasflächen und wird deshalb intensiv durch Viehwirtschaft genutzt. Der Hinterwald ist Hochgebirgsland und großteils bewaldet. Hier hatten die Bewohner (meist Bauern) bis ins 19. Jh. hinein große Freiheiten, z. B. das „Wälderparlament". Wichtigster Fluß ist die Bregenzer Ache, deren Bett den Bregenzerwald teilweise schluchtartig durchschneidet. Die bedeutendsten Wirtschaftszweige sind Alm- und Forstwirtschaft sowie der Fremdenverkehr. Es haben sich aber auch traditionelle Formen der „Hausindustrie", etwa Sticken und das Spitzenklöppeln, erhalten. Die vorherrschende Hausform ist das Bregenzerwaldhaus.

tral Europe. The castle was once the seat of the Counts of Montfort from whom the Habsburgs purchased Feldkirch county in 1375 (including the inner Bregenz Forest).The Montfort flag is the provincial seal.

Churches
Illustrations 21 - 25
Since Vorarlberg had never had an episcopal see, ecclesiastical art was influenced mainly by the civic culture of the towns, or from Chur in neighbouring Switzerland, Constance or Suebia. Preserved from the Romanesque period are the "Vortragskreuz" at Bartholomäberg in the Montafon valley and the "miracle-working cross" at Rankweil. The most remarkable "merciful group" at Tosters, and many winged Gothic altars have been preserved in churches, notably at Frommengersch, Röns and Bludesch. Noteworthy Gothic murals can be found, f.i. in the St. Martin's chapel at Bregenz. Remarkable, furthermore is the Gothic church in Damüls, 1400 m (4600 ft) above sea level, with its wooden cassette ceiling of 1693 and Late Gothic frescoes from the 16th century, a rewarding place to see.

Castles and Palaces
Illustrations 27 - 33
Vorarlberg is relatively rich in castles. These were heavily fortified in the Rhine valley, so to be able to control it. In the Walgau section of the Ill valley, the castles were mainly residential structures and seats of jurisdiction. Among the most important castles and palaces are the Schattenburg at Feldkirch, built in the 12th century and extended in the 15th and 17th centuries, once a possession of the Montfort counts, with frescoes from the 16th century in the chapel, the rooms, partially with Gothic wood panels, now housing a local museum: furthermore Glopper Castle in the Neuenems section of Hohenems town, originally built in the 14th century, rebuilt on a steep cliff in the 15th century, with wooden stairs to the stronghold, heavily fortified, and lived in until today. The palace in Hohenems, built in the Renaissance style in the mid-16th century is noted for its screening wall and arcaded corridors with Renaissance ceilings. Two manuscripts of the Nibelungen Saga were discovered here in the 18th century. That Saga's locales are first along the lower Rhine, and later the lower Danube.

The Bregenz Forest
Illustrations 41, 44 and 56
The Bregenz Forest is a major landscape in the north of Vorarlberg and consists of the Anterior Forest (in the north-west) and the Posterior Forest (in the south-east). The Anterior Forest is a country of softly-rolling middle-height mountains, where grassland dominates, and thus an area of intensive livestock raising. The Posterior Forest is a zone of high peaks and mainly wooded. The inhabitants (mainly peasants) enjoyed great privileges, such as their own assembly, the "Forest Parliament", well into the 19th century. The most important river is the Bregenz Ache (creek), with a number of deep gorges along its course. Dominating in the economy are dairying, forestry and also tourism. But traditional ways of domestic crafts, such as embroidering and lace making still exist. The so-called "Bregenz Forest House" is the predominant house form.

meglio conservate del Mitteleuropa. Nel suo interno presenta una bellissima sala per ricevimenti e banchetti. Fu anche la sede dei Duchi di Montfort dai quali gli Asburgo acquistarono nel 1375 il Ducato di Feldkirch (con il Bosco di Bregenz).

Chiese
Foto 21 - 25
Visto che il Vorarlberg non fu mai un centro vescovile l'arte sacrale fu determinata per lo più dalla cultura della città o da influssi da Chur, Costanza e le zone degli Svevi. Dal periodo romanico sono conservate opere come per es. la „Croce per processioni" (Bartholomäberg) e la „Croce dei miracoli" (Rankweil). Una delle opere gotiche più famose nel Vorarlberg è il „Gruppo della Pietà" a Tosters, altari a pala gotici si trovano in molte chiese, come a Frommengersch, Röns e Bludesch, così come molte pitture paretali per es. nella Capella di San Martino a Bregenz. Di questo periodo è inoltre degna di nota la chiesa gotica nella località di Damüls a 1430 m. sopra il livello del mare con il soffitto a cassettoni del 1693 ed affreschi tardogotici del '400 che sono in parte ancora bene conservati.

Castelli e fortezze
Foto 27 - 33
Il Vorarlberg ha molte fortezze. Nella valle del Reno vennero ben fortificate e costruite per la difesa della valle, nel Walgau servirono da abitazione e sedi dei tribunali. Fra le fortezze ed i castelli più famosi si annoverano: la Schattenburg a Feldkirch, costruita nel XII sec., ampliata nel '400 e '600, un tempo in possesso dei Duchi di Montfort, la Capella presenta affreschi del '500, nelle sale che hanno in parte delle tavolate gotiche, è ospitato un museo locale degno di essere visto. La fortezza di Glopper nella zona di Neuems di Hohenems, costruita nel '300 nuovamente costruita nel '400 su una roccia ripida, con scala in legno nell'alta fortezza ben fortificata, è ancor oggi abitata. Il Palazzo a Hohenems, costruito in stile rinascimentale nel '500 con un muro dalle sculture dipinte sul lato che guarda il monte e arcate con soffitti rinascimentali, possiede due manoscritti trovati nel '700 della „Saga dei Nibelunghi" che si conserva oggi nelle Biblioteca Nazionale di Vienna.

Il Bosco di Bregenz
Foto 41, 44 e 56
Il Bosco di Bregenz è un paesaggio a nord del Vorarlberg e si suddivide in bosco anteriore (a nordovest), e bosco posteriore (a sudest). Il bosco anteriore è una collina ondulata con molti prati e percio è usato per l'allevamento del bestiame. Il bosco posteriore è alta montagna e per lo più boscoso. Qui i contadini fino al '800 inoltrato ebbero grandi libertà per es. „Il parlamento dei boschi". Un fiume importante è l'Arche di Bregenz, il cui letto solca il Bosco di Bregenz in parte con gole. I settori economici più importanti sono l'alpicoltura e la silvicoltura nonchè il turismo. Esso viene favorito dal fatto che per tutta la zona del bosco passa il tracciato di una ferrovia piccola. Si sono però conservate forme tradizionali dell'industria della casa come il ricamo e il lavoro di merletti a fuselli. Andando nel Bosco di Bregenz una domenica o un giorno festivo si ha occasione di vedere la popolazione in costumi. La casa predominante è la „casa del Bosco di Bregenz".

Bezau, Pfarrkirche. Hauptort des Bregenzerwaldes und Ende der Bregenzerwaldbahn.

Bezau. Parish church. Main town of the Bregenz Forest and terminus of the regional railway.

Bezau, chiesa parrocchiale. Località principale del Bosco di Bregenz.

Au im Bregenzerwald, am Ausgang des Argentales. Sommerfrische und Wintersportort.

Au in the Bregenz Forest, in the Argen valley. A summer resort and ski centre.

Au nel Bosco di Bregenz, all'inizio della valle dell'Argen, villeggiatura.

Typisches Bregenzerwaldhaus mit Laube an der Traufenseite, bei Au.

A typical Bregenz Forest house near Au, with trellis at the gutter side.

Casa tipica del Bosco ci Bregenz con pergola al fianco della casa, presso Au.

Bauernhaus bei Vandans im Montafon. Bauweise mit rätoromanischem Einfluß.

A farm house nr. Vandans (Montafon valley). The construction shows a Rhaeto-Roman influence.

Casa contadina presso Vandans nel Montafon. Costruzione sotto l'influsso retoromanico.

Montafon, bei Schruns. Dichtbesiedeltes Hochgebirgstal (Illwerke). Zufahrt zur Silvretta.

The Montafon nr. Schruns. A densely-populated valley: gateway to the Silvretta region.

Montafon presso Schruns. Valle nell'alta montagna densamente popolata (centrali dell'Ill).

Bildteil · Seiten 171 bis 192

Hausformen
Abbildungen 45 - 54 und 60 - 62

In Vorarlberg dominieren vor allem zwei bäuerliche Hofformen: das Rheintalhaus und das Bregenzerwaldhaus. Daneben gibt es noch den Walgauhof und den Montafoner sowie Walser Paarhof. Das typische Bregenzerwaldhaus ist ein hölzerner, manchmal untermauerter Einhof mit einer Art Laube auf einer der beiden Traufseiten. Es hat große, enggereihte Fenster und ist an den Außenwänden mit abgerundeten, fischschuppenähnlichen Holzschindeln belegt. Das Rheintalhaus ist ein einstöckiger steinuntermauerter Einhof mit Eingang auf der Traufseite, an dem weiters das Steildach, die meist rot gefärbte Holzschindelverkleidung an den Außenwänden und das verlängerte Dach („Klebdach") charakteristisch sind.

Das Arlberggebiet
Abbildungen 38, 39, 43 und 57

Der Arlberg ist nicht nur Grenze zwischen Tirol und Vorarlberg, sondern auch Grenze zwischen den alemannisch und den bairisch beeinflußten Bevölkerungsteilen Österreichs. Das Arlberggebiet, schon in frühgeschichtlicher Zeit besiedelt, zählt heute zu den bekanntesten Wintersportzentren der Welt. Zu den wichtigsten Orten auf vorarlbergischem Gebiet zählen Lech (nahe dem Ursprung des Lechs) und Oberlech, Zürs, Warth, Zug (vom Arlberg über den Flexenpaß erreichbar) und Klösterle, eine Siedlung, in der schon im 9. Jh. Bergbau betrieben wurde und die im 14. Jh. nach einem dort gestifteten Kloster des Johanniterordens benannt wurde.

Montafon
Abbildungen 36, 42 und 55

Das Montafon ist ein rund 40 km langes, im Süden Vorarlbergs gelegenes Hochgebirgstal mit Schruns als Hauptort (1209 erstmals erwähnt, alter Luftkurort mit Heilbad). Das sehr dicht besiedelte Tal ist wirtschaftlich wegen seiner Wasserkraftwerke, der Viehzucht und als Fremdenverkehrsregion von Bedeutung. Charakteristisch sind die zur Gänze gemauerten, weiß verputzten Montafoner Häuser, an welchen sich rätoromanischer Einfluß bemerkbar macht. Im oberen Illtal liegt die flächenmäßig größte Gemeinde von Vorarlberg, Gaschurn. Der Ort wurde 1423 erstmals erwähnt und ist heute vor allem ein Fremdenverkehrszentrum.

Wirtschaft
Abbildungen 58, 59, 63 und 64

Vorarlberg ist, abgesehen von Wien, das am höchsten industrialisierte Bundesland Österreichs und hat unter allen Bundesländern (außer Wien) den geringsten Prozentsatz an bäuerlicher Bevölkerung. Besondere Bedeutung hat die Textilindustrie (Zentrum in Dornbirn), deren hervorragender Ruf weit über Österreichs Grenzen reicht. Diese Textilbetriebe sind meist Familienunternehmen. Bedeutend sind weiters Betriebe der metallverarbeitenden und der chemischen Industrie, die Papier-, Nahrungsmittel- und Elektroindustrie sowie die Elektrizitätsgewinnung aus Wasserkraft und der Fremdenverkehr. Landwirtschaftlich bedeutend sind die Alm- und Holzwirtschaft sowie die Viehzucht. Auch altes Handwerk wird noch in traditioneller Art ausgeführt, zum Beispiel Sticken und Spitzenklöppeln im Bregenzerwald oder Glasmalerei in Schruns.

Picture Section · Pages 171 to 192

Rural Architecture
Illustrations 45 - 54 and 60 - 62

Two types of farmhouses dominate in Vorarlberg, the Rhine Valley House and the Bregenz Forest House. Other types are the Walgau farmyard and the paired houses of Montafon or Walser style. The standard Bregenz Forest House is a wooden structure, with an occasional masonry base and a kind of arcade below the eaves on both sides. This house has large, closely spaced windows, the outer walls are covered with rounded-off wooden shingles. The Rhine Valley House is a single-storey house, with a masonry base, the entrance being on one side and the shingle covered walls usually coloured in red. Characteristic is, furthermore, the overhanging steep-sided roof,the so called "clinging roof", lending the atmosphere of a secure shelter to the houses graced by it.

The Arlberg Region
Illustrations 38, 39, 43 and 57

The Arlberg is the border not only between Tyrol and Vorarlberg, but it also divides a segment of the Austrian population which is Alemannic-influenced from the Bavarian-influenced majority. The Arlberg region, settled already in pre-historic times, is today one of the most renowned winter sports centres in the world. On the Vorarlberg side, the major localities are Lech, Zürs, Warth, Zug and Klösterle, the latter a village where mining was undertaken from the 9th century and named after a Johannine monastery, founded in the 14th century.The hamlet of Strengen is also a prosperous winter sports centre and terminal of a chairlift system.

The Montafon
Illustrations 36, 42 and 55

The Montafon is a valley carved between high peaks by the river Ill in the south of Vorarlberg, 40 km (25 mi) in length. Schruns is the major locality (first noted in 1209, a traditional high altitude resort with mineral springs). The densely populated valley is of economic significance due to its hydropower plants, livestock raising and touristic attractions. Characteristic are also the whitewashed brick houses in Montafon style, on which Rhaeto-Romanic influence can be noted. Gaschurn, in the upper section of the valley is, by area, the largest commune of Vorarlberg. It was first noted in 1423, today it is mainly a touristic centre. The chain of power stations along the river Ill has, for tens of years, also supplied electricity to the centres of West German heavy industry in the Rhineland and Westphalia.

The Economy
Illustrations 58, 59, 63 and 64

Next to Vienna, Vorarlberg is the most highly industrialized province of Austria and (Vienna excepted) has the lowest proportion of a farming population. Of great importance is the textile industry centred in Dornbirn and enjoying a reputation far beyond the borders of Austria. It is mainly in family ownership. Significant are, furthermore, the chemical, paper, foodstuffs and electrical industries, and also the great hydroelectric power plants. Of agricultural importance are dairying, cattle rasing and forestry. Old handicrafts are still being practised, f.i. embroidering and lace making in the Bregenz Forest or stained-glass making at Schruns.

Parte fotografica · Pagine 171 fino a 192

Forme delle case
Foto 45 - 54 e 60 - 62

Nel Vorarlberg predominano due forme di case contadine: la casa della valle del Reno e la casa del Bosco di Bregenz. Accanto a questo c'è la casa del Walgau e la casa parallela del Montafon nonchè di Wals. La casa tipica del Bosco di Bregenz è una casa singola di legno, qualche volta con muri, con una specie di pergolato in uno dei lati principali. Ha grandi finestre l'una accanto all'altra e sulle pareti esterne è ricoperta di un legno particolare. La casa nella valle del Reno è una casa singola di un piano con una base di pietra e l'entrata dal lato principale di cui sono caratteristici il tetto ripido, il rivestimento delle pareti esterne per lo più di legno rosso particolare e il resto del tetto prolungato (tetto piatto).

La zona dell'Arlberg
Foto 38, 39, 43 e 57

L'Arlberg non è solo il confine tra il Tirolo e il Vorarlberg ma anche il confine fra le parti della popolazione di influenza alemanna e quella bavarese dell'Austria. La zona dell'Arlberg insediata già in tempi preistorici si annovera fra i centri di sport invernali più conosciuti del mondo. Fra le località più importanti nel territorio del Vorarlberg ci sono Lech, Zürs, Warth, Zug e Klösterle, una località industriale mineraria già nel sec. IX e così chiamata dopo la fondazione di un monastero dall'ordine dei Giovanniti nel '300.

Montafon
Foto 36, 42 e 55

Il Montafon è una alta valle lungo circa 40 km, che si trova a sud del Vorarlberg con la località principale di Schruns (citata per la prima volta nel 1209, vecchia stazione climatica e termale). La valle densamente popolata è importante economicamente parlando per l'allevamento del bestiame e per il turismo. Caratteristiche sono pure le case di Montafon interamente dipinte con intonaco bianco, nelle quali si percepisce l'influsso retoromanico. Nell'alta valle dell'Inn c'è il comune più esteso del Vorarlberg. Il paese venne citato per la prima volta nel 1423, oggi il centro turistico di Gaschurn che si trova a quasi 1000 m. sopra il livello del mare.

L'economia
Foto 58, 59, 63 e 64

Il Vorarlberg, dopo Vienna, è la regione più industrializzata e fra tutte le regioni (tranne Vienna) ha la percentuale più bassa di popolazione contadina. D'importanza particolare è l'industria tessile (centro a Dornbirn), la cui fama va ben oltre i confini dell'Austria e i cui prodotti vengono quindi esportati in tutto il mondo. Queste aziende tessili sono per lo più imprese familiari. Significative sono inoltre l'industria metalmeccanica, chimica, cartiera, alimentare fra cui una delle più importanti è quella del cioccolato motivo per cui sulla cittadina di Bludenz si spande un profumo assai dolce, ed elettrica nonchè la produzione d'energia derivante dall'acqua. D'importanza agricola sono le Alpi, - la silvicoltura e l'allevamento del bestiame. Anche l'artigianato antico si pratica in modo tradizionale, per esempio il ricamo e il lavoro di merletti a fuselli nel Bosco di Bregenz o le pitture su vetro a Schruns.

Bildteil · Seiten 193 bis 214

Erläuterungen zu den Bildern aus Wien

Hofburg
Abbildungen 3 - 6, 8 - 10, 38 - 41, 54 und 57
Der Schweizerhof, ältester Teil der Hofburg, entstand aus einem 1275 von Ottokar II Přemysl begonnenen Bau (urkundlich erwähnt 1279), der die Residenz „Am Hof" ersetzen sollte. Seine Gestalt erhielt er im wesentlichen um die Mitte des 16. Jahrhunderts. Die unter Kaiser Friedrich III 1447 - 1449 erbaute Burgkapelle ist ein erhaltener Rest des gotischen Baubestandes. Bedeutend ist auch das Renaissanceportal des Schweizerhofes (1552). Unter Kaiser Rudolf II wurde 1575 - 1577 der Bau der Amalienburg begonnen. Die heutige Stallburg wurde als Hofgebäude für Erzherzog Maximilian errichtet (1558 begonnen), sie war ab 1564 zum Teil Hofstallung. Die Räume des Erdgeschosses dienen der Spanischen Reitschule. 1660 - 1666 wurde die Amalienburg mit dem Schweizertrakt durch ein vierstöckiges Objekt verbunden. Der Bauteil führt nach Leopold I den Namen „Leopoldinischer Trakt" und erhielt unter Maria Theresia seine heutige Gestalt. 1723 - 1726 wurde von Johann Bernhard und Joseph Emanuel Fischer von Erlach die Hofbibliothek (heute Österreichische Nationalbibliothek) erbaut. Ihre Anfänge gehen auf Friedrich III und Maximilian I zurück. Die Bibliothek besteht aus Druckschriften-, Handschriften-, Karten-, Porträt- (Bildarchiv), Theater- sowie Musik- und Papyrussammlung. 1723 wurde der Reichskanzleitrakt nach einem Entwurf Johann Lukas von Hildebrandts (Front Schauflergasse) begonnen, dessen Flügel zum Burghof Joseph Emanuel Fischer von Erlach 1726 - 1730 ausführte. Er bildet den architektonischen Abschluß des inneren Burgplatzes. 1729 bis 1735 entstand die Winterreitschule (Joseph Emanuel Fischer von Erlach), in der heute die Vorführungen der Spanischen Reitschule stattfinden. Fast gleichzeitig mit dem Reichskanzleitrakt wurde der Michaelertrakt nach einem Entwurf Joseph Emanuel Fischers von Erlach begonnen. Fertigstellung erst 1893. Als letzter Bau innerhalb des Hofburgkomplexes folgte von 1881 - 1913 die Errichtung der Neuen Burg (eines der beiden geplanten Flügel) nach Plänen von Gottfried Semper und Carl von Hasenauer. Der Verbindungsbau zum Leopoldinischen Trakt mit seinem großen Festsaal dient heute internationalen Kongressen als Konferenzzentrum. In diesem Teil der Neuen Burg sind auch das Völkerkundemuseum und Sammlungen des Kunsthistorischen Museums untergebracht. Die über die Säulenstiege des Schweizerhofes erreichbare Weltliche Schatzkammer bewahrt u. a. unveräußerliche Erbstücke des Hauses Habsburg und die Insignien und Kleinodien des Heiligen Römischen Reiches. Die ihr angeschlossene Geistliche Schatzkammer enthält Kultgegenstände verschiedener Epochen. Die Schauräume der Hofburg liegen im Trakt der Reichskanzlei, in der Amalienburg und im Leopoldinischen Trakt. Sie umfassen auch die original erhaltenen kaiserlichen Appartments.

Ringstraße
Abbildungen 11 - 13, 16, 55, 56 und 62
Kaiser Franz Joseph I dekretierte 1857, die Basteien (Stadtbefestigungen) zu schleifen und das davor liegende Glacis (einen um die

Picture Section · Pages 193 to 214

Notes to the Illustrations on Vienna

The Hofburg Palace
Illustrations 3 - 6, 8 - 10, 38 - 41, 54 and 57
The Schweizerhof ("Swiss Courtyard"), the oldest section of the palace, developed from an edifice begun in 1275 by Otakar II, Přemysl (noted in documents in 1279) and was intended to replace the residence in the square called "Am Hof" ("At the Court"). The shape of the Schweizerhof was, in essence, determined in the middle of the 16th century. The palace chapel, built under Emperor Frederick III, is a preserved remnant of the Gothic structure. Important is also the Renaissance portal (1552). The Amalia Palace was begun under Emperor Rudolph II, in the years 1575 to 1577. The "Stallburg" (the palace stables) was built as residence for Archduke Maximilian (begun in 1558) and partly used as court stables from 1564 on. The premises on the ground floor now serve the Spanish Riding School. From 1660 to 1666, the Amalia Palace was joined to the Schweizerhof by a four-storey edifice. This structure was named "Leopoldine Section" after Emperor Leopold I, and obtained its present shape under Maria Theresa. The Court Library (today the Austrian National Library) was built in the years 1723 to 1726 by Johann Bernhard and Joseph Emanuel Fischer von Erlach. The library's origins date back to the Emperors Frederick III and Maximilian I. It contains printed writings, manuscripts, maps, portraits (pictorial archive) and collections concerning the theatre, music and papyrus. The section of the Hofburg containing the Reich-Chancellery (Reichskanzlei) was begun in 1723 after a design by Johann Lukas von Hildebrandt (the main front facing Schauflergasse), and the wings toward the inner palace square were built by Emanuel Fischer von Erlach, 1726 to 1730. This section completed the architectural enclosure of the inner palace square. The Winter Riding School was built from 1729 to 1735 (by Joseph Emanuel Fischer von Erlach) and is being used today for performances by the Spanish Riding School. The St. Michael's section of the palace was begun at nearly the same time as the Reich-Chancellery, also after plans by Fischer v. Erlach, but was completed as late as 1893. The final structure within the palace complex was the Neue Hofburg, the New Palace, built from 1881 to 1913 (actually only one of two planned wings) after designs by Gottfried Semper and Carl von Hasenauer. The connecting wing to the Leopoldine Section, containing a great festival hall, is used today as an international congress centre. The ethnological museum and collections of the Art Museum are also housed in the New Palace. The Secular Treasury, entered through the pillared stairs ("Säulenstiege") in the Schweizerhof, contains, first of all, the insignia and crown jewels of the Holy Roman Empire. The adjoining sacral treasury contains religious objects from various epochs. The display rooms are in the chancellery section, the Amalian and Leopoldine sections.

The Ringstrasse
Illustrations 11 - 13, 16, 55, 56 and 62
Emperor Francis Joseph I decreed in 1857 the razing of the fortified bastions ringing the city and to use the glacis around the city

Parte fotografica · Pagine 193 fino a 214

Spiegazioni sulle foto di Vienna

Palazzo Imperiale
Foto 3 - 6, 8 - 10, 38 - 41, 54 e 57
Il cortile degli Svizzeri, la parte più antica del Palazzo Imperiale risale alla costruzione del 1275 iniziata da Ottokar II Přemysl (citata nel 1279) che dovette rimpiazzare la residenza „Am Hof". Ebbe la sua forma nella metà del '500. La capella della fortezza costruita sotto l'Imperatore Federico III 1447 - 1449 è un residuo delle costruzioni gotiche. Notevole è pure il portale rinascimentale del cortile degli Svizzeri (1552). Sotto l'Imperatore Rodolfo II dal 1575 - 1577 fu iniziata la costruzione dell'Amalienburg. L'attuale Stallburg fu costruita come Palazzo della Corte per l'Arciduca Massimiliano (iniziata nel 1558), dal 1564 fu scuderia della Corte. I locali al pianterreno servono alla Scuola d'Equitazione Spagnola. Dal 1660 - 1666 l'Amalienburg venne collegata con il tratto svizzero da una costruzione a quattro piani. La parte portò secondo Leopoldo I il nome di tratto di Leopoldo ed ebbe sotto Maria Teresa la sua forma odierna. Dal 1723 - 1726 Johann Bernhard e Joseph Emanuel Fischer von Erlach costruirono la Biblioteca della Corte (oggi la Biblioteca Nazionale dell'Austria). I suoi inizi risalgono a Federico III e Massimiliano I. La Biblioteca consiste di collezioni di stampe, manoscritti, carte, ritratti (archivio di quadri), opere teatrali e musicali e papiri. Nel 1723 iniziò la costruzione del tratto della Cancelleria dell'Impero secondo un progetto di Johann Lukas von Hildebrandt (fronte Schauflergasse), la cui ala sul Burghof eseguì Emanuel Fischer von Erlach dal 1726 - 1730. Diede l'impronta architettonica alla piazza interna del Palazzo. Dal 1729 fino al 1735 fu costruita la Scuola d'Equitazione Invernale (Joseph E. Fischer von Erlach) dove oggi hanno luogo le rappresentazioni della Scuola di Equitazione Spagnola. Quasi contemporaneamente con il tratto della Cancelleria dell'Impero fu iniziata la costruzione del Michaelertrakt secondo un progetto di Joseph E. Fischer von Erlach, esso fu terminato solo nel 1893. Come ultima costruzione del Palazzo Imperiale (una delle ali progettate) secondo i progetti di Gottfried Semper e Carl von Hasenauer. La costruzione di collegamento tra il Tratto di Leopoldo e la sua grande Sala delle Feste serve oggi come centro per congressi internazionali. In questa parte del nuovo palazzo Imperiale vi sono sistemati anche il Museo Etnologico e collezioni del Museo di Storia dell'Arte. Il Tesoro Profano raggiungibile passando attraverso la scala con colonne del cortile degli Svizzeri è costituita dalle insegne e gioie del Sacro Romano Impero che durava dall'800 fino al 1806 (Incoronazione di Carlo Magno fino all'estinzione con Francesco II). Il Tesoro Sacrale collegato con esso presenta oggetti di culto. Le stanze del Palazzo Imperiale si trovano nel tratto della Cancelleria Imperiale nell'Amalienburg e nel Tratto di Leopoldo. Comprendono gli appartamenti originali.

La Ringstrasse (il Viale dell'Anello)
Foto 11 - 13, 16, 55, 56 e 62
L'Imperatore Francesco Giuseppe I decretò nel 1857 di togliere i bastioni (fortificazioni della città) e di fare costruzioni sul „Glacis" (una zona non costruita intorno al centro antico). La Ringstrasse iniziata nel 1858 è una

Hofburg, Schweizertor. Renaissancetor zum Schweizerhof, dem Kern der heutigen Hofburg.

Hofburg palace, Schweizertor ("Swiss gate"), the Renaissance portal of the Schweizerhof.

Palazzo Imperiale, Portale degli Svizzeri, rinascimentale, porta al Cortile degli Svizzeri.

Hofburg, Projekt des Kaiserforums von Gottfried Semper (nur teilweise ausgeführt).

Hofburg palace. Project for an Imperial Forum by Gottfried Semper (realized only in part).

Palazzo Imperiale, progetto del foro imperiale di Gottfried Semper (realizzato solo in parte).

Hofburg, Schauräume. Ehemalige kaiserliche Gemächer, Arbeitszimmer Franz Josephs I.

Hofburg, display rooms. The former imperial apartments, writing room of Francis Joseph I.

Palazzo Imperiale. Gli appartamenti ex-reali e lo studio di Francesco Giuseppe I.

Stadtpark, Johann Strauß-Denkmal. Park an der Ringstraße, 1862 eröffnet.

The Stadtpark. Johann Strauss monument. Park at the Ringstrasse, opened in 1862.

Parco della Città, Inaugurato nel 1862, sulla „Ringstrasse" con monumento di Johann Strauß.

Ringstraße um 1881/82. Im Bau: Parlament, Rathaus und Universität.

The Ringstrasse around 1881/82. Under construction: parliament, city hall, university.

„Ringstrasse" intorno al 1881/82. In costruzione: il Parlamento, il Municipio e l'Università.

Staatsoper. Feststiege. Bedeutender Ringstraßenbau (Sicardsburg, van der Nüll), 1861–1869.

The grand staircase at the opera, erected by Sicardsburg and van der Nüll, 1861–1869.

L'Opera di Stato. Costruzione importante sulla „Ringstrasse" (Sicardsburg, van der Nüll).

Innere Stadt bis zum Donaukanal laufenden unverbauten Gebietsstreifen) zu verbauen. Die Ringstraße, 1858 begonnen, ist eine der wichtigsten Schöpfungen dieser Stadterweiterung. Sie bildet eine 57 m breite und rund 4 km lange Alleestraße und wurde 1865 zum Teil eröffnet. Einige der wesentlichsten, im Stil des Historismus („Ringstraßenstil") errichteten Monumentalbauten im folgenden: Die Staatsoper, 1861 - 1869 von August Sicard von Sicardsburg und Eduard van der Nüll an der Ringstraße vor dem alten Kärntnertor errichtet. An der Ausstattung des am 25. Mai 1869 eröffneten Opernhauses waren die damals bekanntesten Künstler beteiligt. 1945 brannte die Oper (Fliegerangriff) aus. Im Innenraum völlig neu gestaltet, wurde sie am 5. November 1955 wiedereröffnet. Das Reichsratsgebäude - ab 1918 Parlament -, von Theophil von Hansen 1874 - 1883 in altgriechischen Formen erbaut. Der Pallas-Athene-Brunnen vor der Hauptfassade entstand 1898 bis 1902. Am 12. November 1918 wurde von der Parlamentsrampe die Republik ausgerufen. Der Justizpalast wurde 1875 - 1881 im Stil deutscher Renaissance von A. von Wielemans errichtet. In der Zentralhalle befindet sich eine Kolossalfigur der „Justitia" aus Marmor (Emanuel Pendl), die Freitreppe wird von zwei Kolossallöwen flankiert. Das 1872 - 1883 von Friedrich von Schmidt errichtete neugotische Gebäude des Rathauses entstand auf dem ehemaligen Josefstädter Exerzier- und Paradeplatz. Die Hauptfassade wird durch vier Nebentürme und den fast 100 m hohen Hauptturm gegliedert. Das Rathaus ist Amtssitz des Bürgermeisters und Tagungsort des Gemeinderates und des Landtages. Der Rathauspark ist eine der schönsten Parkanlagen Wiens. Seit mehr als 20 Jahren findet auf dem Rathausplatz die Eröffnungszeremonie der Wiener Festwochen statt. Das ehemals „Kaiserliche Hofburgtheater" wurde nach Plänen von Gottfried Semper und Carl von Hasenauer 1874 - 1888 erbaut. Nach schwerer Zerstörung im 2. Weltkrieg wurde das Haus 1955 wiedereröffnet. Es zählt zu den bedeutendsten deutschsprachigen Bühnen. Die Universität bezog 1884 ihr nach Plänen Heinrich Ferstels im Stil der italienischen Renaissance errichtetes neues Gebäude an der Ringstraße.

Schönbrunn
Abbildungen 23, 25, 26 und 28 - 31

1569 erwarb Maximilian II den Herrensitz Katterburg, der aus der seit dem 14. Jh. nachweisbaren „Kattermühle" entstanden war. Der Kaiser und seine Nachfolger ließen das Gebäude zu einem Jagdschloß ausgestalten. Es wurde 1605 von den Ungarn in Brand gesteckt, als kaiserlicher Sommersitz wiedererrichtet und 1683 durch die Türken zerstört. 1692/93 entwarf Johann Bernhard Fischer von Erlach ein Projekt für den Neubau des Schlosses auf der Anhöhe, auf der später die Gloriette errichtet wurde. Der Bau wurde unter Leopold I 1695/96 nach einem zweiten vereinfachten Plan Fischers in seiner heutigen Lage begonnen. Ein von Maria Theresia angeordneter Umbau des Schlosses (1744 - 1749) nach Plänen von Nikolaus Pacassi gab ihm seine heutige Gestalt. Der Park wurde bereits um 1705/06 von Jean Trehet angelegt. 1752 schuf Nicolas Jadot die Menagerie, 1775 entstand nach einem Entwurf Hohenbergs die Gloriette. Napoleon residierte 1805 und 1809 in Schönbrunn (1809 -

(a strip of bare land, ending on both sides at the Danube Canal) for the construction of buildings. The Ringstrasse, begun in 1858, is one of the most important creations of that extension of the city. It is a tree-lined boulevard, 57 m (nearly 190 ft) wide and 4 km (2.6 mi) in length, and was partially opened in 1865. Notable among the imposing edifices, characterized by their historicistic "Ringstrasse" style are: The State Opera, built 1861 to 1869 by August Sicard von Sicardsburg and Eduard van der Nüll at the site of the former Carinthia Gate. The foremost artists of the time were participating in the interior decoration of the opera, opened on 25 May, 1869. The building was burned during air bombing in 1945. The interior was completely modernized and the house reopened on 5 November, 1955. The Reichsrat building (Council of the Realm), since 1918 the Parliament, was built in the old Grecian style by Theophil von Hansen during the years 1874 to 1883. The Pallas Athene fountain in front was added between 1898 and 1902. On 12 November, 1918, the republic was declared from the parliament ramp. The Palace of Justice, was built by Alexander von Wielemans in the German Renaissance style from 1875 to 1881. The entrance hall contains a monumental marble statue of the goddess Justitia, by the sculptor Emanuel Pendl. The outside stairs are flanked by two colossal lions. The neo-Gothic Rathaus was built by Friedrich von Schmidt from 1872 to 1883, on a former drill and parade ground. The main façade is sectioned by four small towers and the main spire, nearly 100 m (300 ft) high. The Rathaus (city hall) also contains the mayor's offices and the assembly halls for the city council and provincial diet. The Rathaus Park is one of the most beautiful of the city's parks. For more than 20 years, the opening ceremony of the Vienna Festival is being held in Rathaus square. The former Imperial Court Theatre, the "Burgtheater", was built by Gottfried Semper and Carl von Hasenauer, 1874 to 1888. Having suffered great damage during World War II, it was reopened in 1955. It is among the most important German-language theatres. The university building, by Heinrich von Ferstel in the Italian Renaissance style, was completed in 1884.

Schönbrunn
Illustrations 23, 25, 26 and 28 - 31

In 1569, Maximilian II purchased the Katterburg manor, stemming from the „Kattermühle", a building recorded since the 14th century. The Emperor and his successors had the manor converted into a palace used during hunts. It was burned by the Hungarians in 1605, rebuilt as imperial summer residence, and destroyed by the Turks in 1683. In 1692/93 Johann Bernhard Fischer von Erlach designed a plan for rebuilding the palace on an elevation, which, however, was later used for erecting the Gloriette arch. Thus, the palace was rebuilt under Leopold I in 1695/96 after a new, simplified plan by Fischer, and on its present site. It obtained its present form by a renovation ordered by Maria Theresa (1744 to 1749) and made after plans by Nicholas Pacassi. The park had been built already about 1705/06 by Jean Trehet. The menagerie was constructed by Nicolas Jadot; the Gloriette arch was erected in 1775 after a plan by Hohen-

delle creazioni più importanti di questa amplificazione della città. Forma una allea larga 57 m. e lunga 4 km. e venne inaugurata nel 1865. Alcune delle costruzioni più essenziali dell'Istorismo nello stile della Ringstrasse qui di seguito: l'Opera di Stato, dal 1861 - 1869 costruita da August Sicard von Sicardsburg ed Eduard van der Nüll sulla Ringstrasse davanti alla vecchia Porta della Carinzia. All'allestimento della Opera inaugurata il 25 maggio 1869 presero parte gli artisti più conosciuti di allora. Nel 1945 si incendiò (attacco aereo). Venne riaperta il 5 novembre 1955 con un nuovo allestimento interno. La casa del Consiglio dell'Impero - dal 1918 il Parlamento - costruito dal 1874 - 1883 da Theophil Hansen in stile greco antico. La fontana di Pallade Atena davanti alla facciata principale fu eretta dal 1898 - 1902. Il 12 novembre 1918 dalla rampa del Parlamento fu proclamata la Repubblica. Il palazzo di Giustizia costruito dal 1875 - 1881 nello stile del Rinascimento tedesco da Alexander von Wielemans. Nella sala centrale si trova una statua colossale della „Giustizia" in marmo (di Emanuel Pendl) la scala all'aperto è fiancheggiata da due leoni colossali. L'edificio neogotico del Municipio costruito da Friedrich von Schmidt nacque sull'ex Piazza delle Parate nella Josephstadt. La facciata principale è suddivisa da quattro torri laterali e dalla Torre principale di quasi 100m. Il Municipio è la sede ufficiale del sindaco e di riunione del Consiglio Comunale e della Giunta Regionale. Il parco del Municipio è uno dei parchi più belli della città. Da oltre vent'anni l'inaugurazione del Festival di Vienna ha luogo in Rathausplatz. L'ex Teatro Imperiale della Corte costruito secondo i progetti di Gottfried Semper e Carl Hasenauer dal 1874 - 1888. Dopo la grave distruzione nella Seconda Guerra Mondiale la casa venne riaperta nel 1955. Si annovera fra i palcoscenici più importanti di lingua tedesca. L'università si trasferì nel 1884 nel suo nuovo edificio sul Ring costruito secondo i progetti di Heinrich Ferstel in stile Rinascimentale Italiano.

Schönbrunn
Foto 23, 25, 26 e 28 - 31

Nel 1569 Massimiliano II acquistò la sede signorile Katterburg che era nata dal „Mulino di Katter" che risale al '300. L'Imperatore e i suoi successori fecero allestire l'edificio come castello di caccia. Venne incendiato nel 1605 dagli Ungheresi, ricostruito come sede estiva e distrutto dai Turchi nel 1683. Nel 1692/93 Johann B. Fischer von Erlach disegnò un progetto per la ricostruzione di un castello sull'altura dove più tardi venne costruita la „Gloriette". La costruzione venne iniziata nel 1695/96 sotto Leopoldo I secondo un progetto semplificato nella sua posizione odierna. Una ricostruzione disposta da Maria Teresa (1744 - 1749) secondo i progetti di Nikolaus Pacassi gli diede la sua forma attuale. Il parco fu disposto nel 1705/06 da Jean Trehet. Nel 1752 Nikolaus Jadot creò la Menagerie, nel 1775 nacque la Gloriette secondo il progetto di Hohenberg. Napoleone risiedette nel 1805 e 1809 a Schönbrunn (1809 la Pace di Schönbrunn), suo figlio il Duca di Reichstadt morì qui nel 1832. L'Imperatore Francesco Giuseppe I nacque nel 1830 nel castello e ci abitò anche fino alla sua morte nel 1916 passandovi una vita molto solitaria e distaccata dai suoi familiari. Ol-

Friede von Schönbrunn), sein Sohn, der Herzog von Reichstadt, verstarb hier 1832. Kaiser Franz Joseph I wurde 1830 im Schloß geboren und bewohnte es auch bis zu seinem Tode (1916). Neben den Schauräumen sind das 1766/67 von Hohenberg ausgestaltete Schloßtheater, die „Wagenburg" (eine Sammlung historischer Prunk- und Gebrauchswagen), der Park, das 1883 erbaute Palmenhaus und der Tiergarten besonders sehenswert.

Belvedere
Abbildungen 17 - 19
Der Feldherr Prinz Eugen (1663 - 1736) erwarb vom Jahre 1693 an Grundstücke am Rennweg für die Anlage eines Sommerpalastes. 1700 begannen die Trassierungen für den Garten. 1714 - 1716 wurde durch Johann Lukas von Hildebrandt das Untere Belvedere (3, Rennweg 6) und 1721/22 das Obere Belvedere errichtet. Der Park des seit 1752 „Belvedere" genannten Palais wurde in französischem Stil nach Plänen des bayerischen Garteningenieurs Dominique Girard angelegt. Der eigentliche Sommersitz war das Untere Belvedere. Das als Silhouettenbau konzipierte obere Schloß, von welchem sich ein weiter Panoramablick über Wien eröffnet, diente ausschließlich Repräsentationszwekken. 1777 war die kaiserliche Gemäldegalerie im Oberen und ab 1806 die Ambraser Sammlung im Unteren Belvedere untergebracht. Ab 1894 diente das Palais Thronfolger Franz Ferdinand als Residenz. Am 15. Mai 1955 wurde im Oberen Belvedere der Österreichische Staatsvertrag unterzeichnet.

Stephansdom
Abbildungen 32 - 34, 37 und 88
Die Stephanskirche wurde in der ersten Hälfte des 12. Jahrhunderts errichtet. Diese romanische Kirche wurde 1147 geweiht. Die erste urkundliche Nennung fällt in das Jahr 1221. Das spätromanische Portal des Riesentores (um 1240) ist, ebenso wie die Vollendung der 65,6 m hohen Heidentürme, erst nach dem großen Stadtbrand von 1258 anzusetzen. 1304 bis 1340 wird der gotische „Albertinische Chor" erbaut. Herzog Rudolf IV legte 1359 den Grundstein zur Bauerweiterung (gotisches Langhaus, wahrscheinlich auch Südturm). 1433 wurde der 136,7 m hohe Südturm von Hans von Prachatitz vollendet. 1450 wurde nach Plänen von Hans Puchsbaum der Bau des Nordturms begonnen, aber 1511 eingestellt. Abschluß durch achteckige Haube mit Glockenhelm (1556 - 1578), in welcher seit 1951 die 21 Tonnen schwere Nachbildung der im Zweiten Weltkrieg zerstörten „Pummerin", einer 1711 aus türkischen Beutekanonen gegossenen Glokke, untergebracht ist. Der Stephansdom besitzt in seinen Denkmälern, Grabmälern und Skulpturen eine Unzahl von bedeutenden Kunstwerken: so zum Beispiel die Grabmäler von Johannes Cuspinian, Prinz Eugen, Herzog Rudolf IV und Kaiser Friedrich III: die gotische Dienstbotenmadonna, die Schutzmantelmadonna (um 1320), die von Anton Pilgram um 1500 errichtete Kanzel und den aus dem Jahre 1447 stammenden Wiener-Neustädter Altar: an der Außenwand des Domes die Capistrankanzel. Neben ihr befindet sich der Aufgang aus den Katakomben, welche besonders zur Pestzeit als Begräbnisstätte dienten. 1945 wurde der Stephansdom schwer beschädigt. Der Wiederaufbau des Domes wurde 1952 abgeschlossen.

berg. Napoleon resided in the palace in 1805 and 1809 (the Peace of Schönbrunn - 1809), his son, the Duke of Reichstadt, died here in 1832. Emperor Francis Joseph I was born at Schönbrunn Palace in 1830, and lived here until his demise in 1916. Next to the display rooms, the palace theatre, the "Wagenburg" (a collection of historic state coaches and carriages), the park, the palm house, erected in 1883, and the zoo, are particularly worth seeing.

Belvedere Palace
Illustrations 17 - 19
Prince Eugen, the great captain of war (1663 to 1736), began in 1693 to acquire land along the Rennweg avenue, on which to build a summer palace. The grounds for the gardens were prepared, beginning in 1700, and Lukas von Hildebrandt erected the Lower Belvedere (now No. 6, Rennweg) from 1714 to 1716 followed by the Upper Belvedere, built in 1721/22. The gardens of the palace, called "Belvedere" since 1752, were laid out in the French manner, after plans by the garden architect Dominique Girard. The summer residence proper was the Lower Belvedere. The upper palace, its silhouette dominating the horizon, commands a wide panoramic view over Vienna. It was only used for purposes of representation. In 1777, the imperial picture gallery was housed in the Upper Belvedere, and the Ambras collection, from 1806 on, in the lower palace. Since 1894, the palace was the residence of Francis Ferdinand, heir apparent. The Belvedere gained its place in history on 15 May, 1955, when the Austrian State Treaty was signed there.

St. Stephen's Cathedral
Illustrations 32 - 34, 37 and 88
St. Stephen's Cathedral was built in the first half of the 12th century. This Romanesque edifice was consecrated in 1147. The first note in documents was in 1221. The Late Romanesque portal, the "Riesentor" ("Giant Gate") and the two front towers ("Heathen's Towers"), each 65.6 m (215 ft) high, were probably completed only after the great fire of 1258. The Gothic "Albertine Choir" was built from 1304 to 1340. In 1359, Duke Rudolph II laid the foundation stone for an extension (Gothic nave, probably also the south tower). The south tower, 136.7 m (450 ft) high, was completed by Hans von Prachatitz in 1433. In 1450, construction of the north tower was begun after plans by Puchsbaum, but construction ceased in 1511. This tower was topped by an octagonal hood with a bell housing, which since 1951 contains a replica of the "Pummerin", a 21-ton bell, originally cast in 1711 from captured Turkish artillery, and destroyed during World War II. Located in St. Stephen's are monuments, tombs and sculptures, a number of which being important works of art, f.i. the tombs of Johannes Cuspinian, Prince Eugene, Duke Rudolph IV and Emperor Frederick II: also the Gothic Madonna of the Domestics, the Madonna with the Protective Cloak (abt. 1320), the pulpit put up by Anton Pilgram about 1500 and the Wiener Neustadt Altar of 1447. The outer wall contains the Capistrani Pulpit. Next to it is the stairway to the catacombs, used as place of burials. St. Stephen's suffered great damage during fighting in 1945. Reconstruction was concluded in 1952.

tre alle sale del castello, allestito da Hohenberg nel 1766/67 la Wagenburg (collezione di carrozze sfarzose e da viaggio storiche), il parco, la Casa delle Palme in fase di restauro e lo Zoo sono degni di essere visti.

Belvedere
Foto 17 - 19
Il condottiero Principe Eugenio (1663 - 1736) acquistò dal 1693 in poi terreni sul Rennweg per la costruzione di una residenza estiva. Nel 1700 cominciarono i lavori del giardino, dal 1714 - 1716 fu costruito il Belvedere Inferiore (3, Rennweg 6) costruito da Lukas von Hildebrandt e nel 1721/22 il Belvedere Superiore. Il parco del palazzo chiamato „Belvedere" dal 1752 fu disposto in stile francese secondo i progetti dell'ingegnere bavarese Dominique Girard. La vera sede estiva fu il Belvedere Inferiore. Il castello Superiore progettata come costruzione di silhouette dalla quale si schiude una bella vista panoramica su Vienna servì esclusivamente a scopi di rappresentanza. Nel 1777 la Pinacoteca Imperiale fu sistemata nel Belvedere Superiore e dal 1806 la Collezione di Ambras in quello Inferiore. Dal 1894 il Palazzo servì da residenza al successore al trono Francesco Ferdinando. L'importanza storica la ebbe il Belvedere Superiore il 15 maggio 1955 grazie alla firma del Trattato di Stato Austriaco.

Il Duomo di Santo Stefano
Foto 32 - 34, 37 e 88
La Chiesa di Santo Stefano venne costruita nella prima metà del XII sec. Quella chiesa romanica fu consacrata nel 1147 e per la prima volta citata nel 1221. Il portale tardo romanico, della Porta dei Giganti (1240) come anche il completamento delle Torri dei Pagani alte 65,6 m. è da supporre solo dopo il grande incendio del 1258. Dal 1304 al 1340 si costruisce il „Coro Albertino" gotico. Il Duca Rodolfo IV posò la pietra nel 1359 per la costruzione (navata centrale gotica forse anche la torre meridionale). Nel 1433 la torre meridionale alta 136,7 m. fu terminata da Hans von Prachatitz. Nel 1450 fu iniziata la torre settentrionale secondo i progetti di Puchsbaum ma nel 1511 cessarono i lavori. Completamento con una calotta ottagonale con elmo a campana (1556 - 1578) dove è sistemata dal 1951 la imitazione di 21 tonnellate della „Pummerin" distrutta nella seconda Guerra Mondiale, una campana fusa nel 1711 dai canoni del bottino di guerra turca. Il Duomo di Santo Stefano possiede nei suoi monumenti, nelle sue tombe e sculture opere d'arte significative: così per le tombe di Johannes Cuspinian, Principe Eugenio, del Duca Rodolfo IV e dell'Imperatore Federico III: la Madonna della Servitù gotica e la Madonna Protettrice (1320), il pulpito costruito da Anton Pilgram intorno al 1500 e l'altare di Wiener Neustadt che risale al 1447: sulla parete esterna il pulpito di Capistran. Accanto ad esso si trova l'entrata alle catacombe che nel periodo della peste servirono come luoghi sepolcrali. Nel corso degli eventi della guerra nel 1945 il Duomo di Santo Stefano fu gravemente danneggiato. La ricostruzione del Duomo fu terminata nel 1952.

Esempi di chiese viennesi
Foto 24, 27, 35 e 36
La Chiesa di Santa Maria del Lido situata una volta sulla riva di un braccio del Danubio fu citata per la prima volta nel 1158 pro-

Pavillon zum „Schönen Brunnen" (1779), Schönbrunn, Schloßpark. Gab dem Schloß den Namen.

Pavillon with the "pretty well" i. e. "Schönbrunn", 1779, which gave its name to the palace.

Padiglione alla „Bella Fontana" (1779) che diede il nome al Castello di Schönbrunn.

Oberes Belvedere, Teich. Gärtnerisch und wasserbaulich vor 1725 vollendet.

Upper Belvedere palace, the pond. Gardens and pond completed before 1725.

Belvedere Superiore, laghetto. Il giardino e le costruzioni delle acque compiuti nel 1725.

Stephansdom. Portalplastik am spätromanischen Trichtertor (Riesentor) des Westwerks.

St. Stephen's Cathedral. Sculpture at the Late Romanesque main gate ("Giant Gate").

Duomo di S. Stefano. Scultura sul portale ad imbuto tardogotico (Porta dei giganti).

Karlskirche, Kuppel. Kirche auch als dynastisches Denkmal für das Haus Österreich geplant.

St. Charles's, the dome. The church was also planned as monument of the House of Austria.

Chiesa di S. Carlo, cupola. Progettata anche come monumento dinastico della Casa d'Austria.

Universitätskirche (Jesuitenkirche). Heutige Form nach Umgestaltung 1703–1705. Scheinkuppel.

The University Church (Jesuits' Church). Today's appearance after adaptation. False cupola.

Chiesa dell'Università (dei Gesuiti). Forma attuale dopo la ricostruzione 1703–1705.

Maria Theresien-Denkmal (K. v. Zumbusch, 1887) und Kunsthistorisches Museum.

Maria Theresa's monument by K. v. Zumbusch, 1887, and Museum of Art.

Monumento di Maria Teresa (K. v. Zumbusch, 1887) e Museo di Storia dell'Arte.

Bildteil · Seiten 193 bis 214

Beispiele für Wiener Kirchenbauten
Abbildungen 24, 27, 35 und 36

Die Kirche Maria am Gestade, einst am Steilrand eines Donauarmes gelegen, wird erstmals 1158 genannt. Ihrer Anlage nach ist sie wahrscheinlich älter. Die heutige Gestalt erhielt sie im wesentlichen zwischen 1330 und 1369 (Chor und Turm) und 1394 und 1414 (Langhaus). Die Michaelerkirche ist ihrem Kern nach eine spätromanisch- frühgotische Basilika. Die erste gesicherte Erwähnung der Kirche datiert von 1267, doch ist die Kirche sicher älter. Im 14. und 15. Jahrhundert gotisch umgestaltet, hat die Kirche im Barock ihr heutiges Aussehen erhalten. Die Piaristenkirche in der Josefstadt wurde 1721 wahrscheinlich nach Plänen Johann Lukas von Hildebrandts fertiggestellt. Der Zentralraum wird von einer Flachkuppel überwölbt, deren Deckenfresken von Franz Anton Maulbertsch stammen. Die Errichtung der Karlskirche, des bedeutendsten Barockbaus Wiens, war von Kaiser Karl VI im Pestjahr 1713 gelobt worden. Der Bau wurde 1716 jenseits des Wienflusses auf einer damals mit Wein bewachsenen Anhöhe von Johann Bernhard Fischer von Erlach begonnen (1716 - 1723), sein Sohn Joseph Emanuel vollendete ihn (1723 - 1739). Charakteristisch sind die zwei flankierenden Triumphsäulen von 33 m Höhe und die 72 m hohe ovale Kuppel.

Museen
Abbildungen 7, 38 - 51 und 58

Die Geschichte Wiens als ein jahrhundertealtes Zentrum europäischer Macht und Kultur erklärt den Reichtum der Stadt an hervorragenden Zeugnissen dieser Vergangenheit in einer großen Anzahl von Sammlungen und Museen. Kunsthistorisches und Naturhistorisches Museum, 1872 - 1881 von Gottfried Semper errichtet. Die Innenausstattung besorgte Carl von Hasenauer. Zu den Sammlungen des Kunsthistorischen Museums gehören auch die Waffensammlung, die Sammlung alter Musikinstrumente und die Ausstellung von Fundstücken aus Ephesos in der Neuen Burg, die Geistliche und die Weltliche Schatzkammer in der Hofburg, die Neue Galerie in der Stallburg und die Wagenburg im Schloß Schönbrunn. Das Naturhistorische Museum, das als Institution bereits 1748 als Naturaliensammlung Kaiser Franz' I bestand, befindet sich seit 1889 in dem Monumentalbau. Das Technische Museum für Industrie und Gewerbe wurde 1909 - 1913 vom städtischen Baurat Hans Schneider errichtet und 1918 eröffnet. Aus einer Vereinigung der Sammlungen des Physikalischen Kabinetts Kaiser Franz' I, der Wiener Technischen Hochschule und des Technologischen Gewerbemuseums hervorgegangen. Auch das Post- und Eisenbahnmuseum sind in diesem Gebäude untergebracht. Der besonders große Anteil österreichischer Erfindungen an der Technisierung der Welt wird hier deutlich. Das Historische Museum der Stadt Wien wurde 1887 gegründet und besteht seit 1939 als eigene Institution. Dem Museum unterstehen externe Sammlungen, wie das Uhrenmusum, die Modesammlungen im Schloß Hetzendorf und das Pratermuseum, die Beethoven-, Haydn-, Mozart- und Schubert-Gedenkstätten und die Schaustellung römischer Baureste Am Hof sowie die Römischen Ruinen unter dem Hohen Markt. Das Josephinum, gegründet von Joseph II, wurde 1783 - 1785 als chirurgisch-

Picture Section · Pages 193 to 214

Examples of Church Architecture in Vienna
Illustrations 24, 27, 35 and 36

The church of Maria am Gestade (St. Mary's by the Riverbank), once located on a steep bank of a Danube arm, was first noted in 1158. Its layout however, suggests an earlier date. The church obtained its present shape essentially between 1330 and 1369 (choir and tower) and between 1394 and 1414 (nave). St. Michael's is in its core a basilica of late Romanesque and early Gothic design. The first certain note on the church dates from 1267, but it is decidedly of older age. Adapted in the Gothic manner during the 14th and 15th centuries, the church obtained today's appearance in the Baroque epoch. The Piarist church, in the Josefstadt district, was completed in 1721, probably after plans by Lukas von Hildebrandt. The central space is covered by a low dome with ceiling frescoes by Franz Anton Maulbertsch. The construction of the church of St. Charles', Vienna's most important work of Baroque architecture, was vowed by Emperor Charles VI in the plague year of 1713, and begun in 1716 by Johann Fischer von Erlach on the elevated site of a former vineyard beyond the river Wien. Fischer worked on the church until 1739, and his son, Joseph Emanuel, concluded the construction between 1723 and 1739. The church is characterized by the two pillars of triumph, each 33 m (110 ft) high flanking the building, and the oval dome of 72 m (237 ft) height.

Museums
Illustrations 7, 38 - 51 and 58

The history of Vienna as a centuries-old centre of European power and culture explains the city's wealth in outstanding testimonials to such a past, which can be found in the numerous collections and museums. The museums of art and natural history were built by Gottfried Semper from 1872 to 1881. The interior decorations were designed by Carl Hasenauer. Included in the collections of the Museum of Art are the arms and armour gallery in the New Hofburg, the collection of antique musical instruments and the exhibition of Grecian relics from the Ephesos excavations in Turkey, furthermore the sacral and secular treasuries, the New Gallery at the Stallburg and, at Schönbrunn, the collection of coaches and carriages in the Wagenburg. The Museum of Natural History, an institution existing already in 1748 as the nature collection of Emperor Francis I, has been located in this monumental edifice since 1889. The Technical Museum for Trade and Industry was built between 1909 and 1913 by the municipal architect Hans Schneider, and opened in 1918. Its collections originated initially from a consolidation of materials previously held by the physical sciences cabinet of Emperor Francis I, the Vienna School of Technology and the Technological Trades Museum. The building also houses the Postal and Railways Museums. The very significant part played by Austrian inventors in the technical advancement of the world is manifested here. The Historical Museum of the City of Vienna originated in 1887 and has been an independent institution since 1939. External branches of the museum are the timepiece museum, the fashions collection at Hetzendorf Palace, the museum of the Prater

Parte fotografica · Pagine 193 fino a 214

babilmente è molto più antica. La sua forma attuale la ebbe fra il 1330 e il 1369 (coro e campanile) e nel 1394 e 1414 (navata centrale). La Chiesa di San Michele secondo il suo nucleo è una basilica tardo romanica e del primo gotico. Fu citata per la prima volta nel 1267 ma la chiesa è sicuramente più antica. Trasformata nel '300 e '400 in stile gotico, nel barocco la chiesa ebbe il suo aspetto attuale. La Piaristenkirche nella Josephstadt fu terminata nel 1721 probabilmente secondo i progetti di Johann Lukas von Hildebrandt. La parte centrale è chiusa da una cupola piana i cui affreschi sono di Franz Anton Maulbertsch. La Chiesa di San Carlo, la costruzione barocca più importante a Vienna, è stata costruita nel 1716 al di là del fiume Wien su un'altura allora coperta dai vigneti, da Johann B. Fischer von Erlach (1716 - 1723), il cui figlio Joseph Emanuel terminò la costruzione (1723 - 1739), grazie al voto fatto dall'Imperatore Carlo VI nell'anno della peste 1713. Ha la sua impronta da due colonne fiancheggianti di trionfo alte trenta metri e da una cupola ovale alta settantadue metri visibile da tutti i punti della piazza.

Musei
Foto 7, 38 - 51 e 58

La storia di Vienna come centro di potere e cultura europei molto antico spiega la ricchezza della città di testimonianze straordinarie di questo passato in un gran numero di collezioni e musei. Il Museo di Storia dell'arte e il Museo di Scienze Naturali costruiti dal 1872 - 1881 da Gottfried Semper. All'allestimento interno vi provvide Carl von Hasenauer. Alle collezioni per il Museo di Storia dell'Arte appartengono anche nel Nuovo Palazzo Imperiale la collezione di armi e quella di strumenti musicali antichi e la mostra degli scavi di Efeso, nel Palazzo Imperiale il Tesoro Sacro e Profano, nella Stallburg, la Nuova Galleria e la Wagenburg nel Castello di Schönbrunn. Il Museo di Scienze Naturali che come istituzione esistette già nel 1748 come raccolta di pezzi di storia naturale dell'Imperatore Francesco I si trova dal 1889 nella costruzione monumentale. Il Museo della Tecnica della Industria e dell'Artigianato venne costruito dal 1909 - 1913 dal consigliere edile del Comune, inaugurato nel 1918. E' un misto di raccolte del Gabinetto Fisico dell'Imperatore Francesco I, del Politecnico di Vienna e del Museo Tecnologico dell'Istituto Superiore di Tecnica. Anche il Museo delle Poste e delle Ferrovie sono sistemati in questo palazzo. La quota particolarmente alta di scoperte austriache nella tecnicizzazione del mondo diventa evidente in questo ambiente. Il Museo di Storia della città di Vienna venne fondato nel 1887 ed esiste come istituzione propria dal 1939. Fanno capo a questo museo collezioni esterne come il Museo degli Orologi, le collezioni di moda nel Castello di Hetzendorf e il Museo del Prater, i vani commemorativi di Beethoven, Haydn, Mozart e Schubert e la mostra di resti romani „Am Hof" nonchè le rovine sotto il „Hoher Markt". Il „Josephinum" fondato da Giuseppe II venne costruito dal 1783 - 1785 come Accademia per la formazione di medici e chirurghi per l'esercito. E' degno di essere visto per la sua collezione anatomica di cere. L'Arsenale (1849 - 1856) fu eretto quale reazione alla rivoluzione del 1848. Il Museo di Storia dell'esercito è la parte più ricca del complesso di edifici. Il museo ospita

medizinische Akademie zur Ausbildung von Ärzten und Wundärzten für die Armee errichtet. Es ist wegen seiner Sammlung an anatomischen Wachspräparaten sehenswert. Das Arsenal (1849 bis 1856) wurde als Reaktion auf die Revolution von 1848 errichtet. Das Heeresgeschichtliche Museum ist der am reichsten ausgestattete Teil des Baukomplexes. Das Museum zeigt militärhistorische Exponate vom Ausbruch des Dreißigjährigen Krieges (1618) bis zum 1. Weltkrieg. Das Museum Moderner Kunst ist im Palais Liechtenstein untergebracht, einem zwischen 1695 und 1711 erbauten prachtvollen barocken Sommerpalast. Seine Sammlungen präsentieren hauptsächlich Objektkunst des 20. Jh.s.

Architektur um die Jahrhundertwende, Jugendstil
Abbildungen 63 - 68
Der hervorragendste Architekt und Pionier der neuen Wiener Architektur um die Jahrhundertwende und damit des Wiener Jugendstils (Mietshäuser, Linke Wienzeile Nr. 38 - 40, 1898) war Otto Wagner (1841 - 1918). Er führte auch zahlreiche Ingenieurbauten aus. An der Stadtbahn, deren architektonische Gesamtplanung ihm oblag, sind noch einige seiner pavillonartigen Stationsgebäude erhalten. Die Kirche der Heil- und Pflegeanstalt Am Steinhof, 1907 vollendet, ist ebenfalls eines der vielen wesentlichen Wiener Bauwerke Wagners, der 1894 - 1915 als Professor an der Akademie lehrte. Zwei besonders liebenswerte Beispiele architektonischen und künstlerischen Schaffens aus der Zeit der Jahrhundertwende sind Friedrich Ohmanns Abschluß der Wienflußeinwölbung beim Stadtpark und die „Anker-Uhr" (1914) am Hohen Markt von Franz Matsch.

Wiener Milieu
Abbildungen 76 - 84, 86 und 91
Zahlreiche Szenerien, besonders in den ehemaligen Vorstädten, erinnern noch an das Wien der „Gründerzeit", gelten daher in nostalgischer Verklärung als „typisch wienerisch" und sind es in gewisser Hinsicht auch, obwohl sie nur einen Aspekt des Stadtbildes unter vielen darstellen. Denn anders als bei Palästen und Monumentalbauten besteht ihr Reiz nicht in der Form der Architektur, sondern in der durch Menschen geprägten Atmosphäre. Dabei ist es gleichgültig, ob es sich um ein kleines Gasthaus, im Volksmund „Beisel" genannt, oder etwa um ein Kaffeehaus handelt. Zum Umfeld des „Wiener Milieus" gehören auch der Naschmarkt, ein Viktualien- und Blumenmarkt, der bereits 1774 genannt wird und zwischen der Linken und der Rechten Wienzeile liegt, der Fiaker vor dem Stephansdom oder am Heldenplatz, der Wurstelprater mit dem Riesenrad am Eingang zum riesigen Erholungsgebiet der Praterauen und die Weinorte am Fuße des Kahlen- und des Leopoldsberges.

amusement grounds, a number of memorial sites to Beethoven, Haydn, Mozart and Schubert, and, furthermore, the exhibition of Roman building remnants in the square Am Hof and the underground Roman ruins in the Hoher Markt. The Josephinum, founded by Joseph II, was built from 1783 to 1785 as medical academy for military surgeons. It is worth visiting for its collection of anatomical wax models. The Arsenal (built from 1849 to 1856) was constructed in reaction to the revolution of 1848. The Army Museum is the most richly decorated part of the entire complex. The museum features exhibits relating to military history, from the outbreak of the Thirty Years' War (1618) to the First World War. The Museum of Modern Art is housed in the Liechtenstein Palace, a grandiose Baroque summer palace. Its collections mainly feature object art of the 20th century.

Architecture around the Turn of the Century, the Jugendstil
Illustrations 63 - 68
The outstanding architect and pioneer of the new Viennese architecture about the turn of the century and thus the Vienna Jugendstil (apartment houses at No. 38 - 40, Linke Wienzeile, built 1898) was Otto Wagner (1841 - 1918). He was also the planner of many engineering structures. The Stadtbahn, an urban railway line, of which he was the general architect, still features some of his pavilion-type station buildings. The church at the Steinhof psychiatric hospital, completed in 1907, is also one of the numerous significant architectural creations of Otto Wagner, who, from 1894 to 1915, was also a professor at the Academy of Arts. Two further attractive examples of architecture and arts from the turn of the century are the vaults over the Wien river in the Stadtpark and the "Anker Clock" (1914) on the Hoher Markt.

The Viennese Environment
Illustrations 76 - 84, 86 and 91
Numerous sceneries, particularly in the former suburban districts, still recall the "Gründerzeit" (time of development) and, by a nostalgic enchantment, continue to be considered "typically Viennese" which, in a certain way, they are, even if representing only one among many aspects of the city's environment. This, because different from palaces and monumental structures, their charm is not expressed by architecture but rather in an atmosphere created by living humans. It is immaterial here, whether this atmosphere is found in a little neighbourhood beer hall, a so-called "Beisl", or a larger coffee house. The "Viennese Milieu" also includes the Naschmarkt, a large fruit, vegetable and flower market, known since 1774 above the vaulted-in river Wien, the fiacres in front of St. Stephen's or on the Heldenplatz at the Hofburg, the Prater amusement park - gateway to the huge recreational area in the Prater woods, or finally, the winegrowers' villages at the foot of Kahlenberg and Leopoldsberg.

oggetti storico-militari dallo scoppio della Guerra dei Trenta Anni (1618) fino alla Prima Guerra Mondiale. Il Museo d'Arte Moderna è sistemato nel Palazzo Liechtenstein un palazzo estivo sfarzoso barocco. Le sue collezioni presentano in prevalenza oggetti del ventesimo secolo. Sia di importanza nazionale sia internazionale che sono veramente degni di essere visti e ammirati.

Architettura a cavallo tra l'800 e il 900, Jugendstil
Foto 63 - 68
L'architetto e pioniere più straordinario della nuova architettura di Vienna a cavallo tra l'800 e il 900 e con ciò dello Jugendstil viennese (case in affitto, Linke Wienzeile 38 -40), 1898 fu Otto Wagner (1841 - 1918). Eseguì pure alcune costruzioni come ingegnere. Nella „Stadtbahn" la cui progettazione architettonica completa spettava a lui sono conservate ancora alcune delle sue costruzioni tipo padiglione. La chiesa dello ospedale psichiatrico „Am Steinhof", terminata nel 1907 è ugualmente una delle sue architetture viennesi essenziali di Wagner che dal 1894 - 1915 insegnò come professore all'Accademia. Due altri esempi delle opere architettoniche e artistiche dal periodo a cavallo dall'800 al 900 sono la volta sul fiume Wien nello Stadtpark di Friedrich Ohmann e l'orologio Anker (1914) sull'Hoher Markt dell'omonima assicurazione dove vale la pena andare a mezzogiorno per poter ammirare le sue sculture.

Ambienti viennesi
Foto 76 - 84, 86 e 91
Numerosi scenari, in particolare nei sobborghi di una volta ricordano ancora il periodo di fondazione, sono considerati tipicamente viennesi nell'ammirazione nostalgica e in certo senso lo sono anche benché rappresentino solo uno degli aspetti della città fra molti. Perché diversamente che nei palazzi e nelle costruzioni monumentali il loro fascino non sta nella forma dell'architettura ma nell'atmosfera coniata dalle persone vive e qui è indifferente se si tratta di una piccola osteria chiamata „Beisl" dal popolo o di un Kaffeehaus. Fanno parte dell'ambiente viennese pure il „Naschmarkt", un mercato alimentare e di fiori, citato già nel 1774 e che si trova fra la Linke e Rechte Wienzeile come il cocchiere (chiamato „Fiaker") davanti a Santo Stefano, sulla Piazza degli Eroi, il „Wurstelprater" con la Ruota Gigante all'entrata alle zone di ricreazione del Prater che presenta pure tantissime giostre e le località vinicole ai piedi del Kahlen- e Leopoldsberg, colline dalle quali si può godere nelle giornate limpide una vista ottima.

Jugendstilmosaik. Historische Portalgestaltung an einer Innenstadtapotheke.

A mosaic in the Jugendstil manner. The portal of a city pharmacy.

Mosaico nello Jugendstil. Portale storico di una farmacia nel centro della città.

Stadtbahnbrücke über den Gürtel, 1898. Architektonische Gestaltung von Otto Wagner.

Metropolitan railway viaduct over the Gürtel boulevard. Architectural design by Otto Wagner.

Ponte della „Stadtbahn" sul Gürtel, 1898. Costruzione architettonica di Otto Wagner.

Fiaker am Kohlmarkt. Im Hintergrund die Hofburg, Michaelertrakt.

Fiacres in the Kohlmarkt. The St. Michael's section of the Hofburg in the background.

„Fiaker" nel Kohlmarkt. Nello sfondo il Palazzo Imperiale, Tratto di Michele.

Bildquellenverzeichnis

Vor- und Nachsatz
Tür mit romanischen Schmiedeeisenbeschlägen (13. Jh.). Pürgg, Pfarrkirche, Westportal.

Zwischentitel Seite 5
Babenberger-Stammbaum, Mittelteil. Stift Klosterneuburg, gemalt 1489—1492.

Zwischentitel Seite 215
Fränkische Ostmark. Wolfgang Lazius, Typi chorographici provin. Austriae, 1561.

Die Karte von Österreich auf den Seiten 217/218 wurde mit Genehmigung des Verlages Freytag-Berndt und Artaria KG, Wien, abgedruckt.

Angeführt sind Bilder, die nicht vom Autor des Werkes stammen.

Illustrationen der Geschichts- und Erläuterungstexte

Erzbischöfliches Dom- und Diözesanmuseum, Wien
Seite 9, oben

Oliver Hausner
Seiten 7, oben · 8, oben · 228, oben

Historisches Museum der Stadt Wien
Seiten 13, oben · 14, oben · 15, oben und unten · 194, unten

Kunsthistorisches Museum, Wien
Seiten 9, unten · 10, Mitte · 12, unten · 13, Mitte · 40, oben · 150, oben

Erich Lessing
Seite 6, Mitte

Österreichische Fremdenverkehrswerbung, Gerhard Markowitsch
Seiten 231, unten · 232, unten

Bildarchiv der Österreichischen Nationalbibliothek
Seiten 7, unten · 10, unten · 13, unten · 14, Mitte · 18, Mitte · 84, unten · 106, oben · 172, oben und unten · 215 · 219, unten

Steiermärkische Landesregierung, Kulturreferat
Seite 128, unten

Stift Kremsmünster
Seite 84, oben

Tiroler Landesmuseum, Ferdinandeum
Seite 150, unten

Pressebild Votava, Wien
Seite 16, beide Bilder

Die Abbildungen auf den Seiten 233, unten · 234, oben · 237, Mitte · 242, Mitte und 244, unten wurden dem Werk „Österreich in alten Ansichten", Pinguin Verlag, Innsbruck 1964, entnommen.

Bildteil
(Seitenzahl, Bildnummer)

Oliver Hausner
Seiten 25, 16 · 27, 24 · 32, 50 · 68, 23 · 73, 50 · 136, 31

Österreichische Fremdenverkehrswerbung, Gerhard Markowitsch
Seiten 54, 44 · 55, 47 · 58, 64 · 59, 67 · 119, 33 · 145, 64 · 146, 68 · 164, 44 · 171, 1 · 184, 36

Hermann Schmiderer
Seiten 126, 58, 60, 62, 63 und 64 · 145, 63

Literaturverzeichnis

Bamberger Richard, Maier-Bruck Franz
Österreich Lexikon
Österreichischer Bundesverlag, Wien München 1966
Verlag für Jugend und Volk, Wien München 1966

Bundespressedienst
Österreich, Tatsachen und Zahlen
Bundeskanzleramt, Wien 1984

Czeike Felix
Das große Groner Wien Lexikon
Verlag Fritz Molden, Wien-München-Zürich 1974

Dehio-Handbücher
Die Kunstdenkmäler Österreichs
der Bundesländer Burgenland, Kärnten, Niederösterreich, Oberösterreich, Steiermark, Tirol und Vorarlberg
Verlag Anton Schroll & Co, Wien 1976 f

Gutkas Karl
Die Geschichte des Landes Niederösterreich
Niederösterreichisches Pressehaus, St. Pölten 1983

Hausner Ernst
Wien. Das Buch zum Kennenlernen und Erinnern
Verlag für Jugend und Volk, Wien 1984

Kleindel Walter
Österreich. Daten zur Geschichte und Kultur
Sonderausgabe, 1985

Mehling Franz N., Herausgeber
Kulturführer Österreich
Droemersche Verlagsanstalt, München/Zürich 1977

Schmidt Erwin
Die Geschichte der Stadt Wien
Verlag für Jugend und Volk, Wien München 1978

Österreichisches Statistisches Zentralamt
Statistisches Handbuch für die Republik Österreich
Österreichische Staatsdruckerei, Wien 1985

Unvergängliches Wien
Europaverlag und Forum Verlag, Wien 1964

Zippe Herbert, Herausgeber
Illustrierte Geschichte Österreichs
Pinguin-Verlag, Innsbruck 1983

Zöllner Erich
Geschichte Österreichs. Von den Anfängen bis zur Gegenwart
Verlag für Geschichte und Politik, Wien 1984

Zöllner Erich, Schüssel Therese
Das Werden Österreichs
Österreichischer Bundesverlag, Wien 1982

Abgebildete Objekte aus Sammlungen, die nicht in den Bildlegenden angeführt wurden.

Seite 6, oben und unten:
Naturhistorisches Museum, Wien
Seite 10, oben:
Oberösterreichisches Landesmuseum
Seite 11, unten und Seite 15, Mitte:
Heeresgeschichtliches Museum, Arsenal, Wien
Seite 12, oben:
Kunsthistorisches Museum (Schloß Ambras)
Seite 106, unten:
Erzabtei St. Peter, Salzburg
Seite 150, Mitte:
Österreichisches Haus-, Hof- und Staatsarchiv, Wien
Seite 194, oben:
Stift Admont
Seite 194, Mitte:
Stadt- und Landesarchiv, Wien

In gleicher Ausstattung sind erschienen
Also published in the same design
In egual veste tipografica sono apparsi

im Verlag Jugend und Volk
Ernst Hausner
„Österreich"
252 Seiten, 842 Farbbilder, 1986.
Ernst Hausner
„Niederösterreich"
206 Seiten, 661 Farbbilder, 1989.

und in der Edition Hausner
Ernst Hausner
„Burgenland"
172 Seiten, 536 Farbbilder, 1990.
Ernst Hausner
„Steiermark"
212 Seiten, ca. 560 Farbbilder, 1992.